Gunter Haug

Pumpensumpf – Hotte ermittelt wieder

W0349668

Gunter Haug

Pumpensumpf

Hotte ermittelt wieder

Politthriller

Landhege-Verlag

© 2011 Landhege-Verlag GbR
74193 Schwaigern
www.landhege-verlag.de

Das Werk einschließlich aller seiner Teile ist urheberrechtlich geschützt. Jede Verwertung außerhalb der engen Grenzen des Urheberrechtsgesetzes (auch Fotokopien, Mikroverfilmungen und Übersetzung) ist ohne Zustimmung des Verlages unzulässig und strafbar. Dies gilt auch ausdrücklich für die Einspeicherung und Verarbeitung in elektronischen Systemen jeder Art und von jedem Betreiber.

Gestaltung des Einbandes: Ilona Bucher, Berlin (unter Verwendung eines Fotos von www.fotolia.de ©Andrei Merkulov)
Verlegerische Betreuung: Bernhard Driehaus, Stuttgart
Herstellung: Grafische Werkstätte der BruderhausDiakonie, Reutlingen

ISBN 978-3-943066-01-2

Inhalt:

Horst „Hotte" Meyer muss noch einmal ran. Inzwischen zum zehntenmal ermittelt der Kommissar in einem wahren Schurkenstück. Ein Sumpf an Filz, Korruption und Missmanagement. Und plötzlich befindet er sich mitten in den heftigen Auseinandersetzungen um Stuttgart 21.

Gunter Haug, geboren 1955 in Stuttgart – Bad Cannstatt, schreibt neben Krimis vor allem biographische und historische Tatsachenromane. Seine Bücher „Niemands Tochter" und „Niemands Mutter", sowie „Robert Bosch – der Mann, der die Welt bewegte" wurden zu Bestsellern.
Er gilt inzwischen als einer der kreativsten deutschen Autoren.

Besuchen Sie unseren Autor im Internet: www.gunter-haug.de

Für Nina, die sich erfreulicherweise inzwischen so manche Frage stellt.

Horst „Hotte“ Meyer ermittelt also doch wieder. Er ist zurück aus seiner selbstgewählten inneren Resignation: zupackender und entschiedener denn je. „Denn wer schweigt und den Dingen einfach ihren Lauf lässt, macht sich mitschuldig am Vergeigen unserer Zukunft“, das ist seine felsenfeste Überzeugung geworden. „Wir alle haben es in der Hand – wir müssten es halt nur tun.“

Vielen Dank für die Wiederbelebung der Kommissare Horst Meyer und Michael „Sputnik“ Protnik an ...

... die zahlreichen Leserinnen und Leser (vor allem auch die vielen Polizeibeamten), die jahrelang genauso beharrlich wie überzeugend an den Autor appelliert haben: Hotte darf nicht sterben!
Eigentlich logisch, denn sonst wäre es ja Mord gewesen – und dafür kommt man bekanntlich (nicht immer, aber manchmal) ins Gefängnis.

Hotte ist also wieder da – weshalb leider (was von seiner zahlreichen Kritikergemeinde auch immer auf das heftigste angeprangert wird) wieder ein bisschen Unterholz zum Zwecke der Papierherstellung dran glauben musste.

Eine allerletzte Klarstellung, bevor es endlich los geht: nein, natürlich ist es nicht unbedingt „bloß ein Krimi“. Denn das Leben schreibt ja bekanntlich die klarsten Kriminalromane. Und dieses Schurkenstück ist tatsächlich aus dem wahren Leben heraus entstanden. Freilich wären Ähnlichkeiten mit lebenden oder bereits verstorbenen Personen dennoch rein zufällig.
Alles andere aber ... Sie wissen ja: nichts ist unwahrscheinlicher als die Wahrheit!

Apropos: Einen ganz herzlichen Dank noch an Rechtsanwalt Dr. Eisenhart von Loeper, Mitglied der „Juristen zu Stuttgart 21“.

Pumpensumpf:

um in einer Baugrube reibungslos arbeiten zu können, bedarf es bei schlammigen Untergründen des Einsatzes einer Pumpe, die das eintretende Schmutzwasser aus der Grube fördert. Manchmal haben diese riesigen Pumpen dabei gegen unvorhergesehene Erschwernisse anzukämpfen – und nicht alles lässt sich von ihnen an die Oberfläche befördern.
Zurück bleibt in jedem Fall ein Bodensatz, ohne den die Pumpe andererseits auch gar nicht funktionieren könnte.
So ist die Pumpe sogar in gewisser Weise von der Existenz des Sumpfes abhängig, den sie eigentlich trockenlegen soll.

*

1

Eines mittelprächtig schönen Tages im Oktober 2010 – irgendwo in Baden-Württemberg:

„Nein! Bitte nicht!“

„Aber ...“

„Ich habe nein gesagt! Nicht schon wieder!“

„Hey, Sputnik. Jetzt komm schon ...“

„Nix da mit Sputnik, Hotte. Schon beim letzten Mal hast du mir fest versprochen, es sei nun aber endgültig das letzte Mal gewesen ...“

„Was geht mich denn mein dummes Geschwätz von gestern an“, versuchte es Horst Meyer, der schieren Not gehorchend, dann eben auf die flapsige Tour.

„Also bitte Hotte, jetzt komm mir nicht mit deinen berühmten schwäbischen Weisheiten. Das zieht bei mir nicht mehr.“

„Michael! Bitte! Es ist wirklich das allerletzte Mal. So wahr ich Horst Meyer heiße. Ehrenwort. Noch ein einziges, ganz allerletztes letztes Mal!“

Die Stimme, die aus dem Lautsprecher des Mobilteils drang, blieb trotz der mäßigen Verbindungsqualität auf einem hörbar skeptischen Niveau. Und dabei wäre es doch nur ein einziges Wort. Ein Wort freilich, das geeignet wäre, jenes längst verloren geglaubte Pflänzchen namens Hoffnung schlagartig wieder aufkeimen zu lassen ...

Schade ...

Tja ...

Aber halt!

Wie hatte es geklungen? Dieses Wörtchen, das seine Gehörknöchelchen eben so eigentümlich sanft zum Schwingen gebracht hatte?

„Wirklich?“

Im Anfang war das Wort: Niemals zuvor war sich Horst über den möglicherweise tieferen Sinn des biblischen Spruches klarer bewusst geworden als in diesem magischen Augenblick. Umso mehr galt es, rasch zu reagieren.

„Wirklich?!"
„Na ja ... andererseits ..."
„Du hast sogar mein Ehrenwort drauf!"
„Hm ..."
„Doch. Hundertprozentig. Das ist so sicher, wie ..."
„... die Erde eine Scheibe ist?"
„Bingo!"
„Also gut, raus mit der Sprache. Worum geht's denn diesmal?"
Kriminalkommissar Horst Meyer schnaufte tief durch, während sich sein Herzschlag langsam und allmählich zu beschleunigen begann. Es handelte sich um dieses so typische, mit Worten nicht zu beschreibende Gefühl, das ihm bereits seit vielen Jahren bestens vertraut war – und das er in der lethargischen Zwischenzeit seiner polizeilichen Routinetätigkeit auf das schmerzlichste vermisst hatte, freilich ohne sich dieser Tatsache konkret bewusst gewesen zu sein. Irgend etwas fehlte. Irgend etwas war ihm im Verlauf der letzten Jahre abhanden gekommen war. Jetzt aber war es schlagartig wieder zurück: Das gute alte Jagdfieber. Endlich!
„Horst? Bist du noch dran?" tönte es ungeduldig vom anderen Ende der Leitung.
„Ja doch. Immer langsam mit den jungen Pferden. Erst ziert man sich wie eine alte Jungfer vor dem ersten Rendezvous – und dann kann es einem plötzlich gar nicht schnell genug gehen!"
„Ha jetzt aber: ich glaube, mein Schwein pfeift! Wolltest denn nicht grade eben noch du – und zwar mit brutalst möglicher Teufelsgewalt – dass ich bei deiner mutmaßlich neuesten Heldentat sofort und auf der Stelle mit von der Partie bin? Oder was war das sonst, vor nicht einmal 15 Sekunden?"
„Jahaa! Ist ja schon gut. Lass uns den Ball bitte flach halten. Also, pass auf: das Ganze ist nämlich wirklich nicht so einfach und schon gar nicht auf die Schnelle zu erklären ..."
„Das ist für mich im Zusammenhang mit dem Namen Horst Meyer nun wahrlich nichts Neues. Dann eben auf die Langsame. Hauptsache, dass ... Also komm schon: Worum es geht, will ich endlich wissen! Heraus mit der Sprache!"

„Puh ... Also wie gesagt: eigentlich kann ich dir das jetzt gar nicht so direkt beschreiben ..."
„Na wunderbar! Mit anderen Worten: Ich soll also bei irgend etwas mitmischen, das – wie ich dich ja kenne – ganz sicher nicht ohne Risiko daher kommt, aber andererseits darf ich noch nicht einmal wissen, worum es dabei eigentlich geht. Sagenhaft! Herrliche Zukunftsaussichten sind das! Wirklich! Wieder einmalig. Ganz mein alter Freund und Kupferstecher Horst Meyer, wie er leibt und lebt!" Dass Michael „Sputnik" Protnik, von Beruf ebenfalls Hauptkommissar und beschäftigt bei der Ulmer Mordkommission, ob Hottes wortkarger Auskunftsbereitschaft inzwischen ziemlich angesäuert sein dürfte, das war unschwer zu vermuten. Und Horst konnte es seinem langjährigen Kollegen und Weggefährten auch gar nicht verübeln, angesichts seiner in der Tat wohl ziemlich saudumm klingenden Herumdruckserei, die er freilich aus guten Gründen noch eine ganze Zeitlang würde durchhalten müssen. Zumindest heute sollte er keinesfalls weitere Details aus der Faktenlage preisgeben – das erschien selbst Horst mit seinem eher impulsiven Temperament am Tag der ersten Kontaktaufnahme zu ihrer mutmaßlich neuen Freizeitbeschäftigung, die sie in den kommenden Wochen noch ordentlich auf Trab halten würde, schlichtweg viel zu brisant.
„Mensch, Michael! Bitte! Jetzt vertrau mir halt. Du kannst dir doch denken, dass ich weiß Gott gerne mehr sagen würde. Das geht aber am Telefon nun mal nicht. Ich kann dir nur so viel andeuten, dass mich ein befreundeter Kollege, dem leider total die Hände gebunden sind, kontaktiert hat und andeutungsweise den Tipp gegeben hat, dass da gerade auf dem Finanzsektor eine Riesensauerei im Gange ist – und alle hängen irgendwie mit drin: die Wirtschaft, die Politik und sogar die Kirchen!"
„Schau an, schau an. Unsere frommen Brüder und Schwestern sind auch mal wieder mit von der Partie! Das wundert mich allerdings gar nicht, denn Heilige sind das ja weiß Gott keine."
„Im wahrsten Sinn des Wortes! Da sind wir uns einig."

„Und wie! Diese Frömmler. Alles nur Heuchelei, um bei den alten Omas an die Sparbücher zu kommen. Was ich da schon alles erlebt habe an Widerwärtigkeiten! Ich drehe in diesem Punkt übrigens die Hand nicht rum: ob sie nun mit den lila Fahnen daher kommen, oder mit den gelb-weißen Farben. Sie predigen Wasser und trinken dabei den teuersten Wein. Ich sag's Dir ..."

„Michael! Ist ja gut. Willst du mir jetzt einen Vortrag über die Gründe für den Untergang des christlichen Abendlandes halten, oder willst du nun genauer wissen, was ich dir zu sagen habe? Wenn du mich aber weiter permanent unterbrichst, dann wird das nichts – außer dass wir noch bis morgen früh an den Handys rum hängen werden!"

„Glaube ich kaum", schallte es unbeeindruckt von der anderen Seite zurück. „Bis dahin ist mein Akku längst in die Knie gegangen."

„Sputnik! Zum letzten Mal: halt jetzt endlich den Rand!"

„Zu Befehl, euer Gestrengen. Aber dann spuck halt auch endlich aus, was dich so schwer auf dein Hasenherz drückt!"

Horst sandte einen gequälten Blick zu den himmlischen Heerscharen, der allerdings bedingt durch die Deckenhöhe im Meyerschen Eigenheim in Heilbronn-Sontheim bereits bei einer Höhe von nicht ganz 2,50 Metern sein natürliches Ende fand. Er holte tief Atem, um danach mit gedämpfter Stimme eine vorsichtige Andeutung durch den Äther zu schicken: „Also, es ist eine ganz heikle Kiste. Denn in den Fall, beziehungsweise sind es gleich mehrere Fälle, sind die allerhöchsten Kreise verstrickt. Und zwar sämtliche, die du dir so denken kannst. Ich sage nur Steuer-CD, Ankaufsverweigerung und Ermittlungsverbote. Folglich: Wer da an der falschen Stelle – und im Grunde genommen kann es bei solchen Beteiligungen nur falsche Stellen geben – seine Nase rein steckt, der wird sofort erfahren, was es heißt, ein Himmelfahrtskommando zu erleben."

„Na bravo! Das war mal wieder die Sphinx von Heilbronn, wie sie leibt und lebt! Jetzt hast du mich schon seit fünf Minuten am Telefon und ich bin immer noch so schlau, wie vor diesen

fünf Minuten", quengelte es verdrießlich aus dem Lautsprecher. „Horst! In fünf Minuten übertragen sie das Bayernspiel. Und das will ich sehen!"
„Ich nicht", konterte der Gescholtene trocken. „Immer diese Bayern. Als wenn wir hier im Land nicht auch einen Fußballverein hätten!"
„Und ob: die Hoffenheimer – gleich bei dir um die Ecke". Donnerwetter: der Sputnik!
„Respekt Michael: da hast du jetzt tatsächlich einen klassischen Re-Break gelandet!"
Ganz im Gegensatz zu dir. Das ist die falsche Terminologie: wir waren beim Fußball, nicht beim Tennis, du ahnungsloser Besserwisser. Übrigens: jetzt sind's nur noch vier Minuten bis zum Anpfiff.
... Ginge es in der verbleibenden kurzen Zeit also vielleicht wenigstens ein bisschen genauer?!"
„Nein, eben nicht. Und das ist zu deinem eigenen Schutz, wie ich ja gerade schon – offenbar leider vergeblich – versucht habe, dir anzudeuten."
„Jetzt komm bitte allmählich runter von deinem hochgestochenen Geschwafel. Also – ich fasse zusammen: es geht um strenge Ermittlungsverbote trotz glasklar erkennbarer Gesetzesverstöße. Weisung von ganz oben. So weit das eine. Und dann geht es noch um die illegal gezogene Kopie einer CD, auf der selbst illegal gezogene Daten drauf sind, die sich wiederum auf illegale Machenschaften von diesen sogenannten höchsten Kreisen bezieht. So viel habe ich inzwischen verstanden. Klingt doch ganz einfach. Und wir sollen nun „under cover" tätig werden, weil wir a) von der Mordkommission sind und nicht von der Steuerfahndung und b) normalerweise in Heilbronn und Ulm unseren Dienst schieben. Nicht in Stuttgart eben. Das macht uns nämlich zunächst einmal ganz unverdächtig."
Horst staunte nicht schlecht über die messerscharfe Kombinationsgabe seines Kollegen. Der Sputnik hatte die Dinge exakt auf den Punkt gebracht. „Donnerwetter: du hast es voll und ganz erfasst, Michael. Und damit das alles so bleibt – eigentlich

ist für meinen Geschmack jetzt schon wieder viel zu viel gesagt worden – sollten wir unser Telefonat an diesem Punkt am besten beenden, und uns irgendwo persönlich treffen. Es könnte ja immerhin sein, dass wir ganz zufällig abgehört werden."

„Aber wir sind doch bei der Polizei!"

„Eben drum! Ich kenne doch meine Pappenheimer ..."

„Also komm, jetzt übertreib mal nicht: ganz so schlimm geht es bei uns auch wieder nicht zu. Weder in Ulm, noch in Heilbronn."

„Dein Wort in Gottes Gehörgang ..."

„Hotte, der alte Skeptiker. Wähnt sich immer und überall von Verrat umgeben. Aber sei's drum, wenn du unbedingt meinst ... Sag also, wo sollen wir uns dann treffen? Am besten wohl auf halber Strecke. Das heißt, warte mal, grade kommt mir eine Super Idee: das Wetter soll in den nächsten Tagen ja noch schön bleiben. Wie wär es von daher zum Saisonabschluss also noch einmal beim ..."

„Schnauze Fury! Ich denke, ich weiß schon, was du meinst."

„Puh.... Und wenn nicht, dann hocke ich da – und du irgendwo ganz wo anders. Was ist dann?"

„Dann können wir ja immer noch telefonieren und einen neuen Ort ausmachen."

„Na, da bin ich jetzt aber mal echt gespannt", gab sich Protnik eher mäßig überzeugt von den hellseherischen Fähigkeiten seines Freundes und Kollegen. „Nachdem also angeblich über das Wo Klarheit besteht, stellt sich jetzt noch die Frage nach dem Wann. Wann also genau?"

„Na, wie immer halt", konnte sich Horst Meyer ein Schmunzeln nicht verkneifen. „Halt so, wie beim braven Soldaten Schweik : am Montag nach dem Krieg um ein Uhr im Kelch. Nur, dass es bei uns bekanntlich weder der Montag ist, geschweige denn ein Uhr und schon gleich gar nicht der Kelch."

„Also gut, ich halte hiermit fest: erste Lagebesprechung in einem nicht näher definierten Fall findet statt an einem nicht genannten Ort zu einer nicht genannten Zeit. Na dann: Prost Mahlzeit – und hoffentlich bis zu unserem Zusammentreffen!"

„Bis dann", echote Horst grinsend. „Und wenn's tatsächlich geklappt hat – woran ich übrigens nicht den geringsten Zweifel hege – dann gebe ich auch als erster eine Runde Hefeweizen aus. Versprochen! Do swidanja oder so ähnlich, mein lieber Sputnik! Und jetzt wünsche ich dir viel Spaß beim Fußballspiel: ich drücke dem Bayerngegner ganz fest die Daumen. Wer immer es auch sein mag!"
„Wehe den Besiegten!" quoll es düster aus dem Hörer, bevor Horst rasch die Austaste des Handys betätigte. Der gute Michael Protnik! Musste immer und überall unbedingt das allerletzte, naturgemäß pessimistische Wort gesprochen haben. Ein für alle Zeiten untilgbarer Ausdruck seiner ersten Lebensjahre, die er als Spross deutschstämmiger Sowjetbürger im Land zwischen Ural und Kaukasus hatte verbringen müssen. Der Sputnik, die alte Übelkrähe mit ihrer genauso gut – wie schwermütigen halbrussischen Seele.
Andererseits lag der Sputnik mit seinen dunklen Prophezeiungen dieses mal gar nicht so sehr daneben. Eher das Gegenteil schien der Fall. Die Sache, auf die sie sich da einließen, war eine hoch riskante Angelegenheit. Wenn sie sich bei ihrem Treffen überhaupt zur Aufnahme von verdeckten Ermittlungen würden entschließen können. Aber nach allem, was Horst bislang in Erfahrung gebracht hatte, konnte es eigentlich gar kein Zurück mehr geben. Zumindest nicht für ihn. Denn die Sache war heiß. Feurig heiß. So heiß, dass es gar nicht anders ging: er musste einfach heraus finden, wer hier das Feuer schürte und wer die Zutaten im Kessel am Kochen hielt. Was immer sich in dem Gebräu sonst noch so alles an explosiven Gemischen verbergen mochte. Politik und Wirtschaft. Die ganz großen Geschäfte – in der Form von hübschen Schweinereien. Eine Hand wäscht die andere. Selbstbedienung zu Lasten der Allgemeinheit. Und diese Allgemeinheit ist völlig ahnungslos. Klar, denn bislang war alles ja auch sorgsam vor der öffentlichen Wahrnehmung versteckt geblieben. Und so sollte es nach dem Willen der beteiligten Herrschaften auch bleiben. Sie würden ihren ganzen Einfluss dafür in die Waagschale werfen. Und der war nicht von schlechten Eltern.

Logisch, dass die Kiste heiß war und man sich ordentlich die Finger verbrennen konnte, falls sie einen erwischten. Falls. Wenn aber nicht ...

Wow!

Horst spürte einen wahren Energiestoß durch seinen Körper jagen, während ihn eine Gänsehaut gleichzeitig frösteln ließ. Hübsch hässlich!

Was für ein erhebendes Gefühl! Adrenalin pur. Endlich wieder! Nach all den bleiernen Monaten und Jahren seiner selbst gewählten inneren Resignation als Kommissar in der Polizeidirektion Heilbronn. Der frustbedingten Zustimmung zu seiner internen Versetzung, als Folge dieses guten halben Dutzends von Ermittlungen und Recherchen, die ausnahmslos ihr von den einschlägigen Knallchargen in den obersten Etagen freudig begrüßtes – weil von denen höchst aktiv betriebenes – jämmerliches Ende im ermittlungstechnischen Nirwana gefunden hatten.

Irgendwann war es ihm zu viel geworden. Diese ewigen Sackgassen, in denen er sich jedes Mal wieder gefunden hatte.

Nur mit einem kläglichen Verweis auf diesen turmhoch angehäuften Frust konnte er seinen fassungslosen Freunden zumindest ansatzweise erklären, weshalb er sich freiwillig auf so ein offenkundiges Nebengleis hatte abschieben lassen. Zu diesem mehr als öden Job. Mit der Dienstbezeichnung eines stellvertretenden Pressesprechers. Als „Ö 2“. Als Mittler zwischen der Polizeiarbeit und den Medien zu fungieren, das sei doch eine tolle neue Herausforderung, hatte ihm der Jungdynamiker, den sie zum neuen Chef der Polizeidirektion hochgeschossen hatten, tatsächlich eingeredet. Und er? Ließ sich wahrhaftig bequatschen. So groß war sein Frust gewesen – eben auch angesichts des Jungspunds, der sämtliche Ermittlungen noch schneller behindern würde, als dies bei der bisherigen Dienststellenleitung ohnehin schon der Fall gewesen war. Dessen war sich Horst ganz sicher gewesen. Gute alte Zeit, die doch nur maximal zehn Jahre zurück lag. Ja, die Dinge hatten sich verändert. Dramatisch rasch verändert. Innerhalb von wenigen Jahren war der unausgesprochene liberale Konsens, der seit Gründung des Landes zwischen Politik, Präsidium und ermittelnden Beamten bestanden und sich auf das beste bewährt hatte, im Würgegriff der Parteipolitik brutal zermalmt worden. Längst tummelten sich seitdem die rabenschwarzen Parteiheinis mit ihrer minderen fachlichen Qualifikation gleich zu Dutzenden ganz ungeniert im Alltagsbetrieb der Polizeidirektionen und mischten sich schamlos in jede Recherche, die nach Ansicht der schwarzen Statthalter in den Präsidien den Interessen der einschlägigen Vetterleswirtschaft womöglich unangenehm zuwider laufen könnte. Ein einziger, klitzekleiner Anruf aus Stuttgart genügte – und schon waren zwei dieser Krawattenaffen präsent, die sich angelegentlich nach dem Stand der Dinge in der besagten Angelegenheit erkundigten, was so sicher wie das Amen in der Kirche nur eine kurze Schamfrist später die Einstellungsverfügung der örtlichen Parteimarionette im Dienstrang eines Polizeioberrats zur Folge hatte.

Nein: von diesen Machenschaften und seinen damit verbundenen Frusterlebnissen hatte er die Nase gründlich voll – erst recht, als Horst sich der bitteren Tatsache bewusst zu werden begann, wie seine Gesundheit darunter gelitten hatte. Allein die deutlich erhöhten Blutdruckwerte sprachen eine klare Sprache. Was er anfangs lapidar als kleinen Ausreißer nach oben bezeichnet hatte, entpuppte sich inzwischen als ärztliche Dauerdiagnose, die sich eines Tages zu einem ernsten Gesundheitsproblem auswachsen könnte, wie ihm seine Ehefrau Claudia mit drastischen Worten klarzumachen versuchte: „Ich bin zwar nur Kinderärztin, aber so viel kann ich dir sagen: wenn du so weiter machst, dann endet das irgendwann in einem Schlaganfall". Schlaganfall! Es war das Stichwort, das Horst endgültig reagieren ließ. Das war die Sache nicht wert – und diese Typen beileibe schon gleich gar nicht. Nein, seine Gesundheit würde er sich nicht ruinieren lassen. Genauso wenig wie das Glück seiner Familie. Seiner Frau, seiner Kinder. Es gab schließlich wesentlich mehr im Leben, als nur den Job. Auch wenn der ihm früher einmal so viel Spaß gemacht hatte. Jetzt nicht mehr – und das lag ganz sicher nicht an ihm.

Und so hatte er sich also breitschlagen und ohne jedwede nennenswerte Gegenwehr aus dem eigentlichen Ermittlungsdienst in die Pressestelle abschieben lassen. Mehr noch: Er hatte sich sogar nur als die Nummer zwei hinter dem Platzhirsch einreihen lassen. Einem Kerl, der sich seit Jahren emsig mühte, mittels einer besonders großen Papierflut zu glänzen und sich dadurch die Aufmerksamkeit und das Wohlwollen der diversen Polizeioberen zu sichern, deren rosafarbener (!) Durchschlag grundsätzlich mit „besonders wichtig" gekennzeichnet war. Im Hinblick auf eine spätere – hoffentlich nicht allzu späte – Karriere als Postenleiter einer Dienststelle irgendwo möglichst nahe an den Fleischtöpfen der vermeintlichen Macht war diesem Typen kein noch so blöder Unsinn bei seiner gestelzten Formulierung der polizeilichen Heldentaten zu dämlich. Hauptsache, es winkte ein bequemes Pöstchen im Umland von Stuttgart. Womöglich gar beim LKA oder, ganz am Ende des Tages – höchstes aller Hochgefühle – mittendrin im elefantösen Apparat des Innenministeriums!
Wie entsetzlich! Ausgerechnet dort hin zu drängen. Freiwillig wohlgemerkt. In das Epizentrum, in dem sich die größtmögliche Anzahl von in einem Bürogebäude versammelbaren Speichellecker tummelte, die es in den vergangenen Jahren dank ihres Kriechertums (und nicht etwa durch Fachkompetenz) geschafft hatten, eine beachtliche Schleimspur zum anerkannten Qualitätskriterium mutieren zu lassen. Horrido!
Wie grässlich! Dann doch lieber die PD Heilbronn. Wo sich die Schleimspuren – wenngleich auch nur aus Gründen der Personalknappheit – noch in gewissen Grenzen hielten. Kein Wunder: die meisten waren ja schon erfolgreich bis an den Stadtrand von Stuttgart gekrochen.
Das schlimme an der Sache war freilich, dass sich Horst seither in dem eher minder lustigen Spiel „Vernichtet den Regenwald – produziert sinnlose Pressemitteilungen" wieder fand, dessen Auswüchse von Tag zu Tag immer neue und höhere Gipfel in Form von schwachsinnigen Verlautbarungen der Polizeibehörde formten, die grundsätzlich mit einem besonders sinnfälligen

Zitat des momentanen Direktionsleiters gewürzt waren, das sie dem Sprachorgan des eitlen Gecken zuzuordnen hatten.
So ging es Tag für Tag. Das Ende der Karriere des Kriminalhauptkommissars Horst Meyer war erreicht. Stellvertretender „Ö". Denn das mit der Nummer 1, wenigstens das, daran brauchte er gar nicht erst zu denken. Da würden sie ihm rechtzeitig einen anderen „Hochqualifizierten" vor den Latz knallen, wenn der bisherige „Ö 1" erst mal erfolgreich weiter gekrochen wäre.
Nicht anders würde es kommen. Das war so sicher, wie die mindere Qualität des Heilbronner Trollinger, Literflasche, Schraubverschluss, „lieblich" (mit anderen Worten: untrinkbar).
Sie würden ihm keinen noch so kleinen Karriereschritt mehr gönnen. Dafür würde schon der mediale Hauptabnehmer ihrer Presseverlautbarungen, die örtliche Monopolzeitung, aufmerksam Sorge tragen und alles daran setzen, dass nicht etwa der unbequeme Kommissar den Posten bekäme, der sich doch tatsächlich erdreistete, manchmal eine eigene Meinung zu äußern, wenn es um eine seiner, von der lokalen „Entschärfungsredaktion" wie üblich umgeschriebene Pressemeldung ging. Mit hundertprozentiger Wahrscheinlichkeit würden die entscheidenden Damen und Herren rechtzeitig die einschlägigen Drähte ihrer Rotary-, Lions-, CDU- und FDP-Bekanntschaften ins Schwingen versetzen, um den Alptraum eines leitenden, dazu noch eigenständig denkenden, Pressekommissars bei der Heilbronner Polizeidirektion mit allen Kräften (notfalls auch mit mancherlei Mitteln) gleich im Ansatz zu verhindern.
Aber so schlecht – so gut. Denn was wäre bitte die Alternative? Sich immerzu über die zur Unkenntlichkeit umgeschriebenen Meldungen ärgern zu müssen, mit denen die tranige Neckarprawda ihren ahnungslosen Konsumenten tagtäglich eine wunderbar unbefleckte und heile Welt vorgaukelte, die allem Anschein nach nur noch aus Trollinger, Weinfesten und (Ober-) Bürgermeisterseligkeit bestand, ab und zu gewürzt mit einem ordentlichen Autocrash oder einer deftigen Handgreiflichkeit in irgendeinem (logo, wo sonst?!) Hartz-IV-Quartier in der

Heilbronner Bronx? War das etwa eine verlockende Zukunftsperspektive? Beim besten Willen: Nein danke!
Die permanente Reiberei mit einer solchen Unart von pseudojournalistischer Diarrhö musste jeden einigermaßen selbstdenkenden Zeitgenossen ja geradezu zwangsläufig zu Bluthochdruck, Magengeschwüren, Herzrasen und schwersten Depressionen bis hin zum Wachkoma führen. Im Übrigen ein in der Gegend genauso weit verbreitetes, wie autochthones Krankheitsbild, das selbst der Heilbronner Ärzteschaft als so genannte „Unterländer Lethargie" durchaus nicht unbekannt geblieben sei, wie Claudia ihrem Mann kopfschüttelnd bedeutet hatte.
„Das ist dann dieser Zustand, in dem die Patienten einfach nur hinweg dämmern, ohne vorher auch nur ein einziges Mal noch kurz aufzumucken. Die Kollegen schieben es auf den allzu üppigen Konsum von Trollinger lieblich, Schraubverschluss – das Ganze in Kombination mit den auf das freudigste verspritzten Unkraut- und Pilzbekämpfungsmitteln in den Weinbergen, die als viel gerühmtes Naherholungsgebiet von den Spaziergängern so gerne besucht werden. Dass so etwas in einer vom Weinbau dominierten Region natürlich nicht an die Öffentlichkeit gelangen darf, das versteht sich ja von selbst. Wer es dennoch nicht versteht, für den gibt es dann ja noch deine bewährte Neckarprawda, die mühelos jedes Sedativum in den Schatten stellt. Klappe zu. Affe tot. Ruhe sanft."
„Nein!"
Krachend donnerte eine Faust auf Horsts Küchentisch.
„Nein, nein und nochmals nein!"
So nicht!
Dann doch lieber Stuttgart und sich dort halt die Finger verbrennen – meinetwegen auch kräftig – um damit immerhin die, wenn auch winzige, Chance zu nutzen, den gigantischen Sumpf trocken zu legen, der sich laut den vagen Andeutungen des Stuttgarter Kollegen im Untergrund der baden-württembergischen Landeshauptstadt ausbreitete und von dessen wahren Ausmaßen bislang anscheinend niemand auch nur den Hauch einer Ahnung besaß. Zumindest kein normaler Bürger. „Die anderen"

dagegen schon. Die Frage lautete nur: wer genau waren denn nun „die anderen"? Und falls es sich dabei um diejenigen handelte, mit denen Horst in seinen übelsten Szenarien kalkulierte, dann tauchte da sofort die Frage auf, wie man gegen diese Typen überhaupt ermitteln konnte – ohne jedwede Rückendeckung von oben (oder zumindest von der Seite).

Ein einziges falsches Wort, eine unvorsichtige Fragestellung: Gute Nacht, Freunde!

Wieder erbebte der Küchentisch. Dieses mal war es die flache Hand des Kriminalkommissars, die wie ein Fallbeil auf ihn herunter geschossen war. Dem Krach folgte eine genauso messerscharfe wie grimmig entschlossene Analyse.

„Egal, wie riskant es ist: wir dürfen da einfach nicht tatenlos zusehen. Schon im Interesse unserer Kinder und der Zukunft dieser Gesellschaft nicht. Das ist die verdammte Pflicht und Schuldigkeit unserer Generation: nicht immer nur kassieren, ein bisschen jammern über die Zustände, aber dann halt doch regelmäßig das Maul halten, wenn es in Wahrheit darauf nkäme, mutig zu kontern. Nein! Das darf einfach nicht mehr so weiter gehen. Wir müssen den Mund endlich aufmachen – bevor es zu spät ist!" Energiegeladen klatschte er in die Hände. „Bingo!"

„Was ist Bingo? Und wieso läufst du hier in der Küche herum, wie ein angeschossener Kampfgockel?"

Überrascht wandte Horst sich um und starrte in die verständnislose Miene seiner Ehefrau Claudia, die ihn runzelnd betrachtete.

„Claudia. Ich habe dich gar nicht kommen hören."

„Kein Wunder, bei dem Gebalze, das du hier veranstaltest. Willst du mir vielleicht sagen, was dich so in Wallung gebracht hat. Waren es vielleicht wieder deine schreibenden Freunde?"

„Ach was. Zu viel der Ehre!", Horst beschrieb eine verächtliche Handbewegung. „Was erlaube Strunz ..." setzte er lächelnd noch eins drauf, in dem er den berühmten Satz eines zwar ziemlich erfolglosen, gleichwohl aber sündhaft teuer bezahlten italienischen Fußballtrainers zum Besten gab. Und siehe da: Gleich ging es ihm wieder besser. Was entweder an dem wunderbar überheblichen Zitat liegen mochte, das ihm plötzlich in den Sinn gekommen war. Oder an Claudia. Vielleicht aber auch an allen beiden.

„Ich habe nur gerade den Entschluss gefasst, dass wir endlich wieder lauter werden müssen."

„Wie – du brauchst ein Hörgerät? So alt bist du doch noch gar nicht." Der Blick, den Claudia ihm dabei zuwarf, ließ keine klare Deutung zu. Wollte sie ihn auf den Arm nehmen oder war es ehrliche Verblüffung? Im Falle seiner Angetrauten stand eher die erstere Deutung zu erwarten.

„Claudia. Bitte. Es ist mir ernst. Wir haben viel zu lange zugeschaut und zu allem Ja und Amen gesagt. Wir alle. Ganz nach diesem unsäglichen Motto: mein Haus, mein Auto, mein Urlaub, meine Frau!"

„Was für eine atemberaubende Reihenfolge! Schön, dass ich überhaupt darin vorkomme", schüttelte die Ehefrau in gespielten Missbilligung den Kopf. „Aber ich fürchte, ich verstehe schon, worauf du hinaus willst. Da ist doch wieder was im Busch bei dir, nicht wahr?" Forschend beugte sich Claudia Meyer nach vorne und musterte ihren Gatten mit einem intensiven Ärzteblick. Eine ziemlich leichte Übung für eine Kinderärztin.

„Jetzt schau mich halt nicht so an, als ob ich Mumps oder die Masern hätte", wand sich Horst unter dem forschenden Augenpaar. „Das überlasse ich lieber deinen Patienten."

Logischerweise ließ Claudia in diesem Stadium der innerfamiliären Diagnose aber nicht mehr locker. „Was ist es dann?"

„Tja, das ist schwierig nur in ein paar Worte zu fassen", quälte sich der Kommissar zu einer mehr oder minder konkreten Antwort. „Es ist nur so ein Hinweis gewesen ... aber dann ist da so ein Gefühl in mir ausgelöst worden. Beinahe so wie Magengrimmen."

„Oh!" Claudia nickte wissend. „So ein Gefühl ... Das berühmte Magengrimmen meines Mannes. Also ist es was Politisches?"

„Ich fürchte ja“, bestätigte Horst. „Und ich befürchte weiter, dass ich in den nächsten Tagen, vielleicht sogar Wochen, kein besonders unterhaltsamer Gesprächspartner sein werde. Das ist nämlich ein ziemlich dicker Fisch, der da um eine Angel kreist, von der wir noch nicht einmal wissen, in welchem trüben Gewässer sie ausgeworfen worden ist.“
„Wir? Dann hast du also den Michael auch bereits in Marsch gesetzt?“
„Sozusagen ...“
„Oha! Dann ist mir alles klar. Es wird tatsächlich wieder mal politisch.“ Energisch klatschte sie die Hände zusammen, um anschließend mit entschlossener Miene fortzufahren: „Gut so! Und recht habt ihr sowieso: man muss den Typen endlich wieder einmal zeigen, wo der Hammer hängt. Sonst meinen die noch, sie könnten sich alles erlauben in diesen weichgespülten Zeiten. Aber noch immer sind wir ein Rechtsstaat – denke ich zumindest. Und ich hoffe sehr, dass das auch so bleibt. Also Horst“, Claudia machte einen Schritt auf ihren Ehemann zu und legte ihm die rechte Hand auf seine Schulter, während sie ihm mit einem eindringlichen Blick direkt in die Augen sah. „Dass du es nur weißt: Meinen Segen hast du. Tue bitte alles, was du meinst, tun zu müssen. Ohne Rücksicht auf Verluste. Denn nötigenfalls kann ich meine Stelle in der Klinik wieder auf hundert Prozent hoch fahren. Von dem Gehalt könnten wir schon leben. Jetzt, nachdem das Haus abbezahlt ist und die Kinder aus dem Gröbsten raus sind. Du hast recht: wir haben viel zu lange geschwiegen und uns den Mund mit Geldscheinen und Farbfernsehern stopfen lassen. So wie alle anderen. Da jammert man über die Verhältnisse, prangert die fehlenden Zukunftschancen unserer Kinder an und redet über Politikverdrossenheit, bis es einem zu den Ohren raus kommt. Aber was tun die Leute? Nichts! Gehen noch nicht einmal mehr wählen. Wo es doch immer ein kleineres Übel gibt. Nein, nein. Du hast schon recht: so kann es nicht mehr weitergehen. Wir müssen endlich aufwachen und lauter werden. Was auch immer das für eine Sache ist, an der du dran bist. Mach es, Horst. Vielleicht wachen die anderen dann endlich auch auf!“

Horst verzog skeptisch sein Gesicht. „Danke. Aber deine Hoffnung kann ich nicht ganz teilen. Denn schließlich sind wir in Deutschland – und nicht in Frankreich, wo sich die Menschen längst nicht so einfach an der Nase herum führen lassen. Die Franzosen gehen viel schneller auf die Straße und zeigen ihren Herrschaften, wo es lang geht – während die Deutschen dann im Endeffekt halt doch lieber im Biergarten sitzen."

„Schon wahr. Leider. Aber trotzdem sollte man die Hoffnung nie aufgeben. Einer muss halt mal den Anfang machen."

„Und wieso ausgerechnet immer ich!"

„Besser du, als gar keiner. Zeig's ihnen, Horst. Und beweise uns allen, dass Deutschland keine Bananenrepublik ist. Hoffentlich zumindest."

„Wie du weißt, ist der Klimawandel bereits in vollem Gang", entgegnete der Kommissar. „Aber ich verspreche dir: ich werde mein bestes tun, um ihnen in die Parade zu fahren. So, wie das der Konstantin Wecker immer sagt: selbst wenn wir sie nicht aufhalten können, ärgern können wir sie schon. Und ab und zu auch mal vors Gericht bringen."

„Nun denn: mach's also. Nicht nur für dich und mich, sondern für die Zukunft unserer Kinder!"

*

2

Sie ließen ihn nicht mehr aus den Augen. Das ging jetzt schon seit Stunden so. Da konnte er sich Finten ausdenken, so viel er wollte: kaum hatte er das Café betreten und durch den hinteren Eingang sofort verlassen, da war es gleich wieder zu spüren gewesen. Die Ahnung seines Verfolgers. Oder womöglich gar mehrerer. Immer weiter hatte er sich dabei von der Stuttgarter Innenstadt entfernt – in der Hoffnung, einer der zahlreichen Haken würde sie abschüttelt. Das Gegenteil war der Fall. Zu allem Übel befand er sich nun weit im Stuttgarter Westen, also in einer Gegend, die ihm ziemlich fremd war. Diese hohen, grauen Häuser aus der Gründerzeit, mit ihren zahlreichen Winkeln, Hinterhöfen und Garagen. Zu allem Überfluss war nun auch noch die Dunkelheit hereingebrochen. Es hatte zu nieseln begonnen. Der Mann fröstelte – nicht nur wegen der klammen Nässe, die ihm durch die Kleidung kroch. Sie kamen näher. Immer näher. Fast schien es ihm, als könne er schon ihren Atem riechen. Im Augenblick vor dem finalen Schlag. Er stand unmittelbar bevor. Da half kein sinnloses Weiterstolpern mehr. Er musste sich seinen Verfolgern entgegen stellen. Stehen bleiben. Sich umwenden. Ihnen direkt ins Gesicht schauen. Wenigstens das. Sie sollten den Ausdruck in den Augen ihres Opfers nie mehr im Leben vergessen. Zumindest diesen allerletzten Triumph wollte er sich gönnen.

Der Mann blieb stehen. Spürte sein Herz im Brustkorb heftig pochen. Vor Anspannung wurden ihm die Knie weich. Nur ja keine Ohnmacht jetzt. Ruhig. Der Versuch, einmal ganz tief durchzuschnaufen. Dann drehte er sich langsam um. Und starrte – direkt in das Gesicht eines Menschen, mit dem er niemals im Leben gerechnet hätte. Schieres Entsetzen ließ das Blut in seinen Adern gefrieren.

Es solle seine letzte Großbaustelle werden ... hatte er der Familie gegenüber immer wieder beteuert.

Auf ganz andere Art und Weise sollte sich dieser Satz in seiner Schicksalsstunde bestätigen.

*

3

Es hatte tatsächlich geklappt. Beide waren sie – im Abstand von höchstens fünf Minuten bei ihrem vereinbarten Treffpunkt angekommen. In ihrem Lieblingslokal, der in ganz Stuttgart als „Onkel Otto" bekannten Gartenwirtschaft. Und sie hatten sogar mit dem Wetter Glück. Denn die milde Oktobersonne tauchte das Land heute nicht nur in ein ganz besonders magisches Licht, sondern sorgte mit ihren warmen Strahlen auch für dermaßen angenehme Temperaturen, dass man noch ein letztes Mal in diesem Jahr draußen auf den Bänken Platz nehmen konnte, ohne eine Erkältung befürchten zu müssen. Eine Zeitlang blieben die beiden Kommissare einfach nur stumm neben einander sitzen und genossen die wunderschöne Rundumsicht: von den steilen Hängen die den Talkessel einrahmten, über das Neckartal, Cannstatt, Untertürkheim, die Grabkapelle auf dem Rotenberg, den Schwäbischen Wald.

„Fast so schön, wie beim Oberkirchenrat"

„Was?"

„Der Blick da."

„Und wieso Oberkirchenrat?"

„Na, weil ich vor ein paar Jahren einmal dienstlich bei denen zu tun hatte – und dann bin ich aus dem Staunen gar nicht mehr herausgekommen. Naiv, wie ich war, dachte ich, die gehen sparsam mit der Kirchensteuer um und schauen darauf, damit möglichst viel von dem Geld an die Bedürftigen weiter gegeben werden kann. Wie es halt in der Bibel steht. Und dann das!"

„Was das?"

Michael Protnik zog verächtlich die Mundwinkel herunter. „Ich sage nur Stuttgart, Heidehofstraße: evangelischer Oberkirchenrat: allervornehmste Halbhöhen-Wohnlage. Teuerster Wohnraum. Das hat mich schon ganz leicht aus der Spur geworfen, das erleben zu müssen und gleichzeitig diese demutsvollen Sprüche zuhören. Übrigens war's dann bei der christlichen Konkurrenz kein Haar anders. Auch bei den Katholen habe ich mein

Aha-Erlebnis bekommen. Die sind nämlich keinen Deut besser: Tag und Nacht betteln sie dich wegen einer barmherzigen Gabe an und selber residieren sie mitten in Stuttgart, Königstraße. Teuerste 1-A-Geschäftslage! Also wirklich."
„Was regst du dich so auf? Das ist doch schon seit Jahrhunderten so. Hättest du lieber einen Burgerking da drin?"
„Nein – aber trotzdem ..."
„... trotzdem lassen sich die alten Omas immer noch ausnehmen wie die Weihnachtsgänse, wenn der liebe Herr Pfarrer mal wieder mit Demutsmiene zu ihnen kommt und um eine milde Gabe bittet. Ich verstehe das einfach nicht ..."
„Ich auch nicht. Aber so ist es halt nun mal. Wieso sich über etwas aufregen, was man eh nicht ändern kann. Lass den Leuten doch ihren Willen, wenn sie meinen, sie könnten sich damit ein schönes Plätzchen im Himmel erkaufen. Besser, sie geben es der Kirche, als irgendwelchen nichtsnutzigen Aktionärsheinis. Mich beschäftigt eine ganz andere Frage."
„Und die wäre?"
„Weißt du, wieso der Onkel Otto eigentlich Onkel Otto heißt? Das ist mir grade so in den Sinn gekommen.
„Weil er halt kein Gerhard oder ein Frieder ist."
„Aber gibt's den überhaupt, den Onkel Otto?"
„Ha – wenn du so fragst: gesehen habe ich den auch noch nie."
„Klingt auf jeden Fall nach einem starken Typen."
„Dann kann er nicht mehr am Leben sein, denn starke Typen gibt's doch kaum noch heutzutage."
„Stimmt. Leider. Typisch für die heutige Zeit. Die Originale sterben aus und jeder betrauert es – dabei tun sie alles, um keine mehr hoch kommen zu lassen, während genau dieselben Leute im selben Atemzug den Verlust jeglicher Originalität beklagen. Da lobe ich mir Typen wie den Strauß früher."
„Der Strauß? Du und der Strauß?!"
„Von mir aus auch der Wehner! Jedenfalls waren mir die alle viel lieber als dieses Wischiwaschi heute, wo du bei keinem mehr weißt, woran du bist. Die wechseln ihre angeblichen Überzeugungen wie die Socken."

„Na ja, ich glaube nicht dass die überhaupt ihre Socken täglich wechseln: manchmal meuchelt es nämlich schwer in der Landespolitik!“
„Du weißt schon, was ich meine.“
„Ja, doch – du hast recht: so gesehen ist selbst der Strauß noch ein Unikat. Und wie gesagt, auch der Wehner, auch wenn der manchmal ein rechter Kotzbrocken war ...“
„Aber eben ein Mensch mit Ecken und Kanten und kein Politfuzzi!“
„Da bleibt halt nur eine Konsequenz ... wählen gehen muss man, wenigstens das kleinere Übel, das gibt's ja dann doch noch.“
„Übel bleibt Übel“, schüttelte Protnik genervt den Kopf, bis ganz plötzlich ein schelmisches Lächeln um seine Mundwinkel zuckte. „Deswegen gibt's nur einen Ausweg: Hotte for President!“
„Was soll das wieder heißen?“
„Du musst in die Politik!“
„Sonst noch was! Wo waren wir denn vorhin eigentlich stehen geblieben?“
„Beim Onkel Otto. Wir haben die Frage nicht klären können, weshalb die Kneipe so heißt.“
„Stimmt. Es wird also ein Rätsel bleiben.“
„Von wegen. Fragen wir doch mal gleich die Bedienung. Da hinten kommt sie nämlich angetrabt.“
„Na ja“, wiegte Horst mit erkennbarer Skepsis seinen Kopf. „Wetten, dass die es auch nicht weiß. Bei dem Personal heutzutage.“
„Da könntest du allerdings auch wieder recht haben.“
Genau so war es. „Das heißt halt so, weil es schon immer so geheißen hat. Das kennt jeder – und das langt. Also bitte die Herren, was darf ich ihnen bringen?
„Dreimal dürfen sie raten“, grinste Protnik in genussvoller Vorfreude.
„Zwei Hefeweizen also. Bitte sehr. Bitte gleich.“
Verdatterter als Protnik konnte man gar nicht schauen. „Woher weiß die das jetzt?“

„Ein diskreter Blick auf deinen Ranzen reicht dafür völlig.“ Ruckzuck mutierte der Blick auf eisig. „Also – sind wir jetzt zum Schaffen hier, oder zum Ätzen? Du hattest mich hierher bestellt: dann spuck jetzt bitte auch aus, worum es geht.“ Horst hob mit einer entschuldigenden Geste die Hände. „Schon gut. War ja nicht böse gemeint. Wie gesagt: Es ist eine verteufelt brisante Geschichte.“ Sicherheitshalber schaute er sich noch einmal in alle Richtungen um. Kein Mensch saß an den Nachbartischen links und rechts. Es konnte beginnen. „Also“, er senkte seinen Kopf und begann mit leiser Stimme zu sprechen. „Es ist so, dass den Kollegen in Stuttgart doch vor einiger Zeit diese Probe-CD zugespielt worden ist ...“

„... du meinst, diese neue Steuergeschichte?“

„Exakt. Das ist ja auch überall in den Medien rumgegangen.“

„Und sogar bis zu uns nach Ulm gedrungen, hart an die bayerische Grenze.“

„Eben. Wie du aber auch weißt, wehrt sich der angeblich liberale Teil unserer Regierung im Kabinett seit Monaten genauso hartnäckig wie erfolgreich gegen alle Versuche, diese CD anzukaufen.“

„Die werden schon wissen, weshalb.“

„Gut möglich. Aber darum geht es zunächst noch nicht.“

„Sondern?“

„Sondern auch um Stuttgart 21.“

„Stuttgart 21!“ Michael Protnik verdrehte genervt die Augen. „Bitte nicht schon wieder dieses Stuttgart 21. So ganz allmählich habe ich den Eindruck, dass alles und jedes, was in diesem Land schief geht, automatisch auf Stuttgart 21 geschoben wird. Dieses Mammutprojekt kann man mögen oder nicht: aber irgendwie spielen da inzwischen doch alle mit falschen Karten.“

„Da mag schon etwas Wahres dran sein. Aber immerhin geht es dabei ja um die demnächst größte Baustelle von ganz Europa ...“

„... weshalb unsere üblichen Verdächtigen sicherlich auch schon wieder glänzende Geschäfte wittern. Zumindest die Pappenheimer, die ich so kenne, die laufen seit Monaten, spätestens seit diesem sogenannten Schlichterspruch, nur noch mit Dollarzeichen in den Augen herum."

„Hast du kürzlich diese Aussage von dem Dürr gelesen, von diesem ehemaligen Bahnchef?"

„Nein, in welcher Zeitung war das denn?"

„In gar keiner natürlich. Aber im Internet. Die Zeitungen klemmen ja längst die Ente bei dem Thema."

„Und was sagt der?"

„Der wurde mit seiner Aussage von vor 15 Jahren zitiert: damals hat er nach der Vertragsunterschrift in aller Offenheit triumphiert, dass dieses Projekt nur deshalb zustande gekommen sei, weil man Stuttgart 21 sozusagen handstreichartig durchgezogen habe. Überfallartig, so dass es die jeweiligen Gremien erst gar nicht hätten zerreden können."

„So dämlich war der, das offen zuzugeben?"

„Eher dreist als dämlich. Und du siehst: diese Aussage fliegt ihm ja auch erst jetzt um die Ohren. Jetzt, wo es mutmaßlich viel zu spät ist, um die Lawine noch zu stoppen."

„Aber das ist doch Unrecht, wenn das wirklich so gewesen ist."

„Es war so. Aber leider gibt es auf Seiten der S21 Befürworter ein völlig anderes Rechtsverständnis – falls man da überhaupt noch von Recht und Gesetz reden kann. Doch so, wie es momentan aussieht, sind all diese in den Hinterzimmern eingefädelten Verträge ein voller Erfolg geworden. Eine Super Gelegenheit, sich auf Steuerzahlerskosten eine goldene Nase zu verdienen. Wenn nicht gar eine diamantene. Natürlich stecken auch die größten Bauträger von Stuttgart wieder voll mit drin. Logisch eigentlich. Darunter sind folglich auch meine ganzen Lieblinge."

„Lass mich raten: Der Saurer Charly beispielsweise?"

„Auch der. Logo!" knurrte Horst mit säuerlicher Miene. „Speziell bei dem wundert mich das natürlich überhaupt nicht. So, wie der Saurer regelmäßig ein Loch mit dem nächsten stopft und trotzdem an den teuersten und lukrativsten Standorten grundsätzlich die Nase vorne hat, muss er logischerweise auch hier mit dabei sein. An welche größere Baustelle du in Stuttgart

auch kommst: überall stößt du auf Plakate, die sagen, dass es sich wieder um ein segensreiches Projekt der Karl Saurer Immobilienholding handele."
„Was den Wienern ihr Mörtel, das ist den Stuttgartern eben ihr Charly Saurer", grinste Protnik anzüglich.
„Scheint fast so. Fehlt nur noch ein Opernball in Stuttgart, den unser Charly veranstaltet."
Protnik schüttelte sich unangenehm. „Mir langt schon dieser unsägliche Landespresseball. Den hab ich als junger Polizeibeamter im Personenschutz früher drei- oder viermal erleben müssen. Diesen Jahrmarkt der Eitelkeiten mit den ganzen Wichtigtuern, Möchtegerns und Großkotzen. Nein danke. Das reicht mir für den Rest meiner Laufbahn."
„Mir auch", pflichtete Horst Meyer dem Kollegen bei.
„Aber, um wieder auf unser eigentliches Thema zurück zu kommen. Ich kann mir absolut nicht vorstellen, dass die Angelegenheit Steuer-CD mit dem S-21-Projekt zusammen hängt. Das wäre doch viel zu einfach. Wie gesagt: ich habe eher den Verdacht, dass man auf Stuttgart 21 gerne alles ablädt, wofür man sonst keine Argumente hat. S21 muss als idealer Prügelknabe für alles und jedes herhalten. Das ist doch allmählich absolut irrational."
„Man merkt, dass du aus Ulm kommst!"
„Was hat das denn damit zu tun?"
„Erstens stammt der Stuttgarter Oberbürgermeister, der diesen ganzen S-21-Schlamassel mit betrieben hat, aus Ulm. Und zweitens regiert in Ulm doch dieser umgedrehte Oberbürgermeister."
„Wie umgedreht?"
„Wie würdest du es nennen, wenn einer, der ein SPD Parteibuch hat, plötzlich empfiehlt, bei der nächsten Landtagswahl die CDU zu wählen? Weil er verärgert sei, wie seine Partei mit seinem schönen Bahnprojekt Stuttgart 21 umgehe."
„Ach was! Der! Komm, geh fort! Wer kann denn den noch ernst nehmen? Von dem rede ich doch gar nicht."
„Und wieso glaubst du dann, bevor ich überhaupt richtig mit der Erklärung begonnen habe, dass ich einem Irrtum aufgesessen wäre?"

„Glaube ich doch gar nicht. Ich meine ja bloß, dass es überall immer nur noch S21 heißt. Da spielt man doch längst mit gezinkten Karten."
„Aber im Großen und Ganzen nicht bei den Gegnern, sondern auf der anderen Seite!"
„Ich höre mich nicht widersprechen", nickte Protnik grimmig. „Was mich aber ganz gewaltig nervt, das ist einfach die Tatsache, dass unsere Kollegen dabei als Prügelknaben für eine völlig verkorkste Politik haben herhalten müssen."
„Da hast du recht. Du sprichst von diesem unsäglichen Schwarzen Donnerstag?"
„... vom 30. September 2010!"
„ ... seit dem wir Polizisten wieder mal zu Deppen der Nation degradiert worden sind. Es ist wirklich zum aus der Haut fahren!" Horst ballte kurz die Fäuste, dann tippte er sich mit dem Zeigefinger vieldeutig an die Stirn. „Und wenn es nicht so eine schlimme Geschichte wäre, dann könnte man beinahe eine Komödie daraus machen."
„Eine Komödie? Sag mal: spinnst du? Da war für ein paar Stunden beinahe Bürgerkrieg im Schlossgarten – und du redest von einer Lachnummer." Der Blick, mit dem ihn Protnik streifte, sprach Bände.
„Nein, so meine ich das nicht. Aber du musst doch auch zugeben, dass die Sache hinterher beinahe ins Tragikomische abgeglitten ist, mit unseren Polizeioberen und ihrem Kastanienkrieg."
„Kastanienkrieg?"
„Ja. Klar. Erinnere dich doch nur an die Rechtfertigung des Wasserwerfereinsatzes, wo es geheißen hat, die Demonstranten hätten mit Pflastersteinen auf die Polizei geworfen. Deshalb die Gegenwehr in Form des Wasserstrahls, der dem einen oder anderen Demonstranten halt die Augen zerfetzt hat. Kollateralschaden nennt man so was. Dumm gelaufen. Und dann haben sich diese Pflastersteine als Kastanien entpuppt ..."
„Stimmt – und nicht einmal die sind von den Leuten auf unsere Kollegen geworfen worden, sondern die hat der Strahl des Was-

serwerfers von den Bäumen gefegt. So herum ist es gewesen: erst der Wasserwerfer, dann die Kastanien – von Pflastersteinen weit und breit keine Spur"
„Und trotzdem kommt hinterher einer von diesen Goldfasanen daher und rechtfertigt den Wasserwerfer- und Tränengaseinsatz mit diesen angeblichen Pflastersteinen. Deshalb hätten die Demonstranten, auch die Schüler, völlig zurecht den Ranzen voll bekommen. Polizeiliche Notwehrmaßnahme sozusagen."
„Das üble daran ist, dass der Kerl sich bis heute noch nicht dafür entschuldigt hat."
„Was heißt hier entschuldigen? Zurücktreten hätte er müssen – und mit ihm diese ganze Politmischpoke, die eine solche Verschärfung der Auseinandersetzung nicht nur ganz bewusst in Kauf genommen, sondern auch ultimativ verlangt hat."
„Du meinst wirklich?"
„Ja was denn sonst. Die wollten das unbedingt so haben – in der Hoffnung, dass ein paar von den S21 Gegnern ausflippen. Aber die haben ihnen den Gefallen nicht getan, sondern haben sich ohne nennenswerte Gegenwehr klatschnass spritzen lassen. Das ist bewiesen. Dummerweise von der falschen Seite sogar. Denn die Kollegen, übrigens beachtlich viele aus anderen Bundesländern, waren ja mit ein paar Dutzend Videokameras im Einsatz, haben aber nicht das geringste an Gewalt von Seiten der Demonstranten dokumentieren können, was den Einsatz im Nachhinein in irgend einer Form gerechtfertigt hätte. Selbst bei dem einen einzigen Chaoten mit dem Tränengas, den sie schließlich doch noch auf ihren ganzen Aufzeichnungen gefunden haben, mussten sie hinterher kleinlaut zugeben, dass diese Bilder erst Stunden nach dem Beginn ihrer eigenen Tränengasaktion aufgenommen worden sind. Dass man das Video bewusst geschnitten hatte, um einen anderen Zusammenhang vorzutäuschen. Die Polizeiführung!"
„Eine fürchterliche Blamage!"
„Und weil dummerweise auch viele Schüler dabei unter die Räder gekommen sind, hat das die Sache endgültig ins Gegenteil verkehrt. All die fürchterlichen Chaoten, vor denen man die

braven Bürger unbedingt schützen musste, haben sich als wehrlose Jugendliche erwiesen – und als brutal misshandelte, völlig harmlose Rentner."

„Wenn ich an den armen Mann mit den blutigen Augen denke, der seine Sehkraft zu 90 Prozent verloren hat, dann wird mir übel."

„Mir auch! Ich sag's dir: manchmal hasse ich unseren Job!"

„Da hast du schon recht. Was mir aber am meisten stinkt: dass wir und vor allem die uniformierten Kollegen, das alles wieder ausbaden müssen, was die ganz bewusst fehl informierten Prügeltruppen auf Weisung der Politik angerichtet haben. Von wegen: die Polizei, dein Freund und Helfer. Darüber lachen nicht mal mehr die Hühner. Wir kriegen's tagtäglich ab, die ganzen Beschimpfungen und diese hämischen Bemerkungen, während sich unsere Oberen derweil in ihren klimatisierten Büros mit den dicken weichen Teppichen den Arsch breit sitzen, und ihre Hände in Unschuld waschen."

„Ekelhaft!"

„Allerdings."

Wieder tippte sich Horst an die Stirn. „Und dann auch noch dieses überzogene Sicherheits-Getue bei den Demos. Die Bahnsteige sind von Hunderten von Uniformierten abgesperrt – hauptsächlich Bundespolizei, von Gott-weiß-woher. Die reine Schikane. Als Fahrgast darfst du dann nur am Eingang zwei oder fünf zu Bahnsteig zwölf und zur S-Bahn gleich gar nicht auf dem direkten Weg. Wieso das so ist, kann dir keiner erklären, außer mit diesem diffusen Begriff von wegen sicherheitstechnischer Maßnahmen. Die Demonstranten werden sozusagen vor sich selber geschützt. Und solange sie dich von einem Eingang zum anderen jagen, siehst du, wie dein Zug inzwischen abfährt. Es ist unfassbar – und wie gesagt die reine Schikane."

„Wenn man dich so reden hört, dann könnte man beinahe meinen, du hättest auch schon mit demonstriert."

„Habe ich auch", brummte Horst missmutig.

„Du hast was?"

„Auch demonstriert. Was bitte ist daran so außergewöhnlich? Als Polizeibeamter ist man ja trotzdem wohl auch ein Staatsbürger – und das Demonstrationsrecht ist schließlich ein demokratisches Bürgerrecht, selbst wenn in letzter Zeit immer versucht wird, den Eindruck zu vermitteln, ein Demonstrant sei gleichzusetzen mit einem Staatsfeind."
„So ein Quatsch. Das Demonstrationsrecht ist ein Grundrecht. Das steht doch im Grundgesetz."
„Eben. Und trotzdem versuchen sie ständig, die K21 Bewegung in Richtung Chaotentum zu schieben – und begründen das mit den zwei, drei Plakaten von den Leninisten und noch so welchen, die als Trittbrettfahrer halt immer mit laufen."
„Aber diese Marxisten-Leninisten, die tun doch keinem was – und außerdem nimmt die doch keiner ernst."
„Sagst du – aber unsere oberen Etagen schon ..."
„Also komm: so blöd sind noch nicht einmal unsere Goldfasanen!"
„Blöd nicht – aber durchtrieben. Die wissen ganz genau, was Sache ist und tun trotzdem so, als sei K21 von Chaoten durchsetzt und aus Moskau ferngesteuert. Gefahr in Verzug, das wird ganz bewusst so suggeriert. Wenn ich bei den Demos dieses „Alarm für Cobra 11" – Gehabe sehe ... Das ist noch schikanöser als die Sache mit den Bahnsteigen."
„Wovon sprichst du?"
„Na von diesen quergestellten Einsatzwagen, mit denen sie unmittelbar vor dem Demonstrationszug die Straßen absperren und die Autofahrer damit für ein bis zwei Stunden in der Sackgasse schmoren lassen, obwohl man die rechtzeitig hätte umleiten können. Das ist eine ganz gezielte Taktik, um die Leute in den Autos gegen die Demonstranten aufzubringen. Und manchmal ist's dabei auch schon zu Handgreiflichkeiten gekommen."
„Stimmt. Das habe ich mich auch schon gefragt, was das denn soll. Das hätte man doch anders regeln können – schließlich ist es immer eine angemeldete und genehmigte Demonstration mit einer genau festgelegten Route."
„Eben. Und deswegen braucht man schon gar nicht auf einen silberfarbenen BMW plötzlich ein Blaulicht stecken und an den

Seiten einen „Polizei"-Aufkleber anbringen und die Kiste dann quer stellen. „Alarm für Cobra 11". Wie gesagt: reines Macho-Gehabe."

„Da war mir früher die „Isar 12"-Serie schon lieber."

„Ah. Ja richtig: war das noch eine wunderschöne Fernsehserie. Mit deutlich erkennbaren Polizeiautos, in denen Kollegen saßen, die lieber die klassischen Schutzleute sein wollten, als Bullen in Kampfmontur oder mit Knopf im Ohr."

„Jetzt lass halt mal die Kollegen aus dem Spiel. Glaubst du denn im Ernst, denen gefällt das? Ich würde für die meisten von denen die Hand ins Feuer legen, dass es ihnen gewaltig gegen den Strich geht, was da im Schlosspark für ein Spiel getrieben worden ist – auch auf ihrem Rücken. Also wirklich, Horst."

„Schon gut. Für unsere Leute mag das im großen und ganzen gelten – aber nicht für diese Prügelbanden, die sie extra aus dem Osten geholt haben: heute Wackersdorf, morgen Stuttgart, übermorgen Gorleben – die leben doch richtig auf, wenn sie ihren Schlagstock und das Pfefferspray in die Jacke stecken. Und dann diese Kampfmonturen, in denen sie aussehen, wie die Marsmenschen: Das alles erzeugt zusätzlich Aggressionen – genau wie die Ami-mäßigen Straßenblockaden. Als normal denkender Beamter kann man sich da nur noch fassungslos an den Kopf greifen und sich fragen, wohin das eigentlich führen soll."

„Und dazu noch dieses Zahlentheater."

„Was für Zahlen?"

„Wenn die Zahl der Demoteilnehmer bekannt gegeben wird. Bei unseren Kollegen sind das ja immer grundsätzlich höchstens halb so viele, wie bei den Organisatoren."

„... die aber ganz sicher der Wahrheit viel näher kommen, als die Polizeizahlen. Das ist in der Tat auch so eine peinliche Sache. Sogar ein Blinder mit Krückstock kann sehen, dass die „offiziellen" Zahlen nicht stimmen. Da lachen ja die Hühner, wenn unser Ö-Mensch wieder mal von 1000 Demonstranten daher faselt, während es – ich habe das selber doch schon mehrfach miterlebt – in Wahrheit mehr als 5000 gewesen sind."

„Du findest das also wirklich gut, als Polizeibeamter da mit zu demonstrieren?“
„Ja sicher. Und ich bin nicht der einzige. Gott sei Dank nicht. Wenn ich dienstfrei habe, dann kann ich als überzeugter Demokrat doch meiner verdammten Bürgerpflicht nach kommen, oder etwa nicht?“
„Und wenn man dich dabei gefilmt hätte?“
„Wobei? Ich habe nichts unrechtes getan, sondern nur meine Bürgerrechte wahrgenommen.“
„Ja schon. Aber trotzdem, du weißt doch ...“
„Gar nichts weiß ich! Will ich auch gar nicht! Ich weiß nur, dass die Sache mit den Zahlen für die Polizei eine ganz peinliche Kiste ist. Und ich frage mich immer wieder, wieso die Kollegen das eigentlich machen.“
„Das weißt du ganz genau. Zivilcourage ist eine selten gewordene Tugend.“
„Aber genau dafür sind wir doch da. Um die Zivilcourage und unser demokratisches Gemeinwesen zu erhalten und zu stärken.“
In Michael Protniks Miene schlich sich ein mitleidsvoller Ausdruck. „Horst! In welcher Welt lebst du eigentlich? Das war jetzt eine genauso herrliche, wie beinahe schon erschreckend naive Sozialromantik, was ich da gerade gehört habe. Aber die Wirklichkeit sieht anders aus. Das kannst du doch jeden Tag in deiner Dienststelle beobachten. Da geht es doch kein Haar anders zu, als bei uns: wo man hinschaut nur Feiglinge und Hosenscheißer, die den ganzen Tag über Angst haben, womöglich irgendetwas tun zu müssen, was ihrer Karriere schaden könnte. Der Diensteid – oder gar eine gewisse Form von moralischem Verantwortungsgefühl – das sind doch Dinge, die bei vielen längst nur noch als leere äußere Hülle vorhanden sind.“
Mit der flachen Hand hieb Horst auf die Tischplatte. „Das muss doch aber nicht sein. Du liebe Güte! Wenn jeder so denkt! Und überhaupt: Muss man sich denn als Polizeibeamter wirklich vor jeden Regierungskarren spannen lassen und für diese Kungelbrüder den Affen machen?“

„Scheint leider so. Du allein wirst übrigens nichts daran ändern können ...“
„Natürlich nicht. Weil halt fast jeder so denkt ... Aber trotzdem: Ich tue das nicht. Denn ich möchte mir von meinen Kindern nicht eines Tages den Vorwurf anhören müssen, dass ich auch geschwiegen und den Dingen einfach ihren Lauf gelassen habe. In einer Demokratie wird man doch wohl noch offen seine Meinung sagen können!“
„Sollte man meinen.“ Protnik senkte nachdenklich den Kopf. „Es ist wirklich seltsam, dass sich wegen so einem Bahnhofsprojekt dermaßen tiefe Gräben gebildet haben. Als ginge es um Sein oder Nichtsein. Ich habe inzwischen auch den Eindruck, dass es in Wahrheit um ein Wahnsinnsprojekt geht, das mit Brachialgewalt durchgedrückt werden soll.“
„Und warum? Weil es dabei um gewaltig viel Kohle geht, die sich ein paar wenige hemmungslos in die Taschen stopfen wollen.“
„Dazu dann diese Totschlagsargumente: Das Land würde seinen technologischen Anschluss verlieren, Bosch und Daimler wären ausgewandert, wenn es solche Proteste schon früher gegeben hätte ...“
„Bosch und Daimler ausgewandert! Ausgerechnet! Die waren doch nicht blöd! Das waren pfiffige Konstrukteure.“
„Und dazu noch sparsame Schwaben! Es ist schon eine Frechheit, diese großen Männer, die sich nicht mehr dagegen wehren können, in Geiselhaft für so ein Wahnsinnsprojekt zu nehmen!“
„Und es ist mehr als erbärmlich, wie ihre Nachfolger auf dieses Geschwätz reagieren.“
Horst stutzte. „Reagieren? Ich habe von Bosch dazu nicht das geringste gehört.“
„Eben. Sag ich doch.“ Michael Protnik schnaubte verächtlich. „Die sagen tatsächlich überhaupt nichts, sondern lassen das einfach zu, dass der alte Vadder Bosch so unverschämt vor den Karren dieser Geschäftemacher gespannt wird. Robert Bosch würde sich im Grab herum drehen, wenn er das wüsste.“
„Beim Daimler ist es beinahe noch schlimmer: da stellt sich dieser Vorstandsvorsitzende bei einer dieser unsäglichen, von

der Industrie gesponserten S21 Veranstaltungen doch einfach hin und sagt, er sei auch für Stuttgart 21. Auf die Nachfrage, weshalb er dafür sei, sagt der dann tatsächlich, das könne er nicht konkret sagen, aber er vertraue halt auf die Ingenieure ..."
„Oh liabs Herrgöttle von Biberach!"
„Du sagst es! Wer solche Unternehmensvorstände hat, der braucht sich über nichts mehr zu wundern. Und mit so was wollen die den technologischen Anschluss halten – koste es, was es wolle."
„Apropos Kosten: falls das kalkulierte Geld nicht reichen sollte, dann müssen am Ende die Steuerzahler halt „für noch mehr Verluste grade stehen. Im wahrsten Sinn des Wortes bewahrheitet sich hier mal wieder der alte Spruch, dass Verluste sozialisiert werden, während die Gewinne in private Taschen fließen."
„Und dazu noch unversteuert – am besten gleich auf ein Konto in Liechtenstein oder auf den Cayman-Inseln."
Protnik schnalzte genießerisch mit der Zunge. „Muss ja eine wunderschöne Gegend sein, wenn alle Reichen ihr Geld dort hin tragen."
Horst lachte bitter auf. „Stimmt: man könnte beinahe zum Zyniker werden, wenn man sich das alles mal so durch den Kopf gehen lässt."
„Ich frage mich ja sowieso schon seit langem, weshalb sie damals die Bürgerabstimmung nicht zugelassen haben, sondern sage und schreibe weit über 60.000 Stimmen einfach in den Orkus gestopft haben, nachdem sie die Abstimmung erst versprochen hatten. Schön nach dem bewährten Motto: was geht mich mein blödes Geschwätz von gestern an. Aber so etwas darf man doch mit den Leuten nicht machen. Da darf man sich doch nicht wundern, dass die Menschen wütend geworden sind. Und jetzt haben sie den Salat und behaupten dann auch noch, wer auf die Straße geht, der handle undemokratisch. Das auch noch."
„Ich frage mich ja, ob die wirklich glauben, dass irgendwer diesen ganzen S-21-Quatsch glaubt: von wegen, dass man die schnelle Verbindung Paris-Stuttgart-München-Wien-Bratislava-Budapest deswegen brauche, damit sich ein Manager in Paris in den

Zug setzen kann und bis Bratislava durchfährt. Eine Viertelstunde schneller als bisher von Paris nach Bratislava. Was anscheinend das Zentrum der europäischen Geschäftswelt sein soll. Da lachen doch die Hühner! Solche Leute nehmen grundsätzlich das Flugzeug – sogar schon von Stuttgart nach Frankfurt."
„Was im übrigen verboten gehört!"
„Da hast du auch wieder recht. Aber wie gesagt", vielsagend tippte sich Horst Meyer an die Stirn. „Die scheinen uns alle für blöd zu halten, wenn sie uns glauben machen wollen, dass es auf einer Strecke, die gut 1500 Kilometer lang ist, um eine Zeitersparnis von 10, höchstens 15 Minuten geht. Und dann bei diesen Kosten. Pro Minute eine Milliarde Euro. Woher soll die ganze Kohle kommen?"
„Am Ende werden sie für bessere Züge kein Geld mehr haben. Ich kann's mir schon lebhaft vorstellen: da ist man stolz wie Oskar auf so einen unterirdischen Super-Trooper Bahnhof – und holpert dann mit irgend so einer chronisch verspäteten Konservendose auf dem Luxusbahnsteig ein."
„Ach, unsere weltberühmten Silberlinge. Gibt's die denn noch?"
„Die gibt's tatsächlich immer noch. Erst neulich habe ich wieder so eine verbeulte Blechbüchse gesehen. Aber nicht im Museum, sondern wirklich und wahrhaftig im Linienverkehr. Man glaubt es kaum", schüttelte Protnik den Kopf. „Aber jetzt lass uns endlich wieder zum eigentlichen Thema zurück kommen."
„Das eine wirst du vom anderen nicht trennen können", gab Horst zur Antwort und bedachte seinen Kollegen dabei mit einem ernsten Blick.
Der reagierte eher unwirsch. „Was in deinen Worten also bedeuten soll ..."
„... dass alles irgendwie mit dem anderen zu tun hat. Die Frage ist halt nur, wie es miteinander verbandelt ist."
„Also wie jetzt? Konkret bitte! Du spielst auf diesen Bauträger an, den Saurer Charly, oder?", nahm Protnik den unterbrochenen roten Faden wieder auf. „Also mich wundert das immer noch: was hat denn ein stinknormaler Bauträger mit einem Bahnprojekt wie Stuttgart 21 zu tun. Der legt doch keine Schienen."

Ein ärgerliches Stöhnen entrang sich Horsts Kehle. „Sag mal: Bist du so naiv oder willst du mich nur ärgern?“ Ein kurzer forschender Blick in die arglose Miene seines Gegenübers lies die Gefühlswallung wieder abflauen. „Also gut. Ich erklärs dir: Im übertragenen Sinne legt der schon Schienen.“
„Ja Kruzitürken!“ Protniks Faust war dermaßen heftig auf den Tisch gekracht, dass sogar der schwere gläserne Aschenbecher durch die Erschütterung bis in die Tischmitte gehüpft war. „Jetzt nenn halt endlich Ross und Reiter und eiere nicht ständig nur um den heißen Brei herum. Was soll das bitte jetzt ganz konkret heißen?“
„Dass bei S21 enorme Geschäfte mit den verschiedenen freigewordenen und noch frei werdenden Grundstücken auf dem Bahngelände gemacht worden sind – und immer noch werden. Schon weit vor dem offiziellen Baubeginn. Natürlich durften diese Riesengewinne, die durch solche Insidergeschäfte gemacht worden sind, in keiner offiziellen Buchhaltung einer Stuttgarter Firma auftauchen – deshalb hat man ordentlich viele Strohmänner mit noch mehr Briefkastenfirmen ins Rennen geschickt. Pikanterweise ist die Tarnung dieser Firmen samt den Namen der wirklichen Besitzer – denn nur die hatten den Zugang zum Nummernkonto – jetzt auf Umwegen doch aufgeflogen.“
„Wow! Wie ist denn das passiert? Und wieso habe ich darüber nichts in der Zeitung gelesen?“
„Weil sie es unter dem Deckel halten konnten – und das wohl auch weiter schaffen werden. Ich habe dir ja gesagt, da sind nicht nur industrielle Gschäftlesmacher mit von der Partie, sondern eine atemberaubende Anzahl an nicht ganz unbekannten Gesichtern aus der Landespolitik.“
„Lauter kleine Kiesgruben-Fleischer sozusagen ...“, spielte Protnik kundig auf einen der jüngsten Amigoskandale an, den die Regierung – dank der erbärmlich schwach besetzten Oppositionsparteien und der nur allzu willfährig funktionierenden Presse – genauso rasch wie erfolgreich zum Skandälchen hatte herunter spielen können.

„Ach, der. Du meinst diese Bevorzugungsgeschichte mit den badischen Kiesbaronen. Das sind – vergleichen mit diesem Fall – noch nicht einmal die berühmten Peanuts. Dieses Mal, das sage dir, da geht's um ganz andere Dimensionen. Wenn mich nicht einer der Stuttgarter Kollegen, dem sie ein absolutes Ermittlungsverbot aufgedrückt haben, klammheimlich darüber informiert hätte, dann wäre die Sache womöglich schon endgültig gelaufen." Horst unterbrach sich kurz, um sein Gegenüber nun durchdringend zu fixieren. „Den Kollegen kennst du übrigens sehr gut – deshalb kann ich mir's auch ersparen, seinen Namen zu nennen. Man weiß ja nie ..."
Protnik pfiff hörbar durch die Zähne. Sein Interesse an der Sache war nun schlagartig gestiegen. Denn in der Tat konnte er sich denken, um welchen Kollegen es sich handelte. „Alles klar. Aber wenn ausgerechnet der dich heimlich um Hilfe bittet, dann muss die Kacke wirklich schon ganz schön am dampfen sein. Und was kannst du sonst noch sagen", drängelte Michael Protnik, dessen kriminalistische Adern sich inzwischen im Arbeitsmodus befanden. „Du hast vorher etwas mit der ominösen Steuer-CD angedeutet? Das ist also die Spur, um die es geht?"
„Scheint so", nickte Horst. „Auf dieser CD waren, wie man ja weiß, ein paar Probedaten drauf, damit die Steuerfahndung mit einigen Stichproben überprüfen kann, wie groß die mutmaßlichen Fische sind, die sich auf dem vollständigen Datenträger tummeln."
„Und? Wer war drauf?"
„Weiß ich nicht. Weiß auch in Stuttgart keiner. Zumindest offiziell nicht. Selbst diese paar Stichproben weiter zu verfolgen, hat man ja den Kollegen striktest verboten."
„Verboten? Ganz konkrete Hinweise auf eine Straftat? Die sollen sie nicht weiter verfolgen dürfen?"
„Exakt! Spätestens seit dieser Prügelorgie am Schwarzen Donnerstag im Stuttgarter Schlossgarten sind auch die letzten Ermittlungen strikt untersagt worden, die den Hauch eines Anscheines in sich tragen, dass dabei irgend etwas Politisches mit im Spiel sein könnte – und sei es nur die Stuttgarter Kom-

munalpolitik. Alles muss hübsch unter der Decke gehalten werden. Erst recht so kurz vor den Landtagswahlen."

„Aber das geht doch gar nicht. Das ist doch ungesetzlich."

„Du liebe Güte, Michael. In welcher Welt lebst du denn? Wenn diese Altstalinisten auch nur die geringste Gefahr für ihren Machterhalt wittern, dann spielen Gesetze keine Rolle mehr. Denen geht es nur noch um die Macht, und deshalb haben sie alles gestoppt, was ihnen womöglich unbequem werden könnte. Die Kollegen sind sofort von ihren Fällen abgezogen worden. Genau das ist der Grund, weshalb unser alter Kumpel in seiner ganzen hilflosen Wut dann mich angerufen hat. Ob vielleicht ich – natürlich zusammen mit dir ..."

„Aber Hotte!", tönte es gequält aus dem Mund des langjährigen Freundes und Weggefährten. „Das sind doch Finanzdaten. Weißt du, was das für ein unglaubliches Zahlenkauderwelsch ist? Selbst wenn wir – was unwahrscheinlich genug sein dürfte – eine Kopie dieser Test-CD in die Hände gespielt bekommen, sind wir beide doch vom Morddezernat. Wie sollen wir denn bei hoch raffinierten Steuertricksereien durchblicken? Wo sich selbst die Kollegen von der Steuerfahndung immer so unsäglich schwer tun, bei diesen hunderttausend Konten, Briefkastenfirmen und Scheinüberweisungen. Und im Übrigen: allein der Blick in diese Kopie ist ja, wie du grade gesagt hast, von ganz oben verboten worden und somit folglich illegal."

„Seit wann bist du denn ein solcher Warmduscher?"

„Warmduscher ist gut!" empörte sich Protnik. „Du weißt ganz genau, dass unsere höheren Etagen in dieser Hinsicht keinerlei Spaß verstehen. Schon gar nicht in Steuersachen. Da lassen sie lieber einen kleinen Ladendieb mit dem Hubschrauber zur Strecke bringen, als dass sie sich die Finger an einem prominenten Steuerhinterzieher verbrennen, der bekanntlich mehr als nur einen guten Freund in der Landespolitik hinter sich weiß. Da ist ja in letzter Zeit sowieso wieder so eine Sauerei gelaufen in der Steuerverwaltung ..."

„Du meinst die Sache mit den nicht mehr besetzten Stellen bei der Steuerprüfung?"

„Ja genau. Erst kürzlich habe ich gelesen, dass die Zahl der Steuerprüfer innerhalb von fünf Jahren in Baden-Württemberg um acht Prozent gesunken ist. Und dabei, das ist bewiesen und das haben mir Kollegen aus der Steuerfahndung auch bestätigt, bringt jeder Steuerfahnder dem Staat durchschnittliche Einnahmen von 1,4 Millionen Euro. Pro Jahr, wohlgemerkt."
„Na bravo, da siehst du es mal wieder: einerseits blasen sie sich in den Pressekonferenzen auf bis zum Platzen und behaupten, die Steuerfahndung werde immer effektiver und unnachgiebiger ausgebaut – während sie gleichzeitig die frei werdenden Stellen nicht mehr besetzen und somit das genaue Gegenteil von dem bewirken, was sie gerade eben noch gesagt haben."
„Und das angesichts von Milliardenlücken im Landeshaushalt!"
„Ich fürchte, die Devise heißt inzwischen: zu retten ist eh nichts mehr. Bringen wir also lieber unsere eigenen Schäfchen noch rechtzeitig in Sicherheit. Ohne die lästigen Steuerfahnder. Um den schönen Schein zu wahren, wird diese Aktion natürlich über ein paar Jahre gestreckt. Jedes Jahr ein paar Stellen weniger. Das läppert sich am Ende zu einem ordentlichen Fehlbestand zusammen. Die Geschichte hat bisher gut funktioniert, ganz still und heimlich haben sie in der Steuerverwaltung den Stecker gezogen, so dass man nun allmählich an die größeren Transaktionen gehen kann. Bis jetzt dummerweise diese vermaledeite Steuer-CD aufgetaucht ist. Und sofort war in den einschlägigen Vetterleskreisen die Alarmstufe Rot angesagt. Denn wenn auf der CD die einschlägig bekannten Namen drauf gewesen wären, samt den Summen, die sie klammheimlich von A nach B verschoben haben, dann gute Nacht, du schönes Luxusleben. Deshalb konnte es nur noch die Flucht nach vorne geben, da waren sich die Gelben und die Schwarzen ruck-zuck einig. Wenn die wollen, dann können sie ja tatsächlich blitzschnell agieren. Was in diesem Fall hieß: erstens den CD-Ankauf vehement verweigern und zweitens den internen Ermittlern auf das strengste verbieten, auch nur ansatzweise in dieser Sache herum zu stochern. Klappe zu – Affe tot. Schon konnten die Kumpels wieder ruhig schlafen und selig weiter von ihrem hübsch bestückten

Sparbüchle im Steuerparadies träumen. So läuft das, leider. Es ist ein Sumpf. Ein Abgrund.“

„Und wenn ich dich recht verstanden habe, dann sollen ausgerechnet wir uns mitten hinein in diesen Sumpf begeben. Dazu noch mit illegal beschafften Daten!“

„Was heißt denn hier illegal? Es handelt sich schließlich um Straftaten, die darauf verzeichnet sind. Eben nicht um Peanuts, sondern um eine besonders dreiste Form von Gesetzesverstößen. Das sind keine Petitessen, das sind richtige Sauereien! Und im übrigen: Was glaubst du wohl, was dieselben Typen, die unsere Leuten an den Ermittlungen hindern, mit dir anstellen würden, wenn du einmal hundert Euro nicht ordnungsgemäß versteuern hast?“

„Wie sollte ich das als Beamter denn anstellen?“

„Michael! Bitte! Du weißt, worauf ich hinaus will. Und deswegen vertrete ich die Ansicht, dass so etwas schlichtweg nicht hinnehmbar ist: die Kleinen hängt man und die Großen lässt man wieder mal laufen. Das ist illegal. Das Gesetz gehört dem ganzen Volk – und nicht nur den Großkopfeten!“

„Ach du meine Güte: Robin Hood lässt grüßen! Wenn das gut geht, dann fress ich einen Besen“, brummelte Protnik. „Also, ich fasse zusammen: Zwei im Morddezernat tätige Kommissare aus Ulm und Heilbronn ermitteln in ihrer Freizeit trotz strengstem Ermittlungsverbot außerhalb ihrer Dienststellen im fachfremden Finanzbereich in einer Steuersache, deren Quelle ein doppelt illegaler Datensatz ist.“

„Volltreffer!“ grinste Horst und prostete seinem scharfsinnigen Kollegen mit dem noch halb gefüllten Weizenbierglas anerkennend zu.

„Dir ist aber schon klar, Hotte, dass wir beide eigentlich in der Mordkommission arbeiten – beziehungsweise gearbeitet haben?“ unternahm Protnik einen letzten, eher wenig überzeugenden Versuch eines Einwands.

„Es muss nicht immer Mord und Totschlag sein“, konterte Horst. „Manchmal kommen mir die Finanzjongleure dieser Welt beinahe noch schlimmer vor, als so ein armseliger Mörder.

Und nochmal: es geht auch um die Zukunft in diesem Land. Wenn wir die einschlägigen Typen aber weiterhin so erfolgreich und ohne nennenswerte Gegenwehr daran arbeiten lassen, uns diese Zukunft zu verbauen, dann ist sowieso alles Essig. Dann stehen wir ohnehin am Abgrund."

Wie recht er damit haben sollte und wie nahe sie sich in Wahrheit bereits an diesem Abgrund befanden, das sollte den beiden erst viel später klar werden. Die Wirklichkeit schuf in diesen Stunden bereits härtere Fakten, als sie das zu diesem Zeitpunkt jemals hätten ahnen können. Eine Ahnungslosigkeit, die für den Fortgang der Ermittlungen durchaus hilfreich war. Und für das Nervenkostüm der Kommissare.

*

4

In der obersten Etage des Bürohochhauses schien es mal wieder mächtig zur Sache zu gehen. Unüberhörbar herrschte dicke Luft zwischen dem Senior und seinem Junior, den er in den vergangenen Jahren zielstrebig erst zum Nachfolger in seiner Immobilienverwaltungs-GmbH und inzwischen auch bei der ebenfalls zum Konzern gehörenden Baubetreuungsgesellschaft „Saurer und Partner" gemacht hatte. Der Anlass für die ziemlich lautstarken Verwerfungen konnte die übrigen Angestellten kaum vor größere Rätsel stellen, denn ganz eindeutig ging es wieder einmal um Grundstücke und damit zusammen hängende Auftragsvergaben der Stadtverwaltung. Jahr für Jahr war die Zusammenarbeit mit dem örtlichen Bauamt reibungslos verlaufen – und Jahr für Jahr hatte man als grundsätzlich bester Bieter die einschlägigen Grundstücke erwerben können, genauso, wie die Rückvermietung an die Stadt mittels ausgeklügelter Leasingverträge ebenfalls an den Konzern gegangen war, der regelmäßig die mit Abstand günstigsten Konditionen präsentieren

konnte. Ganz zu schweigen von den damit verbundenen Tiefbauarbeiten im Auftrag der Stadt. Die Saurer GmbH war und blieb auf sämtlichen Gebieten, die im weitesten Sinn die Baubranche betrafen, schlichtweg unschlagbar. Und das natürlich im gesamten Stadtkreis. Da hatten die Stadträte aus den einschlägig bekannten Querulantenfraktionen ihr Misstrauen in noch so viele kritische Fragen gießen können, wie sie wollten: am Lack der überlegenen Bieterfirma hatten sie keinen einzigen Kratzer hinterlassen können.
Aber jetzt! Plötzlich war alles ganz anders. Der Wind hatte sich um 180 Grad gedreht und wirbelte die Chefetage kräftig durcheinander.
Irgendetwas lief seit einigen Tagen gewaltig aus dem Ruder. Aber weshalb? Klar waren nur die Fakten – und die besagten nichts Gutes. Die Rede war von einem Tipp, der inzwischen auch bei den Mitgliedern der Gemeinderatsfraktionen gelandet war. „Unterstellungen. Üble Nachrede". Höchstwahrscheinlich die Neidattacke eines unterlegenen Konkurrenten in einem der zahlreichen Bieterverfahren – so hatte es zunächst den Anschein gehabt und das war wohl auch der Grund dafür gewesen, weshalb der Junior zunächst weder dem Senior den Vorgang gemeldet hatte, geschweige denn, dass er eine Gegenoffensive gestartet hätte. „Die üblichen Neidhammeleien eines zu kurz Gekommenen", hatte der Junior die Sache herunter gespielt und demzufolge gemutmaßt, dass die Konkurrenz nicht in der Lage sein werde, irgendwelche harten Fakten auf den Tisch zu legen. Pustekuchen!
Plötzlich war da dieser Anruf gewesen. Der Anruf des Bauamtsvize. Ein Staatsanwalt habe sich bei ihm gemeldet und wolle sich in dieser Sache am morgigen Vormittag mit ihm besprechen. Woher die Staatsanwaltschaft die Information bekommen hatte, dass da gewisse Mauscheleien im Vergabeverfahren stattgefunden haben mussten, das konnte man sich lebhaft vorstellen. Blöderweise befand sich der Chef der Baubehörde momentan im Urlaub – und sein Vertreter war in die Sache nicht eingeweiht. Zumindest nicht im Sinne der Saurer GmbH.

„Man hätte rechtzeitig mit ihm sprechen müssen! Sofort nachdem dieses Pamphlet da aufgetaucht ist! Weshalb um Himmels Willen hast du mich denn nicht informiert?!" Das war keine Unterhaltung mehr, das war nur noch Gebrüll. Und zwar ein durchaus einseitiges. Sie konnten den Senior förmlich vor sich sehen: mit hochrotem Kopf, dicke Schweißperlen auf der Stirn und zur wütenden Fratze verzerrter Miene. Wie es halt seine Art war, wenn etwas nicht ganz so vonstatten ging, wie der Herr es zu wünschen beliebte. Und dieses Mal schien der Zorn sogar noch eine Spur heftiger, als üblich. Die Sache schien wirklich brenzlig zu sein..
So mancher der Angestellten rieb sich dennoch insgeheim die Hände – wohl wissend, dass durch dieses sich anbahnende Skandälchen eventuell sogar der eigene Arbeitsplatz gefährdet sein konnte. Denn dass sich die Firma seit Jahr und Tag mit ihren Geschäftspraktiken am Rande der Legalität bewegte (um dies einmal äußerst wohlwollend zu formulieren) das war allen Beschäftigten nur allzu klar. „Das ist mir jetzt auch alles egal. Ich habe schon seit langem ein flaues Gefühl, selbst ein als Teil dieses alles andere als koscheren Räderwerks zu funktionieren!"
Eine Einschätzung, die erstaunlicherweise viele der Kollegen teilten. Wenngleich auch nur hinter vor gehaltener Hand. Erstaunlicherweise wirkten manche von ihnen geradezu erleichtert, dass endlich einmal das ziemlich trüb gewordene Auge des Gesetzes Lunte gerochen haben könnte. Erstaunlicherweise schien man einen der zahlreichen Hinweise, die doch schon seit Jahren direkt vor den Türschwellen der Strafverfolgungsbehörden lagerten, wirklich ernst zu nehmen – und sogar Anstalten zu machen, Hinweis sogar nachgehen zu wollen!
„Das muss man sich mal vorstellen: nach so vielen Jahren scheinen die tatsächlich aufzuwachen!"
Weil dies bislang so gut wie nie der Fall gewesen war – schon gar nicht, wenn es sich wie bei der Saurer GmbH um größere Maßstäbe gehandelt hatte – waren die Gschäftlesmacher immer dreister geworden. Lug und Trug, wohin man nur blickte. Ein Loch wurde mit dem anderen gestopft – kein Cent wurde in die Firma reinvestiert. Alles floss über diverse Briefkastenfirmen

am Ende auf private Konten. Erst recht die staatlichen Zuschüsse und Kreditzusagen. Pures Pech, wenn dann halt mal wieder eine der zahlreichen (natürlich selbständig agierenden) Unterfirmen in die Insolvenz gehen musste. Hauptsache, dem Gesamtkonzern, diesem „wichtigen Arbeitgeber" geschah kein Leid. Das wog die Tatsache doch mehr als auf, dass jetzt halt ein paar Handwerker wieder in die Röhre schauten und auf den unbezahlten Rechnungen sitzen blieben – was oft genug ebenfalls den Gang zum Konkursrichter nach sich zog. Nun denn. Kollateralschaden. Bedauerlich – aber nicht zu vermeiden. Was fielen dabei „die paar Hansel" schon ins Gewicht, im Vergleich zum Saurer-Konzern mit seinen hunderten von Arbeitsplätzen und tausenden von (mehr oder minder legal Beschäftigen, meist ukrainischen) Bauarbeitern auf den Dutzenden von Saurer-Baustellen, die wie Eitergeschwüre flächendeckend die ganze Stadt überzogen. „Überall wo ein Loch ist, da buddelt der Saurer", lautete deshalb eine alte Volksweisheit in der Schwabenmetropole. Die Bauarbeiter im blauen Overall mit dem großen orangen Emblem auf Brust und Helmen beherrschten das Stadtbild beinahe genauso, wie die Blechkarossen den tagtäglichen Stau auf den Stuttgarter Einfallsstraßen. Einer der stichhaltigsten Gründe, weshalb der alte Saurer mit seiner gebetsmühlenhaftigen Leier „Arbeitsplätze, Arbeitsplätze und noch mal Arbeitsplätze!" auch die kritischsten Vergabesituationen erfolgreich meisterte. „Das Arbeitsplatzargument sticht immer – selbst beim grünsten Grünen", hatte er dem Junior schon vor Jahren eingebläut. Mit dieser mehr als durchsichtigen Argumentation meinte der Saurer Charly, sich alles und jedwedes Geschäftsgebaren erlauben zu dürfen. Was ja auch den Tatsachen entsprach. Alle ließen sich von den beeindruckenden Umsatzzahlen, in Verbindung mit den zahlreichen Arbeitsplätzen blenden – und falls das dann doch nicht ausreichen sollte, dann machte es sich gut, einmal im Jahr als großzügiger Stifter eines sündhaft teuren Kunstwerkes für die städtische Galerie oder den Kunstverein in Erscheinung zu treten. Logischerweise mit dem gebührenden Presseecho im Schlepptau.

(Angenehmer Nebeneffekt der großzügigen Millionenspende: die Hälfte des Geldes floss via 50%iger Absetzbarkeit von der Einkommensteuer im darauf folgenden Jahr wieder zurück in die Taschen des spendablen Unternehmers. Die Allgemeinheit hatte das großzügige Geschenk, das ihr zuteil geworden war, also zur Hälfte selbst bezahlt. Nun denn.)
„So läuft das eben.“ Ein weiterer Sinnspruch des schwäbischen Immobilientycoons. Hauptsache, die andere Seite ließ sich gebührend beeindrucken, dann lief alles wie geschmiert – im wahrsten Sinn des Wortes. „Ja, so läuft das. Bei den Konkurrenten schließlich genauso. Das ist ja das Gute daran. Weil die es genauso machen, wie ich, findet jeder, dass es wohl so sein müsse, wie es ist.“ Kein Wunder, dass der eine oder andere Außenstehende, den es versehentlich mittels Einladungskarte auf einen der Saurerschen Spendenevents verschlagen hatte, sich über die einförmige, gesichtslose Masse der auf das eifrigste dem großzügig ausgeschenkten Champagner zusprechenden Besucherschar ab und an so seine verwunderten Gedanken machte. Allesamt eine einzige breiige Festgesellschaft, die voll dankbarer Unterwürfigkeit ihrem großzügigen Tribunen huldigte.
Und all diese Typen, die eng zusammen ihre undurchdringliche Zweckgemeinschaft aus Behörden, Kommunalpolitik, Strafverfolgern und Mitessern bildeten, dazu die Gschäftlesmacher, die gleichzeitig mit jenen Aufsichts- und Vergabebeamten die allerbesten freundschaftlichen Kontakte zu pflegen verstanden – sie alle vergeigten damit fröhlich und gewissenlos die Zukunft dieser Stadt und dieses Landes. Die Zukunft der kommenden Generationen. Gemäß dem altbekannten Motto: nach mir die Sintflut. Apropos Sintflut: ein paar Tausender als Spende für die christlichen Kirchen. Das machte sich natürlich ebenfalls immer gut. Und wenn die (natürlich genauso von der Steuer absetzbare) Spende eine gewisse Marke überschritten hatte, dann durfte man sich der Ehre sicher und gewiss sein, auf dem nächsten Empfang auch die Bischöfe der beiden christlichen Konfessionen als seelsorgerische Glanzlichter unter der dankbaren Gästeschar zu wissen. Als stadtbekannter und frommer Spender mildtätiger Gaben

ließen sich die nächsten lukrativen Geschäfte bestens vorbereiten. Damit einhergehend – falls sich ein besonders üppiger Deal am Horizont abzeichnete – rechtzeitig womöglich wieder eine herzzerreißend schöne (und natürlich genauso von A–Z verlogene) „homestory" über den barmherzigen Samariter als Held der Lokalausgabe des Blattes mit den großen Buchstaben und dem dürren Inhalt. Öffentlich gut dastehen. Das zog halt immer – und leistete als wunderbare Beißhemmung gegen allzu forsche Nachfragen von noch jungen unerfahrenen Beamten aus der Verwaltung die aller wertvollsten Dienste. Bürschchen und Mädels, die sich noch profilieren wollten – aber schon recht bald begriffen, dass die Profilgewinnung besser gelang, wenn man sich kooperativ verhielt. Zumindest die nicht ganz Blöden lernten rasch. Und noch einen dritten willkommenen Effekt der edlen Spenden für das Allgemeinwohl durfte man nicht zu gering schätzen: der betraf die Ewigkeit. Himmlische Heerscharen, Fegefeuer und so. Denn letztendlich konnte man ja nie wissen ...

*

5

„Nochmal zu dieser Steuer CD. Ist das jetzt also die, von der man überall gehört und gelesen hat?"
„Ja und nein."
Kein Wunder, dass Michael Protnik seine Stirn in unwirsche Falten legte. „Ja was jetzt? Ist sie's oder ist sie's nicht?"
Horst beschrieb eine beschwichtigende Handbewegung. „Ist sie schon, aber da sind halt auch noch andere Sachen drauf. Einiges mehr, als das der Öffentlichkeit bisher vorgegaukelt worden ist."
„Also doch auch die Sache mit den Ministern?"
„Ja – die sowieso."
„Aber der Ministerpräsident hat doch gemeint ..."

„Ach du liebes Lieschen Müller! Seit wann bist denn jetzt auch du von der ganz naiven Fraktion? Seit wann nimmst du das, was der Kerl da von sich gibt, für bare Münze?"
„Tue ich doch gar nicht! Wie kommst du denn nur darauf?"
„Du musst dich bloß reden hören!"
„Quatsch mit Soße! Ich hab doch nur gemeint, dass dem Ministerpräsidenten die Sache wohl auch zu heiß war – und er lieber die Augen und Ohren zugedrückt hat, indem er behauptet hat, dass das in der Öffentlichkeit Behauptete über seine Minister eben nicht da drauf wäre. Eine klitzekleine Notlüge, bevor der Koalitionsfrieden gefährdet wäre ..."
„... und damit die Regierungsmacht auf dem Spiel gestanden hätte."
„Also dieser feiste Rambo, der geht mit der Wahrheit noch viel schamloser um, als alle seine Vorgänger zusammen. Im Nachhinein betrachtet, ist mir inzwischen sogar der unsägliche Schnatterich, den er in dieser beinahe staatsstreichmäßigen Nacht- und Nebelaktion dank Muttis Hilfe beerbt hat, beinahe noch lieber als dieser Kerl. Der arme Schnatterich."
„Der – wer?" Horst verstand nicht das geringste.
„Ha, der Schnatterich. Der Quasselkaschper, der GH-Null, wie sie ihn früher bei der Jungen Union in weiser Voraussicht schon genannt haben. Unser Strohgäu-Gischpel, der jetzt ganz Europa unsicher machen darf!"
„Der Schnatterich ... also wirklich! Den meinst du. Na komm, mit dem musst du kein Mitleid haben. Der ist jetzt immerhin EU-Kommissar und damit einer der mächtigsten Männer von ganz Europa! Und das, ohne auch nur zwei gerade Sätze Englisch zu können. Das ist ja auch eine Leistung. Das schafft nicht jeder."
„Übrigens ..." Achselzuckend fuhr Protnik fort. „Wenn man das manchmal in den Unterhaltungen mit den Leuten so anbringt, dass wir einen EU-Kommissar haben, der noch nicht einmal Englisch kann, obwohl er's von all seinen Beamten als unabdingbares Einstellungskriterium verlangt, plus mindestens einer weiteren perfekt beherrschten Fremdsprache,

dann wird man da noch angeblafft, was das denn solle. Den Leuten langt es anscheinend, dass er diese herausgehobene Stellung hat. Sie wollen stolz auf ihn sein und sich nicht mit seinen ja mehr als offensichtlichen Mängeln herum plagen. Seltsam. Wie kann man auf so einen auch noch stolz sein. Ich schäme mich immer, wenn der im Fernsehen den Mund aufmacht."

„Was willst du? So sind die Menschen halt. Denk doch nur an den Lügenbaron und seinen geklauten Doktortitel. Da war ein überführter Lügner und Betrüger Verteidigungsminister dieses Landes und die Leute haben dennoch zu tausenden dafür plädiert, den Kerl im Amt zu halten. Ihren Hoffnungsträger! Da siehst du, wie es mit der Moral hierzulande bestellt ist, wenn man einen Politiker nach wie vor dafür geeignet hält, den Minister zu geben, obwohl er nachgewiesenermaßen gelogen und betrogen hat. Das soll die Elite dieses Landes sein. Das langt den Leuten. Solchen Typen vertrauen sie die Zukunft dieses Landes an. Nur weil der Kerl in seinen sorgsam inszenierten Auftritten die alte Oma immer so schön aus dem Fernseher heraus anlächelt. Und am Schluss ein einziger trauriger Blick aus ernsten, tiefen Rehaugen – und schon ist alles vergeben und vergessen. Igitt!" Horst schüttelte sich fröstelnd.

„Ja – und erschwerend kommt dann noch hinzu, dass so jemand wie du, der solche Reden schwingt, dann sofort als Miesmacher gebrandmarkt ist. Als ewiger Stänkerer, als einer, der halt gegen alle und jeden ist. So gesehen solltest du dich vielleicht schon mal fragen, ob es nicht viel mehr an dir liegt. Ob nicht vielleicht du auf der falschen Spur bist, wenn dir nur noch Geisterfahrer entgegen kommen."

„So nach dem Motto: tausend Fliegen können nicht irren, wenn sie auf dem Misthaufen sitzen ..."

„Sozusagen ..."

Der ewige Stänkerer grinste verschlagen.„Na ja – ganz so, wie du vermutest, kann es nicht sein, denn immerhin stimme ich in meiner Einschätzung sogar mit der US-Regierung überein."

„Mit der US-Regierung? Was soll das jetzt?" Protnik rollte mit den Augen. „Der Hotte Meyer und die US-Regierung: auf einer Linie. Wow!"

„Du brauchst gar nicht so blöd zu tun. Schon mal was von „Wikileaks" gehört?"

„Gehört schon ... „ sinnierte Protnik. „Sind das nicht diese Internet-Aufklärer mit dem bleichen Jungen als Frontmann?"

„Bingo."

„Und was hat das nun wiederum mit der US-Regierung zu tun, die mit dir einer Meinung sein soll?"

„Erinnerst du dich denn noch an diese diplomatischen Geheimpapiere, die „Wikileaks" vor ein paar Tagen veröffentlicht hat?"

„Ja und?", stöhnte Protnik vernehmlich auf. „Allmählich wird's immer mysteriöser. Jetzt sag schon endlich, was Sache ist!"

„Sag ich doch", zischte Horst. „Also, die haben zitiert, was amerikanische Politiker so alles über Diplomaten aus anderen Ländern denken und schreiben. Da gibt es beispielsweise auch eine Passage über deinen Schnatterich ..."

„Die haben den wirklich erwähnt? Finden die denn den so wichtig?"

Horst lachte vergnügt in sich hinein. „Und ob sie den erwähnt haben."

„Und wie?"

„Sie bezeichnen ihn als lahme Ente mit einer merkwürdigen Aussprache."

„Da schau her – die Amis! Eine messerscharfe Analyse."

„Sag ich doch. Also: von wegen, ich stünde allein auf weiter Flur mit meinen Einschätzungen über die mangelnde Qualität unserer politischen Kaste. Leider nein. Sogar die amerikanischen Diplomaten teilen meine Ansicht. Du wirst mir also auf den Knien Abbitte leisten müssen."

„Tut's ein Hefeweizen als Wiedergutmachung auch?"

„Na gut. Einverstanden." Fröhlich schlug Horst in die dargebotene Rechte seines Freundes ein, der ihn breit grinsend musterte.

„Gischpel! Quasselkasper, Schnatterich ... Sag mal: Woher hast du eigentlich diese ganzen Schimpfwörter?"

„Schimpfwörter! Von wegen Schimpfwörter!“ entrüstete sich Protnik. „Das sind wunderschöne, uralte schwäbische Ausdrücke, die leider Gottes allmählich in Vergessenheit geraten. Sehr zu Unrecht, wie ich finde. Aber unsere ganzen Schickimicki Gschäftlesmacher und Politkaschperle wollen ja alles können, bloß kein Schwäbisch – und wenn sie in den Werbekampagnen hundertmal das Gegenteil behaupten.“

„Tja ... Das passt halt nun mal nicht zu gegelten Haaren und braun gefärbten Wangen.“

„Um auf den hoffentlich nicht mehr allzu lange aktuellen Landesvater zurück zu kommen: an dem kann man die Wahrheit des alten Spruchs bestätigt sehen, dass nie was besseres nachkommt. Und das ist spätestens seit dem Cleverle, den seine lieben Parteifreunde ja seinerzeit aus dem Amt geekelt haben, tatsächlich so. Stell dir diese nach unten offene Gruselskala nur mal vor: nach dem Cleverle kam der Landespater aus Spaichingen ...“

„... dann der Schnatterich.“

„... und jetzt als dickes Ende der Gewachste.“

„Der Gewachste?“

„Man nennt ihn auch den Halslosen.“

„Wieso haltlos?“

„Nicht haltlos, sondern halslos gleich stiernackig. Franz Josef Strauß und Co KG. Obwohl, das mit dem haltlos passt schon auch. Wenn ich an die Prinzipientreue von denen denke, so nach dem Motto: Prinzipien hin oder her, Hauptsache mir nützt es.“

„In der Tat. Macht, Macht und nochmals Macht. Aber wieso jetzt der Gewachste?“

„Ha – schau ihn dir doch bloß mal an: der glänzt wie ein Mandarin im alten China ...“

„... eher wie ne faule Birne in der Supermarkttheke.“

„Aber Birne hatten wir schon.“

„Und einen Gegelten gibt’s auch bereits.“

„Eben drum – deshalb ist es ja auch der Gewachste.“

„Könnte statt Birne auch ein Boskoop aus dem Obstregal sein ...“

„Bingo: der Boskopf! Das trifft den Nagel auf den selbigen. Gut kombiniert, das muss dir der Neid lassen."
„Ich habe eher Mitleid mit unserem schönen Ländle. Schon erstaunlich eigentlich, was so ein Land alles aushalten muss."
„Selber schuld – wer hat die Typen denn gewählt?"
„Auch wieder wahr! Und am schlimmsten sind diese Nichtwähler, denn die scheinen einfach nicht zu kapieren, dass sie mit einer Wahlverweigerung in Wahrheit gleich doppelt wählen und die alten Verhältnisse auf diese Art und Weise sogar noch zementieren. Na ja – kein Wunder ist der Bildungsetat in den vergangen Jahren immer kleiner geworden – das Volk ist dumm, das soll so bleiben. Dann kann nix anbrennen."
„Jetzt hör bloß auf. Mir wird langsam angst und bange."
„Kann es auch. Andererseits denke ich, so ganz allmählich sind wir unten angekommen – und damit bleibt uns immerhin ein kleiner Trost: weiter runter kann's kaum mehr gehen."
„Dein Wort in Gottes Gehörgang", brummelte Horst und sandte einen flehenden Blick hinauf zum Himmel, wo sich die Sonne plötzlich hinter dicken dunklen Wolken versteckte. Wenn das nur kein unheildrohendes Menetekel darstellte ... Du liebe Güte! „Ich glaube, ich brauche jetzt endlich dieses zweite Hefeweizen", stöhnte der Kommissar. „Bevor ich überall nur noch Unheil auf uns zukommen sehe. Das hält ja kein normaler Mensch aus."
In der Tat sehnte sich Horst dringlich nach dem erwähnten Erfrischungsgetränk.
Offenbar ganz im Gegensatz zum Kollegen Protnik.
„Pustekuchen!", brummelte der Sputnik dunkel und legte seine Stirn in umwölkte Falten. Ausgerechnet der.
„Was ist denn jetzt schon wieder?" knurrte Horst. „Jetzt sag bloß noch, du bist plötzlich unter die Abstinenzler gegangen. Seit wann verziehst du beim Hefeweizen das Gesicht, als wenn du mit nackten Füßen in einen Haufen Hundescheiße getreten wärst?"
„Na ja. Hefeweizen ist halt nicht gleich Hefeweizen. Also, dieses eine da, das sie uns grade serviert haben ... nein danke. Dann

trinke ich lieber einen Kamillentee. Wie hieß das Gesöff noch mal? Ich hab den Namen bereits verdrängt. Irgendwas mit Sanka oder so ..."

„Sanka ist gut ... genauso schmeckt's ja. Nach Sanitäter oder Sanitär ... Also, ich kann dich beruhigen: ich weiß da drüben noch ein Beizle, da haben sie auch ein gscheites Bier."

„Na dann: auf sie mit Gebrüll!" strahlte der Sputnik mit der Sonne um die Wette, die sich gerade in diesem Augenblick wieder hinter dem Wolkenvorhang hervor kämpfte. Wenn das also ausnahmsweise mal kein gutes Omen war...

*

6

Dieses Gesicht! Niemals hätte er damit gerechnet, ausgerechnet diesen Menschen zur Gegenseite zählen zu müssen. Jede Wette hätte er gemacht, in Wahrheit sei das genaue Gegenteil der Fall. Aber es war eindeutig. Die Erkenntnis traf ihn wie ein Keulenschlag. Sie hatten einen Schläfer bei ihnen platziert! Eine Aktion, die von langer Hand vorbereitet worden sein musste. Schon vor vielen Jahren. Noch weit vor den Protesten und der daraus entstandenen Bürgerbewegung! Aber wie hatten sie das alles wissen können? Wie konnten sie davon ausgehen, dass da überhaupt ... Beziehungsweise ... Tausend entsetzte Gedanken schossen ihm durch den Kopf!

Die in einer fürchterlichen Schlussfolgerung mündeten. Sie wussten alles! Über alle und jeden. Hatten sie alle schon seit Jahren messerscharf in ihr Visier genommen – hatten sich als Gleichgesinnte ausgegeben und sich dadurch in ihr Vertrauen geschlichen. Klammheimlich waren sie ausgespäht und analysiert worden. Kein Schritt ohne Beobachtung. Über viele Jahre hinweg. Das also war der Grund, weshalb sie ganz plötzlich vor ihm aufgetaucht waren. Und nun sogar ihr wahres Ge-

sicht offenbarten. Weil ... die gnadenlose Schlussfolgerung ließ seinen Herzschlag stocken ... weil sie mit sicherer Gewissheit davon ausgehen konnten, dass er nicht mehr dazu in der Lage sein würde, ihre Tarnung auffliegen zu lassen. Das war es!
Und so, wie mit ihm, würden sie es dann auch mit den anderen machen. Alles war aus! Aus und vorbei!
Nein! Das durfte er nicht geschehen lassen!
Er musste sie warnen. Die Freunde, die Weggefährten!
Panische Gedanken, die in tausendstel Bruchteilen einer Sekunde durch sein Denken jagten.
Während sein letzter Atemzug bereits unmittelbar bevor stand. Aber jetzt nicht mehr an das eigene Leben denken. Das war bereits Vergangenheit. Nicht mehr um seine Zukunft ging es, sondern um die der anderen. Die anderen musste er warnen ...
Die anderen!
Wer waren diese anderen? Waren es wirkliche Freunde – oder handelte es sich ebenfalls um Maulwürfe?
Egal!
Dann spielte es auch keine Rolle mehr. Die Chancen standen fünfzig zu fünfzig. Zumindest einen Versuch musste er starten, seine ahnungslosen Weggefährten zu warnen. Dass sich die Schlinge bereits um ihren Hals legte.
Das Handy!
Verflucht!
Eine endlose Zeitspanne schien verstrichen, bis er das Mobiltelefon mit zitternden Fingern endlich in seiner Jackentasche ertasten konnte.
Mist! Das Ding war ausgeschaltet!
Die PIN!
Unmöglich!
Zu spät!
Aber ein Notruf. Dann noch einen Notruf absetzen. Später würde man damit immerhin die Stelle orten können, von er das letzte Signal seines Lebens abgesetzt hatte. Als vagen Hinweis auf ein Verbrechen.

Falls dieser Hinweis überhaupt bei den richtigen Leuten landete. Und selbst dann blieb noch die Frage, ob sie konkrete Ermittlungen in die Wege leiten würden – oder nur zum Schein einige Aktenordner mit angeblichen Erkenntnissen befüllten. Denn dass sich die Seuche schon längst bei den Ermittlungsbehörden ausgebreitet hatte, das war ihm ohnehin seit langem bekannt. Weswegen er ja den anderen Weg gewählt hatte, um seine Informationen zu platzieren.
Ein Notruf.
Der letzte Tipp.
In der vagen Hoffnung, dass ihm seine Mörder nicht auf die Schliche kamen und das Handy am Ende als falsche Fährte gar noch an einem anderen Ort platzierten.
Egal. Er musste es versuchen. Sich konzentrieren – und dennoch blitzschnell handeln, während ihm der Angstschweiß aus allen Poren brach. Die Ziffernfolge ertasten ...
Auf ein Wunder hoffen.
Vergeblich.
Die Schicksalsstunde wurde zur Sekunde.

*

7

Es bedurfte eines ganzen Tages, bis sich Horst Meyer – zumindest einigermaßen – von seinem intensiven Weizenbiertest mit dem in dieser Hinsicht durchaus als etwas standfester zu bezeichnenden Kollegen erholt hatte. Zum guten Glück war es ein dienstfreies Wochenende, an dem dazu noch die Sonne lachte, so dass dem nachmittäglichen Nickerchen in der Hängematte zwischen den großen Obstbäumen nicht das geringste entgegen stand.
Der Restalkohol, in Tateinheit mit den schönen warmen Sonnenstrahlen, dazu das gemütliche Pendeln der Hängematte versetz-

ten den Kommissar in einem geradezu Guinnessrekordverdächtigen Tempo in den ersehnten Gesundungsschlaf. Obwohl ... Business ... Schon wieder Bier ... und noch dazu ein dermaßen ekelhaftes Gebräu! In welcher Beziehung das alles nun mit der Steuer-CD, den Landesministern, dem Polizeipräsidenten und seinem Ermittlungsverbot zu tun haben sollte, das blieb dem friedlich dahin dämmernden investigativen Freizeitermittler im Augenblick allerdings einigermaßen rätselhaft. Aber wie das alles mit der Tatsache zu vereinbaren war, dass genau in diesem Moment, in dem sich diese schicksalshafte Frage zu formen begann, ein Höllenlärm losbrach, weil ein abstürzender Düsenjäger sich ausgerechnet den Garten des Meyerschen Reihenhäuschens in Heilbronn-Sontheim zum ultimativen Aufschlagsort erwählt hatte?!

Rette sich wer kann! Schweißgebadet fuhr Horst in die Höhe und kämpfte verzweifelt gegen das stechend grelle Sonnenlicht in seinen Augen, das ihn blind wie einen Maulwurf machte, so dass wertvolle Zeit verstrich, bis er sich einen ersten flüchtigen Überblick über das Ausmaß der Katastrophe verschaffte konnte – und über die Tatsache seines verletzungsfreien Überlebens, was nicht nur einem Mirakel gleich kam, sondern ihm (wäre er doch katholischen Glaubens gewesen) als neuestem aller wundertätigen Heiligen unverzüglich den Einzug in die illustre Gruppe der vierzehn Nothelfer (nunmehr also deren fünfzehn) ermöglicht hätte. Der heilige Horst, der Fachapostel gegen Flugzeugabstürze – mit Schwerpunkt Düsenjäger.

Von wegen Düsenjäger!

Der Nachbar war's! Wieder mal! Zum wer-weiß-nicht-wievielten-Mal! Keine halbe Stunde hatte man seine Ruhe. „Na warte Freundchen. Rache ist Blutwurst. Eines Tages wirst auch du mal ahnungslos im Garten liegen, wenn unser Wasserschlauch fataler weise einen Riss bekommt ...", murmelte Horst verdrossen in sich hinein und war sich nur allzu genau darüber im klaren, dass es dem Nachbarn dank seiner Hornhaut auf der Seele wohl niemals dämmern würde, welchen ruhestörenden Krach er mit seiner speziellen Art des Jalousienschließens regelmäßig veranstaltete.

Apropos Krach!
Ratsch!
Schon wieder schnalzte ein Sonnenschutz mit lautem Getöse an einem der nachbarlichen Hausfenster auf den blechernen Sims herunter. Eine Kalaschnikow im Dauereinsatz war nichts dagegen!
Wütend ballte Horst die Fäuste, wodurch zufällig die Uhr am Handgelenk in sein Blickfeld geriet. „Wie bitte?! Das gibt's doch nicht! Schon fünf Uhr vorbei! Wieso sagt mir denn keiner was, dass die Fußballsendung bereits angefangen hat!" Von dieser Warte aus betrachtet, hatte also der Nachbar mit seiner Jalousiengewehrsalve doch noch ein gutes Werk vollbracht. Und das ganz ohne konkrete Absicht!
„Weiß man schon wie es ausgegangen ist? Ist das VfB Spiel etwa schon rum?" In Windeseile war der auf so jähe Weise erweckte Hängemattenschläfer im Wohnzimmer verschwunden und drückte erwartungsvoll auf den Einschaltknopf des Radiogeräts.

*

8

„Hast du mir richtig zugehört? Jetzt will der Saurer anscheinend auch noch dieses Grundstück haben, obwohl es ihm die alte Dame partout nicht verkaufen will. Das hat mir der Kollege vorhin gemailt."
Claudia machte ein erstauntes Gesicht. „Gemailt? Ich dachte es soll alles geheim bleiben, was ihr da tut. Wie kann der dann mailen?"
„Weil das, was er mir gemailt hat, in Stuttgart längst an die Öffentlichkeit gedrungen ist. Das hat er deshalb auch gefahrlos machen können", erläuterte Horst seiner Ehefrau. „Und anscheinend geht der Saurer wieder einmal nach seinem altbewährten Motto vor, das da lautet: es ist alles nur eine Frage des

Preises. Aber damit ist er bei der Frau bislang auf Granit gestoßen."
„Hoffentlich bleibt das auch so. Denn der hat für den Notfall ja noch einen weiteren Leitspruch im Köcher: Macht ist die Angst der anderen." Claudia ballte die Fäuste. „Es wäre so schön, wenn diesem unsäglichen Kerl endlich mal jemand die Stirn bieten würde."
„Ich fürchte, das wird am Ende ausgehen, wie immer. Obwohl es der Frau ja wirklich nicht ums Geld geht, sondern um ihr schönes Grundstück, das sich seit ewigen Zeiten im Familienbesitz befindet und das sie schon deswegen partout nicht hergeben will. Aber der Kollege sagt, der Saurer habe inzwischen schon seine einschlägigen Kontakte aktiviert. Selbst der Mann von der Grundstücksbesitzerin, der im örtlichen Bezirksbeirat sitzt und sogar im Kirchengemeinderat, sei da machtlos."
„Hat dieser Saurer denn nie genug? Was braucht der denn immer noch mehr Immobilien und Baustellen? Kann der nicht irgendwann einmal sagen: es reicht jetzt?"
„Nein, kann er nicht. Ich fürchte, der ist zum Weiterbauen verdammt bis in alle Ewigkeit. Nur wenn er für seine neuen Bauvorhaben einen Kredit von den Banken bekommt, dann kann er den Schuldendienst für seine früheren Investitionen begleichen. Das ist ein ewiger Kreislauf bei dem. Der Kerl ist ein Getriebener. Ein Blender!"
„Aber das ist doch dann Betrug, was der da macht. Der kann doch das Geld nicht für andere Zwecke ausgeben, als für diejenigen, für die er es bekommen hat. Das machen doch auch die Banken nicht mit. So blöde sind die doch nicht!"
Horst lachte trocken auf. „Hast du eine Ahnung. Die stecken doch ebenfalls mit drin. Natürlich wissen die Direktoren im obersten Stockwerk der Bank ganz genau, was für ein Spiel da in Wahrheit gespielt wird. Aber sie müssen so tun, als sei alles in Ordnung, denn sonst tut's irgendwann einen Riesenschlag, und alles ist hin. Auch alle Kredite, die sie dem Saurer früher bewilligt haben. Weit jenseits aller Vernunft und gegen jegliche

Finanzierungsgrundsätze übrigens. Somit stecken wieder mal alle unter derselben Decke."
„Ja, aber wenn man das weiß, dann muss man diesen Sumpf doch endlich trocken legen. Sonst geht das ewig so weiter und die Schulden wachsen ins unermessliche. Ganz zu schweigen von der Stadt, die sinnlos zubetoniert wird, nur weil ein paar raffgierige Immobilienhaie sich verspekuliert haben und die Banker nicht zugeben können, dass sie mit für diese Scheiße verantwortlich sind. Das geht doch nicht. Jedem Normalbürger würden die doch sofort sein Häuschen über dem Kopf zwangsversteigern. Da muss doch gleiches Recht für alle gelten!" Mehr und mehr hatte sich Claudia in Rage geredet und bedachte ihren Ehemann nun mit einem umso fassungsloseren Blick. „Das könnt ihr doch nicht einfach so treiben lassen!"
Der hob in einer resignativen Geste die Hände. „Wenn das so einfach wäre. Aber erstens bin ich nicht bei der Polizeidirektion in Stuttgart und zweitens, du weißt es doch, hat der Saurer mächtige Verbündete. Selbst wenn da was nach außen dringen sollte, dann kann der mit seinen Verbindungen dafür sorgen, dass da nichts anbrennt."
„Aber die Presse ...."
„Die freie Presse. Dass ich nicht lache!" Horst schüttelte heftig den Kopf. „Weißt du, was da passiert, sobald der Saurer Wind davon bekommt, dass ein Redakteur in dieser Sache am recherchieren ist – oder: am herumschnüffeln, wie es der Saurer Charly nennen würde?"
„Was dann?"
„Da kommt sofort ein Anruf direkt in die Verlagsleitung, in dem es sinngemäß heißt, dass man leider in den nächsten Tagen die längst geplanten Sonderseiten für das neue Immobilienprojekt nun doch nicht schalten könne, von diversen Annoncen der zahlreichen Unterfirmen des Herrn Saurer ganz zu schweigen. Da geht es dann immer gleich um einige hunderttausend Euro. Und wenn der entsetzte Verlagsleiter natürlich wissen möchte, wie es zu diesem Anzeigen-Gau hat kommen können, wird er einen kleinen, diskreten Hinweis erhalten, na-

türlich verbunden mit der Bemerkung, dass das eine selbstverständlich mit dem anderen nicht das Geringste zu tun habe ... Tja: und keine fünf Minuten später ist die Recherche für ein und allemal beendet."

„Während die angeblich stornierten Annoncen dann doch noch wie geplant erscheinen?"

„Du sagst es", nickt der Kommissar bitter.

„Aber das ist doch eine Riesensauerei! Von wegen freie Presse!"

„Grau ist alle Theorie ..."

„Dann kann der also tun und treiben was er will?"

„Weitestgehend ja. Falls er's nicht ganz überdreht, so lange schon."

„Und was ist mit den öffentlich-rechtlichen Medien? Dann muss aber wenigstens der SWR darüber berichten, der ist doch von diesen Annoncen nicht abhängig. Der wird ja schließlich mit Gebühren finanziert."

„Ach komm", winkte Horst unwirsch ab. „Ausgerechnet unser Spätzlessender. Das glaubst du doch selber nicht. Was denkst du, wie viele Kumpels der Saurer da im Rundfunkrat und in der Geschäftsleitung sitzen hat. Dazu diese Hasenfüße, die sich voller Hochmut politische Redakteure nennen, sich aber in Wahrheit eher in die Hose scheißen, als dass sie ihrer Verpflichtung einer unabhängigen Berichterstattung wirklich nachkommen. Könnte sonst ja womöglich die Karriere gefährden. So erklärt sich im Übrigen auch die ganze, himmelschreiend-skandalöse Behandlung von Stuttgart 21 in diesem Sender. Da müssen dann schon eher Teams aus Hamburg oder aus Köln anreisen, um einen objektiven Bericht abzuliefern. Aber niemals der Spätzlessender. Da gibt's zwar einige Redakteure, diese unsäglichen Alt-68er, die sich immer unter die Demonstranten mischen, aber wenn's im Sender zum Schwur kommt und endlich einmal Zivilcourage gefragt wäre, dann klemmen diese Typen die Ente, dass es eine wahre Pracht ist. Nichts passiert. Gar nichts. So gesehen schließt sich der Kreis übrigens gleich doppelt. Denn der Saurer hat natürlich nicht nur beim SWR, sondern auch bei S21 dick die Finger drin. Versteht sich ja beinahe von selbst."

„Ach! Da also auch! Na ja: hätte ich mir eigentlich denken können. Wo ist der Saurer in Stuttgart nicht am Wühlen? Obwohl – bei diesem Bahnhofsding, da geht es ja um noch wesentlich größere Summen. Da sind dann gleich mehrere hundert Millionen im Spiel. Dieses Geld kann aber doch nicht einmal der so leicht besorgen, wie sonst die Kredite für seine normalen Stuttgartgeschäfte, die anrüchig genug sind. Wo er doch eh schon überschuldet ist, wie du sagst. Das geht doch nicht." Claudia unterbrach sich und musterte ihr Gegenüber mit einem fragenden Blick. „Oder etwa doch?"

„Geht doch", nickte der.

„Aber der Mann hat riesige Schulden: Denk doch nur an seine ganzen, total in den Sand gesetzten Aktienspekulationen, dazu lebt er auf riesengroßem Fuß und stopft laut deiner Aussage grundsätzlich seit Jahren immer ein Loch mit dem anderen. Und dann noch so eine Riesenbaustelle wie S21 – woher kommt denn bloß das ganze Geld?"

Die Antwort erfolgte wie aus der Pistole geschossen. „Von der Landesbank natürlich. Dreimal darfst du raten, wer da im Kreditvergabeausschuss hockt: Die alten Kumpels aus der Landespolitik natürlich."

„Aber Horst! Die Landesbank war doch im vergangenen Jahr selber so gut wie pleite – die haben doch sogar mit zig Millionen (wenn nicht gar Milliarden) auf Steuerzahlerkosten saniert werden müssen. Die können doch auf Jahre hinaus keine großen Sprünge mehr machen. Hat selbst der neue Chef kürzlich gesagt."

„Ach komm. Glaubst du denn im Ernst, dass der Neue in Wahrheit anders tickt als der Alte? Wer hat den Neuen denn geholt? Diese alten Aufsichtsräte natürlich. Diejenigen, die diesen ganzen Mist in den vergangenen Jahren abgenickt haben – womöglich die kostspieligen Abenteuer sogar noch forciert haben. Die sorgen mit ihrer Auswahl schon dafür, dass sich nichts ändert – und dass damit auch nichts anbrennen kann. Nicht für sie und nicht für den guten Freund Saurer. Von dieser Warte aus betrachtet: was spielt da das bisschen

Kohle noch eine Rolle, das der braucht. Was sind die paar lumpigen Millionen schon im Vergleich zur HRE, allein in die haben sie bald 100 Milliarden rein gepumpt. Allein in diese eine einzige Bank! Wie gesagt: 100 Milliarden, das ist eine Dimension, die begreift keine Menschenseele mehr. Das soll wohl auch so sein."

„Gut möglich. Und von diesen ominösen „Bad Banks" ganz zu schweigen, wo sie ja das ganze schlechte Geld geparkt haben. Was für eine kreative Wortschöpfung: „das schlechte Geld". In Wahrheit sind das ja Schulden, also kein Geld. Da ist nichts – außer jeder Menge roter Zahlen. So weit – so schlecht. Von einer solchen Warte aus betrachtet, kommt's natürlich auf die lumpigen zehn Milliarden für S21 auch nimmer an. Wir sind doch längst pleite in diesem Staat."

„Tja. Stell dir vor, wir sind pleite, und keiner merkt was."

„Genau so ist es."

„Und jetzt?"

„Jetzt? Sagen die Herrschaften, wie beispielsweise der Sparkassenpräsident, das wird schon wieder werden."

„Du kennst den doch, diesen Hasenfuß, nicht wahr?"

„Nicht direkt, sondern nur von früher, als ich noch beim Personenschutz war. Der Kerl war damals noch ein einfacher Abgeordneter und ist permanent an den Ministern, auf die wir aufpassen mussten, vorbei geschleimt. Immer mit so einer grässlichen Leichenbittermiene: so eine Visage vergisst man nie. Der arme, von Sorgen gebeugte Mann von dr Alb ra. Haha, von wegen Sorgen – der hat nur darauf geguckt, wie er sein eigenes Schäflein möglichst rasch in trockene Tücher bringt."

„Was ihm ja auch bestens gelungen ist."

„Stimmt. Also wie gesagt, ich kenne den nicht direkt, dafür aber kennt ihn ein Kollege von mir umso besser. Der ist sogar, der Himmel weiß warum, mit dem Kerl besser bekannt und jammert mir dann immer vor, wie schlecht es seinem Freund Hasenfuß doch gehe."

„Dem soll es schlecht gehen?! Wie das? Was hat er denn? Muss er von Hartz IV leben oder wie?"

„So ähnlich", grinste Horst. „Stell dir vor. Kürzlich hat er Geburtstag gehabt – und mein Freund hat ihm dazu gratulieren wollen. Die Sekretärin in der Bankzentrale hat aber gesagt, ihr Chef sei nicht da, der wolle seinen Geburtstag nämlich ganz still und bescheiden alleine feiern, nicht mal die Kanzlerin bekäme heute seine private Handynummer ..."
Horst legte eine bedeutungsvolle Pause ein und bedachte seine Ehefrau mit einem geheimnisumwölkten Blick.
Die tat ihm den Gefallen und stellte die ersehnte Frage: „Und dann?"
„Hat er die Nummer von dem Bürodrachen auch gar nicht gebraucht, die hatte er eh gespeichert – wohl wissend, dass der bescheidene Jubilar in Wahrheit eine ganz andere Nummer abgezogen hat an seinem Ehrentag. Aber sei's drum: er hat also angerufen – und siehe da ..."
„Weiter!"
„Der Hasenfuß ist tatsächlich dran gegangen. Hat sogar so getan, als würde er sich über die Glückwünsche am Telefon freuen. Um dann sofort wieder mit der üblichen Jammerarie zu beginnen. Wie schlimm doch alles sei. Allein die letzten beiden Jahre, mit der Bankenkrise und so ... Also, was er da alles habe erleben müssen, das wünsche er nicht einmal seinem ärgsten Feind."
„Klingt doch ehrlich, oder? Das war ja kein Zuckerschlecken in der Bankenbranche."
„Jetzt kommst selbst du mir plötzlich auch schon so daher? Dieser Hasenfuß und ehrlich? Dass ich nicht lache!"
„Was war dann?"
„Ich hab dir's doch schon angedeutet. Der arme, schlecht bezahlte Mann war in seiner kleinen bescheidenen Villa am Starnberger See, wo er sich grade mit der neuen Freundin ein bisschen vergnügt hat – bestens abgeschirmt vor der Kanzlerin, seiner Familie, Parteigenossen und anderen treuen, christlichen Weggefährten."
„Aha, verstehe. Von da her weht der Wind. Keine Moral im Ranzen, dafür Geld wie Dreck auf dem Sparbüchle, aber natür-

lich immer und überall jammern, was das Zeug hält, um von den wahren Sachverhalten abzulenken."

„So ungefähr wird man diese Doppelmoral beschreiben können. Das alt berühmte Jammern auf höchstem Niveau – und der Kollege ist blöd genug, auf diese Arie ständig aufs Neue reinzufallen."

„Tja – Niveau ist halt mehr, als eine Hautcreme", seufzte Claudia schicksalsergeben.

„Ein wahrer Satz! Wo habe ich den nur schon mal gehört?" sinnierte Horst.

„Ist doch jetzt egal. Jedenfalls muss man auch solchen Typen das Handwerk legen, diesen elendigen Heuchlern und Volksverdummern."

„Da sind wir uns einig. Also dann: lassen wir uns den Tag von diesem geldgierigen Pack nicht länger verderben."

„Mit der Maske des Biedermanns verstecken sie sich hinter ihren Krawattenknoten – unsere angeblich konservativen Politiker genauso wie die Banker, die den vertrauensseligen Omas das altbewährte Sparbuch aus der Hand nehmen und ihnen stattdessen hoch riskante Derivate aufschwatzen. Diese Anzugsheinis agieren schlimmer, als die schlimmsten Chaoten, auf die sie ja immer so fürchterlich entsetzt mit den Fingern zeigen."

„Das ist ja sowieso nur ein plumpes Täuschungsmanöver. Denn wenn du mit dem Finger auf jemand deutest, dann hast du es schon geschafft, erst mal von dir selber abzulenken. Und überhaupt: Kleider machen Leute! Diesen Spruch kennen wir ja schon seit dem Hauptmann von Köpenick."

„Aber spätestens seit diesem Film – das war ja schon in den 50er Jahren – sollte man es eigentlich doch besser wissen! Nur weil dir da einer in Anzug und Krawatte ..."

„... oder Business-Kostüm, vergiss das nicht", warf Claudia ein. „Die Männer fallen darauf bekanntlich besonders gern rein."

„... nur weil dir jemand besonders sorgfältig herausgeputzt gegenüber tritt", fuhr Horst unbeirrt in seiner Analyse fort, „meinen die Menschen, dem oder derjenigen könnten sie besonders

vertrauen. Dabei ist doch genau das die Masche. Also, manchmal zweifelt man schon am Verstand seiner Mitmenschen."
„Und hinterher ist der Katzenjammer dann umso größer. Bis der nächste Krawattenträger daher kommt. Und das Spiel von vorne beginnt."
„Leider scheint das ja auf allen Ebenen und in allen Schichten genau so zu funktionieren."
„Nicht bei uns! Nur wer sich wehrt, hat eine Chance. Packen wir's also an!" Claudia streckte ihre rechte Hand weit aus.
Horst schlug bereitwillig ein. „Nun denn: Die Aktion „Herr schmeiß Hirn ra!" ist hiermit eröffnet."
„Ende der Diskussionen! Lasst Taten sprechen!"

*

9

„Wir müssen etwas tun!"
„Das sehe ich auch so", brummte es aus dem Halbdunkel postwendend zurück.
„Und wieso geschieht dann nichts?"
„Das kann man so nicht sagen. Unsere Gewährsleute haben längst ihre Fühler in alle Richtungen ausgestreckt."
„In alle Richtungen ausgestreckt!" echote der sichtlich ungeduldige Mann mit der hohen Stimme und dem im Zwielicht des absichtlich abgedunkelten Raumes nur undeutlich zu erkennenden lichten Haarkranz. „Das reicht nicht! Wenn diese beiden Schnüffler den Faden erst mal aufgenommen haben, dann ..."
„... also erstens wissen wir noch gar nicht, ob das mit Ihren beiden so genannten Schnüfflern überhaupt den Tatsachen entspricht: mehr als einen vagen Hinweis darauf haben wir ja bislang nicht erhalten – und zweitens ist es eine bekan..."
„... das war kein vager Hinweis, wie Sie das bezeichnen", fuhr ihm der Gescholtene nun genauso brüsk in die Parade. „Das ist

eine Tatsache, die Sie bitte genauso ernst nehmen sollten, wie ich sie meine."
„Schon gut. Ich wollte damit ja nur ausdrücken, dass im Augenblick nach unseren bisherigen Erkenntnissen kein konkreter Grund besteht, sich ernsthaftere Sorgen zu machen."
„Kein konkreterer Grund besteht ..." es schien dem Bedenkenträger offenbar Spaß zu machen, wieder und wieder das Echo zu spielen. „So kann man das nicht sagen. Bedenken Sie bitte, dass meine – im Übrigen hoch verlässlichen – Informanten mir darüber hinaus zum wiederholten Mal eindeutige Verdachtsmomente dahin gehend geliefert haben, dass dieser Ingenieur Klocker ..."
„Keine Namen!" zischte es scharf aus der Ecke. „Wir hatten uns doch klar und deutlich darauf verständigt, keine realen Namen zu nennen."
„Ach, kommen Sie. Hier drin doch nicht. Hier sind wir doch sicher."
„Sicher ist man nirgendwo – noch nicht einmal mitten im Auge des Zyklons. Bitte halten Sie sich also gefälligst an unsere Vereinbarungen."
„Ist ja schon gut. Wie auch immer besagter Kerl heißen mag: Sie wissen, wovon die Rede ist. Und ich denke, da muss nunmehr dringend etwas unternommen werden."
„Ist bereits in die Wege geleitet. Wir schlafen schließlich nicht. Darüber brauchen Sie sich also wirklich nicht auch noch den Kopf zu zerbrechen."
„Sie haben schon Maßnahmen ergriffen – ohne mich darüber zu informieren? Das ... das ist ja ..."
„Das ist nur konsequent und der Sache dienlich. Wehret den Anfängen: darauf wollte sie selbst doch noch vor wenigen Minuten hinaus."
„Und wenn es doch die falsche Spur wäre?"
„So viel zur 100%igen Verlässlichkeit ihrer Informanten. Ich bitte Sie: wir sind ja nicht auf der Brotsuppe daher geschwommen, – sondern gehen mit aller Vorsicht zu Werke. Was jetzt in die Wege geleitet worden ist, das spielt sich noch in Form

einer ziemlich ungefährlichen Warnung ab. Sprich: wenn die betreffende Person nicht mit der Angelegenheit zu tun haben sollte, dann geht die Sache mit einem blauen Auge zu Ende. Und zwar noch nicht einmal für das eigentliche Zielobjekt selbst, sondern für eine ihr nahestehende weitere Person. Falls es aber doch die richtige Verdachtsperson gewesen sein sollte, dann hat diese hiermit begriffen, wie heiß der Boden ist, auf dem sie sich bewegt. Sie wird ihre Schlüsse daraus ziehen – hoffe ich zumindest. Im Interesse des Wohlbefindens unseres gemeinsamen Bekannten."

„Das heißt, sie zielen im Augenblick bereits auf einen engen Freund oder gar auf die Familie des Herrn Kl ..."

„Keine Namen!"

„Aber es ist so?"

„Es wird nichts schlimmes passieren. Aber die Tatsache als solche wird dennoch klar und deutlich aufscheinen, falls der Herr etwas damit zu tun haben sollte."

„Du meine Güte!" Wenn da nicht die nahezu vollständige Dunkelheit gewesen wäre, dann hätte man beinahe meinen können, es perlten Schweißtropfen von der Stirn des ehemals so ungeduldigen Zeitgenossen. Schweißperlen der Anspannung. Vielleicht gar der Angst. Die waren anscheinend zu allem fähig. Nun gut: es ging hier ja auch nicht gerade um Peanuts. Weiß Gott nicht!

*

10

Am frühen Nachmittag saßen die Meyers mit Michael Protnik und Uschi Abele, der im Freundeskreis als Bebele bekannten Lebensgefährtin des Sputnik, im Wohnzimmer zusammen. Ganz überraschend waren die beiden aus Ulm zu Besuch nach Heilbronn gekommen. Zumindest nach Ansicht des Bebele, die freilich nicht ahnen konnte, wie sorgsam die angebliche Über-

raschung von Horst und Michael in die Wege geleitet worden war. Irgendwann am späteren Abend wollten sie die Erkenntnisse, die sie seit ihrem letzten Treffen in Stuttgart gesammelt hatten, austauschen und bewerten. Das ging schließlich nur von Angesicht zu Angesicht – keinesfalls am Telefon und erst recht nicht via E-Mail. Nach einer ersten Begrüßungsrunde samt Kaffee, Tee und dem vom Besuch mitgebrachten Kuchen, hatte man sich in die verschiedenen Teile der Wochenendausgabe der überregionalen Tageszeitung vertieft, die längst Einzug in ihren Haushalt gefunden hatte – anstelle des einheimischen Blättchen Marke „Schweinegrippe in Papierform“ wie Horst das kraft- und meinungsarme Druckerzeugnis (auch nach Ansicht seiner Ehefrau nicht ganz ohne Berechtigung) nannte. Zögernd goss sich der Hausherr gerade einen Schluck Mineralwasser in sein Glas, als Protnik mit dem Zeigefinger unwirsch auf eine Zeitungsmeldung deutete: „Da, schau mal, schon wieder Entlassungen bei diesem Autozulieferer!“
Uschi Abele musterte ihren Lebensgefährten mit einem verständnislosen Blick. „Was regst du dich denn schon wieder auf? Ist doch klar, dass es sich für die Unternehmen allmählich nicht mehr rentiert, wenn diese Betonköpfe in den Gewerkschaften die Tarifverträge nicht flexibler gestalten wollen. Irgendwann geht das doch alles nicht mehr: wir zahlen die höchsten Löhne, die Leute werden immer älter. Immer weniger Kinder sollen für immer mehr Alte diese üppigen Renten bezahlen, die sie dann später, wenn sie selbst alt geworden sind, nicht mehr bekommen werden.“
Horst vermeinte zuerst, nicht richtig verstanden zu haben. „Sag mal Uschi, hast du das grade wirklich ernst gemeint?“
„Ja, sicher. Wenn die Löhne nicht flexibler gehandhabt werden können, dann machen die Firmen halt ganz zu und gehen mit ihrer Produktion ins Ausland. Dann haben wir den Salat. Und schuld daran sind die Gewerkschaften. Das hat doch der Wirtschaftsminister erst kürzlich wieder gesagt.“
„Der Wirtschaftsminister!“ echote Horst. „Wen meinst du damit? Die Magermilchausgabe vom Ländle oder den echten, allerdings nicht minder magermilchigen, den in Berlin?“

„Den in Berlin.“
„Das klingt doch sehr nach dem Geschwätz von diesem Brüderle. Der ist es doch noch immer in Berlin, nicht wahr?“ mischte sich nun auch Claudia in das Gespräch.
Ihr Mann verzog schmerzhaft das Gesicht. „Ja, leider: immer noch.“
„Erstaunlich. Wie kann sich so einer nur so lange halten? Bei all dem Blödsinn, den er tagein tagaus verzapft. Das ist mir ein Rätsel.“
„Da siehst du mal, wie robust dieses Land und seine Wirtschaft sind, wenn es sogar diese Art von Polittrottel übersteht. Aber auch der wird in ein paar Jahren höchstens noch als kurze Blähung der Wirtschaftsgeschichte aufscheinen.“
„Aber das bestenfalls in den Fußnoten. Umso mehr wundere ich mich schon, wie sich dann so einer auch nur einen einzigen Tag lang als Minister halten kann.“
„Schon mal was vom Massenträgheitsgesetz gehört?“
„Sicher. Ich weiß schon, worauf du anspielst. Bei so einem Wirtschaftsminister braucht man sich wenigstens nicht zu wundern, weshalb der Aufschwung bei den normalen Leuten unten nicht ankommt. Mehr Netto vom Brutto. Dass ich nicht lache!“
„Wenn einer schon Brüderle heißt – und dabei noch nicht einmal aus dem Schwäbischen kommt. Nicht einmal der Name passt bei dem. Das Brüderle der Großindustrie und der Panikmacher.“
„Alter Schwede wäre besser“, warf Protnik in die Debatte.
„Hast du mitbekommen, dass der vor hat, die Renten zu kürzen? Er will sogar den Generationenvertrag aufheben.“
„Seltsam. So heiß war's in diesem Sommer doch auch wieder nicht!“
Das Bebele schien die Anspielung nicht zu verstehen. „Was hat das denn damit zu tun“.
„Hitzschlag!“ sprang die Ärztin Claudia mit ihrer Diagnose hilfreich in die Bresche.

Jetzt schien der Groschen gefallen. „Der arme Mann! Und in diesem Zustand muss er sich dann auch noch mit den Gewerkschaftern anlegen. Es muss doch etwas geschehen. Wie gesagt: wenn ich an die Löhne denke, die allmählich niemand mehr bezahlen kann."
„Und wie es ist mit deinem Gehalt? Ist das auch zu hoch?"
„Zu hoch? Dass ich nicht lache. Du weißt genau, wie wenig eine Sekretärin beim Staat verdient."
„Na siehst du. Und was glaubst du, woher das Geld für deinen Lohn stammt?"
„Ha – natürlich vom Staat. Sag ich doch!"
„Und woher hat der Staat das ganze Geld?"
„Horst! Was soll das denn?!" Dem Bebele wurde es erkennbar zu viel, doch Horst war bereits nicht mehr zu bremsen.
„Ich sage dir, woher das Geld für dein Gehalt kommt: von den Arbeitern, die deiner Meinung nach weniger verdienen sollten. Von der Lohnsteuer. Nun gut: wenn die weniger Steuern zahlen, dann wird auch dein Gehalt zwangsläufig sinken müssen."
„Das geht aber nicht!"
„Tja. Muss es dann aber. Es sei denn, die Unternehmen gehen nicht ins Ausland und bezahlen ihre Leute anständig. Damit sie dann wieder mit ihren Steuern auch dein Gehalt zahlen können – und sich die Waren leisten können, die wir hier im sogenannten Hochlohnland, das ja an allen Ecken und Enden durch rationalisiert ist ohne Ende, herstellen – womit sie wiederum die Wirtschaft am Laufen halten. Ohne ordentliche Löhne kann die Wirtschaft auch nicht brummen, da würden sich die Unternehmen den Ast absägen, auf dem sie selbst sitzen. So einfach ist das."
„Hmm."
Bevor die sichtlich beeindruckte Uschi zu einer ausführlicheren Antwort ansetzen konnte, hieb Claudia nun mit deutlichen Worten weiter in die von ihrem Mann vorbereitete Bresche. „Und wohin gehen die meisten Gewinne seit Jahr und Tag? Sowieso ins Ausland. Da frage ich mich schon seit langem, wie man die eigenen Leute mit miserablen Löhnen in den Ruin trei-

ben kann, dann soll es der Staat wieder richten nach diesem wunderschönen Motto: Gewinne werden privatisiert, Verluste dagegen sozialisiert. Anschließend kommt Hartz IV, und im Extremfall geht's unter die Brücke zu den Obdachlosen. Und das alles, weil man in diesem Land angeblich kein Geld für die Menschen hat. Dabei ist Geld im Überfluss vorhanden – es ist nur völlig falsch verteilt!"

„Sag mal ..." in Uschi schien ein fürchterlicher Verdacht zu dämmern. „Bist du etwa eine Kommunistin?"

„Selbst wenn das so wäre: dieser Satz stammt von Heiner Geißler – und der ist ja nun wirklich unverdächtig, ein Kommunist zu sein."

„Was der genau ist, das möchte ich auch mal wissen", grummelte Protnik.

„Ein schlitzohriger Jesuit!" Horst hatte in Bezug auf diese Personalie schon längst eine glasklare Meinung. Spätestens seit den famosen Schlichtungsgesprächen zu Stuttgart 21.

„Was auch immer der ist – oder vorspiegelt, zu sein", fuhr Claudia fort. „Jedenfalls hat er in diesem Fall recht: das ganze schöne Geld ist tatsächlich längst in die Taschen von Leuten gewandert, die es eh schon im Überfluss haben. Die Gierigen unter den Reichen, denen es nur noch darum geht, jetzt die alleraller größte Yacht zu besitzen, das super neueste Privatflugzeug, die noch größere Villa im Luxuswohnort. Das sind Wahnsinnige, deren Verstand längst von der Gier zerfressen ist. Und der Anstand sowieso."

„Stimmt! Das muss man sich mal vorstellen: während diese Typen nicht mehr wissen, wohin mit dem ganzen Luxus, da arbeitet hier in Stuttgart die Schwester Margret mit ihrer Franziskusstube – die aus allen Nähten platzt – bei den Finanzhaien ist es zur selben Zeit höchstens die Naht am Geldbeutel, die vor lauter Kohle auseinander reißt. Da stimmt doch was nicht mehr in diesem Land. Die Sache muss dringend anders gehandhabt und das Geld gerechter verteilt werden. Mit anderen Worten: wir brauchen nichts mehr und nichts weniger als eine neue Sozialpolitik. Und das schon rasch wie möglich!"

„Die pure Sozialromantik." Uschi schien sich allmählich wieder zu erholen.
„Von wegen Sozialromantik", hielt Horst scharf dagegen. „Der Robert Bosch hat das schon vor 125 Jahren vorgelebt – und seine Firma gibt es immer noch. Die steht sogar besser da als je zuvor, obwohl sie viel mehr Geld für Fortbildung und ein gutes Arbeitsklima ausgeben, als die meisten anderen Firmen. Du siehst: es geht – wenn man nur will!"
„Ach komm: der Bosch!" Jetzt war es plötzlich Michael Protnik, der unwirsch abwinkte. „So heil ist die Welt auch bei denen schon längst nicht mehr. Schau doch bloß mal, was die Bosch-Stiftung inzwischen alles nicht mehr macht – und was für kleine Schweinereien bei der Bosch GmbH stattfinden, wenn sie andere Firmen aufkaufen. Da gelten dann die Unternehmensgrundsätze nicht. Die gelten nämlich nur innerhalb der GmbH. Außerhalb und bei den Tochterfirmen, da benehmen sie sich mindestens so haifischmäßig, wie all die anderen auch."
„Ich bleibe dabei, was ich gesagt habe. Und du weißt sicher genauso gut wie ich, dass das, was diese ganzen unwürdigen Nachfolger vom Robert Bosch da treiben, ganz sicher nicht im Sinne vom alten Vadder Bosch ist."
„Schon wahr. Was glaubst du, wenn der Bosch noch einmal erscheinen könnte: der würde die ganzen Typen in ihrer übergroßen Mehrzahl einfach an ihren weißen Kragen packen und Ruck-zuck an die frische Luft befördern – all diese arroganten, überbezahlten Krawattenheinis mit ihrem unerträglichen Hochmut."
Horst nickte. „Ja, schon der alte Bosch ist an diesem unüberschaubar wuchernden Beamtenheer bereits zu seinen Zeiten schier verzweifelt."
Plötzlich mischte sich auch Uschi Abele in die Debatte. Und allein die Art ihres Auftritts signalisierte den anderen ein offenbar lange unterdrücktes Frustpotential. „Das Parkinsonsche Gesetz: wie sie immer mehr werden und sich die sinnlosesten Verordnungen einfallen lassen, mit denen sie ihre Existenz begründen und die Leute dabei zur Verzweiflung treiben. Dabei kassieren sie längst Löhne wie in der freien Wirtschaft, nur ohne

eine Kündigungsangst haben zu müssen. Rente und Krankenversicherung – übrigens privat – zahlen sie ja nicht selber. Weswegen die ganzen Pensionslasten bald den ganzen Staatshaushalt dominieren. Mit anderen Worten: wir ersticken demnächst schlichtweg an diesen Heerscharen von Beamten ..."
„Uschi ..."
„Und damit auch das klar ist, das wissen leider nur die wenig ..."
„Du Uschi", versuchte Horst ein weiteres Mal, sich in den Redefluss der hörbar aufgebrachten Freundin einzuklinken, „Hallo Uschi ..."
„Ja – was ist denn", wirbelte das Bebele herum und bedachte den Störenfried mit einem besonders ungnädigen Blick.
Der hob beschwichtigend die Hände. „Du hast ja recht – im Großen und Ganzen zumindest. Ich möchte dabei nur zu bedenken geben, dass auch dein lieber Michael ein Beamter ist ..."
„Weiß ich ja", zuckte Uschi resigniert die Schultern. „Ich hoffe auch, er schämt sich schon ein bisschen dafür ..."
Jetzt war die Reihe schlagartig an Michael Protnik, ganz unvermittelt die Contenance zu verlieren. „Was soll ich? Mich schämen? Ja – aber was kann ich denn dafür?"
„Du solltest dir zumindest einmal Gedanken darüber machen, ob es wirklich gerecht ist, dass ich als kleine Angestellte, die zeitlebens deutlich weniger verdient hat als du, am Ende auch noch für die von dir verursachten Pensionslasten aufkommen muss", gab Uschi schnippisch zurück.
„Ja also, da hört sich doch alles auf! Am Ende bin es also wieder mal ich, der an allem schuld ist! Das hältst du ja im Kopf nicht aus!" Kopfschüttelnd setzte der frisch identifizierte Sündenbock bitter hinzu: „Die Welt ist anscheinend nur noch im Delirium zu ertragen ..."
„Der Michael hat schon recht", sprang Horst Meyer seinem Freund hilfreich zur Seite. „Manchmal ist es kaum auszuhalten bei uns. Wohin man auch schaut: überall sind lauter Dr. Wichtigs unterwegs, die unsere Personalstruktur belasten – vor allem

im Präsidium und in den Ministerien. Wenn der Minister einen Furz lässt, haben die Referenten schon die Hosen voll!"
„Das schlimme ist, dass diese Weicheier grundsätzlich nur weitere Weicheier nachziehen, von denen sie wissen, dass die ihnen nie und nimmer gefährlich werden können."
„Wehe aber diese neuen Weicheier sind dann auch mal am Ruder – was im Zuge der natürlichen Fluktuation ja zwangsläufig passieren muss –ziehen die dann wiederum ihre eigenen Weicheier nach – und setzen somit die nach unten offene Gruselskala der Nichtsnutzigkeit munter fort."
„Das ist es, was den Landeshaushalt allmählich unbezahlbar macht. Diese Heerscharen von nutzlosen Nichtstuern."
„Und das ist leider längst ein gesamt gesellschaftliches Phänomen geworden."
„Weniger ein Phänomen – viel mehr ein Elend."
„Aber um das Thema Bürokratie von vorhin noch mal aufzugreifen: ich bin derselben Meinung, wie die Uschi", versuchte Claudia das Gespräch allmählich wieder aus der für ihren Mann und seinen Kollegen offenkundig höchst frustrierenden Richtung zu bugsieren. „Denn so hübsch langsam nervt mich das auch: tagtäglich wirst du mit neuen Verordnungen, Formularen und Ausführungsbestimmungen überschwemmt, die von einer ganzen Armee von Beamten erfunden werden. Das kostet Unsummen. Das zahlen alles wir Steuerzahler. Und bekanntlich nicht zu knapp. Aber wenn du mal was willst von irgend einem Amt, dann muss man da – Entschuldigung, aber es ist so – für jeden Furz extra bezahlen. Trotz der ganzen Steuern – so gesehen verstehe ich diese Steuerflüchtlinge manchmal schon ..."
„Ach was!" wischte Protnik diese Argumentation rüde beiseite. „Das sind doch ganz andere Kaliber. Das sind doch Leute, die sowieso schon mehr als genug besitzen. Und die schlimmsten sind diese Großkotze in ihren Geländewagen, die das Geld gar nicht durch eigene Arbeit, sondern durchs Erben bekommen haben. Im Leben noch nie was Richtiges geschafft, aber große Sprüche klopfen, nur weil sie im richtigen Villenhaushalt geboren worden sind: widerlich – einfach nur widerlich!"

„... man könnte glatt zum Kommunisten werden!"
„... Sozialist würde auch schon reichen."
„Einverstanden."
„Zwei Kommunisten mit mir am selben Tisch", seufzte das Bebele. „Der Herr sei meiner armen Seele gnädig!"
„Der ganz sicher nicht."
„Also hör mal", schnappte Uschi. „Du brauchst jetzt nicht auch noch den lieben Gott beleidigen ...
„... aber Uschi, so war das doch nicht gemeint!"
„Von wegen: nicht so gemeint", ließ sich die Dampfwalze – erst einmal in Fahrt geraten – nicht mehr bremsen. „Und überhaupt: grade auch du solltest dich einmal mäßigen und nicht ständig über unsere Regierung herziehen. Immerhin redest du von deinem Arbeitgeber – dem höchsten Repräsentanten dieses Landes!"
„Die? Niemals! Die sind nicht Baden-Württemberg, diese Typen", geriet jetzt auch Horst schlagartig an den äußersten Rande seiner Contenance. „Nie und nimmer! Wir hätten weiß Gott etwas Besseres verdient, als diese Hohlköpfe. Ich könnte heulen, wenn ich denke, was inzwischen aus dem Amt eines Reinhold Maier und Gebhard Müller geworden ist!"
„Es wird höchste Zeit für eine andere Regierung!"
„Allerdings. Wenn ich daran denke, dass diese schwarze Mischpoke schon regiert hat, als ich noch gar nicht auf der Welt war. Hat seit Menschengedenken die Macht in diesem Land. Nein, so kann das nicht bleiben: Demokratie lebt bekanntlich vom Wechsel. Die Roten müssten endlich ran."
„Die Roten! Dass ich nicht lache! Bevor die in Baden-Württemberg den Ministerpräsidenten stellen, fließt die Donau in die Nordsee. Niemals!"
Horst legte seine bekannt spitzbübische Miene an den Tag, als er trocken konterte. „Sag niemals nie. Ich sage dazu nur: Donauversickerung. Immendingen, Fridingen und so ..."
„Ach komm. Lenk nicht ab. Du weißt genau, was ich meine. Und außerdem: Denk doch mal dran, unter welcher Regierung der jüngeren Vergangenheit die schlimmsten Heuschreckereien passiert sind."

„Klar. Aber das war in Berlin. Das war in der Bundespolitik."
„Und trotzdem waren es die Roten. Beziehungsweise der angeblich rote Kanzler Schröder. Der so genannte Autokanzler, der den Konzernen brav die Taschen vollgestopft hat und im Gegenzug dafür diejenigen, die eh nichts mehr haben, dann noch mit Hartz IV gedemütigt hat."
„Auch wieder wahr. Und sein Schäfchen hat der schon längst im Trockenen – im Gegensatz zu den Hartz-IV-Empfängern."
„Siehst du. Also wenn schon, dann lieber gleich die Grünen – in der Hoffnung, dass die vor lauter Gutmenschentum nicht den Blick fürs eigentlich Wesentliche verlieren."
„Sehe ich auch so. Mal schauen, ob die Leute in diesem Land in einem halben Jahr wirklich den Mut aufbringen werden, endlich nicht mehr nur zu meckern, sondern tatsächlich auch einen Politikwechsel zu wagen."
„Oh je. Die Leute. Aber keinesfalls mehr den Gewachsten. Insofern gebe ich dir recht: das ist wirklich kein würdiger Nachfolger für Leute von der Art dieses wirklich anständigen Gebhard Müller ..."
„Und wenn ich dann noch an den berühmten Spruch von unserem Grafen Eberhard denke, von dem es in der württembergischen Hymne doch so wunderschön heißt, er hätte sein müdes Haupt in jedes Untertanen Schoß betten können. Glaubst du etwa, dass das auch heute noch gilt?"
„Niemals", kam es von Michael Protnik wie aus der Pistole geschossen. „Das würde ich eher als versuchte Körperverletzung anzeigen!"
„Eben", seufzte Horst wehmütig und ignorierte dabei geflissentlich den giftigen Blick, den Uschi ihrem Lebensabschnittsgefährten entgegen schleuderte. „Mein armes Suevien ..."
„Was kommst du denn jetzt wieder mit diesen Fremdwörtern daher? Immer dann, wenn ihm die Argumente ausgehen, dann wird er lateinisch. Das war doch sicher wieder so ein gotteslästerlicher Fluch von dir."
„Armes Schwaben", entgegnete Horst trocken, um rasch sein Glas zu heben und voller Skepsis dessen blässlich roten Inhalt zu

identifizieren. „Und dann noch ein lieblicher Trollinger. Literflasche. Schraubverschluss! Das ist das Ende!“

„Das kann man ja ändern“, stoppte Claudia das Klagelied. „Ich habe in meiner Geheimecke im Keller noch eine Flasche Zweigelt aus dem Weinviertel gefunden. Die machen wir jetzt leer – zur Feier des Tages.“

Schlagartig erhellte sich Horst Miene. „Tu felix Austria!“

„Was das jetzt wieder heißen soll?“

„Gott erhalte Franz den Kaiser ...“

„... und seinen Zweigelt!“ setzte Claudia lachend noch hinzu, während Horst das unbenutzte Glas mit dem zweifelhaften Gastgeschenk vorsichtig aus dem Blickfeld ihrer Besucherin bugsierte, die noch eine Zeitlang an der Auflösung der Frage zu knabbern hatte, was genau wohl der Fußballer Beckenbauer mit einer Flasche Wein im Meyerschen Reihenhauskeller gemein haben könnte.

*

11

„Du sag mal, das gibt’s doch nicht!“

„Was gibt es nicht?“ Irritiert ließ Horst die Zeitung sinken, in deren Lektüre er sich gründlich vertieft hatte, bis ihn Claudias verblüffter Ausruf unterbrach. Er wandte sich um und musterte seine am Schreibtisch sitzende Ehefrau mit einem fragenden Blick. Nach wie vor starrte Claudia auf den Bildschirm des Computers und schüttelte heftig den Kopf. „Das ist ja unglaublich.“

„Was ist unglaublich? Jetzt sag halt schon“, legte der Kommissar, eine Nuance lauter, nach.

„Ha, das da!“ deutete die sichtlich aufgebrachte Ärztin zum Bildschirm. „Was da über die Befürworter des Stuttgart-21-Projekts so alles steht.“

„Oh bitte: nicht schon wieder dieses S21! Das alles wird ja immer unsäglicher. Nicht einmal am Feierabend hat man seine Ruhe.“
„Aber das muss man einfach wissen, Horst!“
„Was denn? Dass die den Bahnhof um ein Schweinegeld unter die Erde legen wollen? Das weiß doch jedes ...“
„Quatsch. Das doch nicht. Aber hast du mal im Internet die Seite der S21 Gegner angeklickt?“
Horst verdrehte die Augen. „Welche denn? Da gibt's doch mittlerweile tausende.“
„Ha – die von den K21 Leuten meine ich natürlich.“
„Sicher kenne ich die: www.kopfbahnhof-21.de“
„Und hast du da schon mal unter dem Stichwort „Das Stuttgart-21-Kartell“ nachgeschaut?“
„Nein. Nicht wirklich. Das war mir zu viel Text ...“
„Zu viel Text!“ echote Claudia vorwurfsvoll. „Das hättest du aber machen sollen. Du wirst nicht glauben, was da alles steht.“
„Ach komm. Dieses ganze unverständliche Wortgeklingel. Gleisvorfeld, Planfeststellung, Grundwassermanagement ... dafür brauchst du ja ein Baufachhandbuch, um das überhaupt zu verstehen.“
Claudia schüttelte energisch den Kopf. „Das ist gar nicht so kompliziert. Man kann Grundwassermanagement nämlich auch ganz einfach ausdrücken: mit Wasser abpumpen. Darum geht es.“
„Und wieso kann man das dann nicht gleich so sagen?“
„Warum wohl? Das sind verbale Nebelkerzen, die voller Absicht gestreut werden. Man soll es nicht verstehen können, dass es beim Grundwassermanagement um das simple Abpumpen von Wasser geht. Um das Trockenlegen des nassen Untergrunds bei dem Bahnhofsbaugelände. Absenken des Grundwasserspiegels“
„Aber wenn der Wasserspiegel sinkt ...“
„Dann könnten die Hausbesitzer in der Innenstadt Probleme kriegen. Das ist die eine Seite der Medaille, das andere ist diese Liste da, die ich auf der K21-Seite entdeckt habe. Was glaubst du, wer da alles so mitmischt?

„Du wirst es mir sicher gleich sagen", brummte der ob seiner nunmehr endgültig unterbrochenen Zeitungslektüre immer noch ungehaltene Kommissar. „Hoffentlich lohnt sich das Zuhören ..."
„Allerdings tut es das. Und jetzt hör mir bitte ausnahmsweise einmal ganz genau zu. In dieser Liste werden beispielsweise die ganzen sogenannten unabhängigen Sachverständigen aufgelistet, die von der DB vor dem Verwaltungsgericht als Kronzeugen für das Projekt benannt worden sind ..." Sie unterbrach sich für eine bedeutungsvolle Pause, während der sie nur auf die Aufforderung zu warten schien, ihr neu erworbenes Wissen preiszugeben.
Horst tat ihr – um den lieben häuslichen Friedens willen – den Gefallen. „Also? Was sind das für Pappenheimer?"
„Da ist zunächst der ehemalige Leiter des Verkehrswissenschaftlichen Instituts der Uni Stuttgart, der das Projekt S21 mit geplant hat. Und jetzt tritt er als unabhängiger Sachverständiger auf und begutachtet dabei seine eigene Planung. Dann weiter mit seinem Nachfolger am Institut: der macht genau dasselbe. Einerseits plant er im Auftrag der DB, andererseits darf er dann auch noch sein eigenes Gutachten als perfekte Arbeit loben."
„Wieso tut der das. Das macht ihn doch in der Öffentlichkeit angreifbar?"
„Aber erst, wenn es die Öffentlichkeit weiß und es sie auch interessiert."
„Das ist doch jetzt der Fall. Also: wieso setzt er sich so einer Blamage aus?"
„Erstens ist das mit der Blamage so eine Sache – oder hast du diesen Namen schon mal gehört oder gelesen?"
„Nein – ehrlich gesagt nicht."
„Siehst du. So viel also zur Gefahr einer öffentlichen Blamage. Und außerdem ist diese offenkundige Parteilichkeit kein Wunder, denn im Beirat seines Instituts sitzen der Chef der Projektbau Südwest, die das Gesamtprojekt betreibt – also den Bahnhof und die daran anschließende Bebauung. Natürlich sind auch

noch ein paar Vertreter von der Landesregierung mit im Gremium und sorgen allein durch ihre Anwesenheit dafür, dass da ja nix anbrennt."

„Hm", lehnte sich Horst achselzuckend in seinem Sessel zurück. „Das alles überrascht mich nicht sonderlich. Das ist ja gerade das Elend von diesen ganzen Aufsichtsräten in solchen Institutionen, dass sie verseucht sind mit lauter halbgaren Politzwergen, denen man halt irgend ein schönes Pöstchen geben musste, damit sie dort den Dr. Wichtig spielen können. So gesehen ist das nichts besonderes – sondern traurige Realität im alltäglichen wirtschaftspolitischen Gemauschele."

„Es geht aber noch weiter: da kommt jetzt nämlich der ehemalige Ministerpräsident ins Spiel, der Mitinhaber einer Wirtschaftsprüfungs- und Unternehmensberatungsfirma ist, die sein Herr Papa einst gegründet hat ..."

„Auch nichts Neues ..."

Claudia blies ob des neuerlichen Einwurfs unwirsch die Backen auf. „Jetzt warte doch mal! Als Gesellschafter dieser Gruppe ist der Sparkassenverband beteiligt. Und dessen Präsident (ein ehemaliger Landrat, Marke: Hauptsache krabbenschwarz, von Bilanzen und so keine Ahnung, aber dafür immer linientreu) fungiert als Vorsitzender des Beirats. Er gehört natürlich zu den S-21-Unterstützern an vorderster Front. So – danach kommt in dieser Auflistung der Aufsichtsratsvorsitzende der Projektplanungsfirma, zusammen mit seinem Nachfolger in der Projektleitung: der war sogar über seine eigene Firma mit zehn Prozent an der Projektgesellschaft Stuttgart 21 beteiligt. Bis der Bundesrechnungshof das irgendwann unterbunden hat. Dafür ist er dann plötzlich als Geschäftsführer der Projektbau aufgetreten, und zwar so lange, bis auch diese Verbindungen aufgeflogen sind. Das alles macht nun sein Nachfolger. Und jetzt pass auf: jetzt taucht noch ein Landespolitiker auf: unser vor-voriger Ministerpräsident."

„Unser Cleverle!"

„Genau der."

„Der ist ja bekanntlich auch für Stuttgart 21."

„Du sagst es. Aber der hat auch einen ganz konkreten Grund dafür. Denn im Nebenjob ist der Cleverle zufällig auch noch Aufsichtsratsvorsitzender genau jener Tunnelbohrfirma, die diese Mega-Röhre durch den Stuttgarter Untergrund fräsen wird. Interessenskonflikt? Ach wo! Ohne rot zu werden, tritt selbst der Cleverle sogar als Sachverständiger für Stuttgart 21 auf."

„Das ist jetzt allerdings mehr als nur eine Stilfrage. So was tut man doch nicht!"

„Tja ..." Claudia gebot ihrem inzwischen deutlich echauffierten Ehemann mit einer knappen Handbewegung Einhalt. „Ich bin noch immer nicht fertig. Denn da gibt es dann ja auch einen so genannten Unterstützerkreis für das Projekt, der immer wieder gerne zitiert wird, wenn es darum geht, die angebliche Sinnhaftigkeit dieses Milliarden-Wahnsinns unter Beweis zu stellen. In der vordersten Reihe findet sich da sogar der Chef dieser Tunnelbohrfirma Herrenknecht, also genau jener Firma, die dann auch bohren wird und deren Aufsichtsratschef wiederum, wie grade erwähnt, unser Cleverle ist ..."

„Herrenknecht!" Horst rollte mit den Augen. „Dieser Name scheint ja Programm zu sein."

„Nomen est omen. Könnte man wirklich glatt so sehen."

Claudias Ehemann war nun richtig neugierig geworden. „Wen hast du denn noch so alles auf der Liste?"

„... beispielsweise einen der Geschäftsführer der Baufirma Bilfinger und Berger (ein Schelm, wer schlechtes dabei denkt), danach kommt der Hauptgeschäftsführer des Verbands Deutsche Bauindustrie, gefolgt vom Präsidenten des Industrieverbands Steine und Erde. Und genauso uneigennützig stellen sich auch der Aufsichtsratsvorsitzende der Südwestbank und der Vorstandsvorsitzende der Landeskreditbank zur Verfügung, begleitet von deinem besonderen Freund, dem Präsidenten des Deutschen Sparkassenverbands ... „

„Oh bitte nicht! Natürlich – der durfte logischerweise nicht fehlen."

„...zusätzlich zum Chef der Landesbank Baden-Württemberg, die mit Milliardenstütze von den Steuerzahlern gerettet werden musste, dazu die oberste Etage der Baden-Württembergischen Bank, der Sparkassenverband BaWü, dessen Chef ja auch bei der Unternehmensberatung des ehemaligen Ministerpräsidenten agiert, sowie ein Direktor der Deutschen Bank!"
„Die Deutsche Bank!" stöhnte Horst. „Klar, die dürfen ja bei keinem Milliardendeal fehlen. Die haben wirklich überall ihre Finger drin!"
„Also – was sagst du jetzt?"
„Ich glaube, mir ist übel. Man ahnt ja nicht, wie dieses Schneeballsystem unter seiner harmlos-biederen Fassade funktioniert ..."
„Ja, dabei brauchst du nur ein kleines bisschen die Decke zu lüften und dann gelangst du automatisch von der Steuer-CD bis nach Stuttgart 21, wo sich die ganzen alten Bekannten wieder mal ein nettes Stelldichein geben."
„Die ganze Mischpoke aus Politik, Wirtschaft, Gschäftlesmachern, Gschaftlhubern."
„Die edlen Verteidiger unseres konservativen Wertekanons."
„Konservativ! Dass ich nicht lache. Das sind doch Radikale. Marktradikale Extremisten. Von wegen konservativ! Konservativ heißt schließlich bewahren. Nicht alles abreißen, platt machen und versiegeln."
„Und dabei faseln sie ständig von der Schöpfung, von abendländischer Kultur und christlichen Werten, während sie in Wahrheit doch nur dem Götzen Mammon dienen. Profit, Profit und nochmals Profit, das ist in Wahrheit die einzige Moral, die diese Leute kennen. Nach uns die Sintflut!"
„Dass sie aber die geologische Situation im Stuttgarter Untergrund nicht richtig kennen, das versuchen sie, geflissentlich zu verschweigen. Wenn ich nur an die Mineralquellen denke: die zweitgrößten Mineralwasservorkommen von ganz Europa!"
„Und dazu der Gipskeuper von Stuttgart. Wehe, die bohren eine solche Quelle an: dann quillt der Gips auf und ganz Stuttgart faltet sich auseinander."

„Unglaublich – aber dennoch hörst du ständig nur dieses übliche Machbarkeits-Gefasel. Man habe die besten Geologen beauftragt, mit den allerbesten Einblicken in die Geologie des Stuttgarter Talkessels. Das Risiko sei folglich beherrschbar und so weiter und so fort ..."
Claudia lachte laut auf. „... ja, ja. Und dann sickert irgendwann wieder mal gerüchteweise durch, dass sie kürzlich bei ihren Probebohrungen eine Fernwärmeleitung angebohrt haben. So gut kennen sie sich im Stuttgarter Untergrund aus."
„Na ja ... in Zeiten des Klimawandels ist eine Heizung nicht mehr ganz so wichtig", warf Horst sarkastisch ein, womit er sich einen strafenden Blick seiner Ehefrau einhandelte.
„Mir ist in diesem Zusammenhang nicht zum Lachen zumute."
„Schon gut. Du hast ja recht", beschwichtigte Horst. „Mir ist da neulich diese andere Sache ins Auge gestochen, die natürlich in den Zeitungen ebenfalls ganz klein gehalten wird – und im Fernsehen ja sowieso."
„Das Fernsehen! Dass ich nicht lache! Da tummeln sich inzwischen jede Menge Redakteure des Spätzlessender in den verschiedensten Aktionsgremien gegen Stuttgart 21 – während sie im Sender selbst den Arsch zusammenkneifen und den Mund halten, wenn wieder mal einseitig berichtet wird. Diese Feiglinge."
„Das geht noch weiter: die Kameraleute sollen sogar immer extra nach Chaoten Ausschau halten, wenn sie bei den Demos filmen. Und die Reportagen sind dann auch dementsprechend."
„Ich sag's ja: diese Feiglinge!"
„Noch schlimmer ist diese Trittbrettfahrerei. Diese gespaltenen Persönlichkeiten. Hier den zahnlosen Wolf geben und dort so tun, als wolle man am liebsten mit der roten Fahne vorne weg laufen. Widerlich."
„Allerdings. Man muss höllisch aufpassen, dass solche Typen nicht den ganzen Protest verwässern. Aber du hast grade angedeutet, dass dir noch eine andere Sache aufgefallen sei. Was meinst du?"
„Na, die Meldung, die dann das wahre, unzensierte Fernsehen verbreitet hat: das Flügel-TV ..."

„... herrlich. Wenigstens ein freier Kanal in diesem ganzen Einheitssumpf. Zum Glück gibt's das Internet."
„Ja, wie auch immer. Jedenfalls hat Flügel-TV darüber berichtet, dass die S-21- Planer keine Bohrfirma finden, die bereit ist, auf eigenes Risiko einen Tunnel in Cannstatt zu graben, weil sie Angst davor haben, dass ihnen eine Daimler-Produktionshalle abrutscht."
„Und dann die ganze Autoproduktion vom Daimler stillsteht!"
„Das wäre der Mega-Gau. Wenn der Daimler keine Autos mehr produzieren könnte."
„Da hört dann hierzulande der Spaß ganz schnell auf. Wenn's um ihr Heilix-Blechle geht."
Horst Meyer massierte sich nachdenklich den Nacken. „All diese Risiken. Wieso nur ... Also, so ganz allmählich wird mir immer klarer, dass es bei diesem Stuttgart 21 folglich um viel mehr geht, als nur um einen Bahnhof."
Claudia nickte heftig. „Du sagst es: es geht um nichts mehr und nichts weniger als um unsere Demokratie. Dieses unsägliche S-21-Projekt ist in meinen Augen der entscheidende Dreh- und Angelpunkt für die Frage, ob wir es überhaupt noch einmal schaffen, diesen ganzen Strippenziehern Paroli zu bieten. Ob wir alle, die uns mit Falschaussagen, mit versprochenen, aber nicht durchgeführten Bürgerentscheiden und Schönrechnereien bewusst hinters Licht geführt haben, in die Wüste schicken können – oder ob wir keine Kraft mehr dazu haben. Ich sehe dieses Projekt inzwischen wirklich als mitentscheidende Weichenstellung für die demokratische Zukunft dieses Landes. Wenn wir es dieses Mal auch wieder nicht schaffen, das Lügenpack zum Teufel zu jagen, dann werden sie sich auf immer und ewig hier festsetzen – und uns aussaugen bis zum letzten Tropfen."
„Na ja, also ganz so düster sehe ich die Sache nicht. Schließlich hat es diese Mitesser doch schon immer gegeben."
„In gewisser Weise schon, da gebe ich dir recht. Aber", Claudia klopfte mit dem Knöchel ihres Zeigefingers auf die Liste, aus der sie gerade zitiert hatte „niemals waren sie dermaßen dreist in ihrer Vorgehensweise – und noch nie waren es so viele, die

sich gleichzeitig am selben Projekt bedienen wollten. Dazu, das muss man dann schon auch noch sagen, ging's früher eventuell um einige hunderttausend Mark. Daraus sind jetzt nicht mal mehr Millionen, sondern gleich Milliarden geworden – und zwar in Euro. Also noch einmal das Doppelte vom zehnfachen. Nein", sie schüttelte heftig den Kopf. „Eine dermaßen schamlose Gier hat es früher dann doch nicht gegeben. Das dürfte auch der Grund dafür sein, weswegen es uns nie so deutlich ins Auge gestochen ist, mit den ganzen Mauscheleien – bis auf einige kleine Ausreißer halt. Aber diese Einfaltspinsel sind ja dann von ihren Parteifreunden auch immer ganz schnell fallen gelassen worden, wie die sprichwörtliche heiße Kartoffel, wenn die gemerkt haben, dass es brenzlig werden könnte. Dann hat man die Missetäter mit jeder Menge geheuchelter Empörung dem Wahlvolk zum Fraß vorgeworfen. Und die Leute waren's zufrieden. Hauptsache, sie haben ihr Kreuzchen weiterhin brav an der richtigen Stelle gemacht. So läuft das seit Jahrzehnten – und deswegen glauben sie ja, auch dieses Mal wieder ungerupft davon zu kommen. Es ist immer dasselbe Strickmuster, nach dem das in den letzten Jahren abläuft: entschlossenes Auftreten im feinsten Zwirn, Formulierungen wie „Unumkehrbar", „Basta" und Alternativlos" – dazu ein bisschen Rumgehacke auf den Ausländern und den Hartz-IV-Empfängern, auf den Faulenzern, den Grünen und den Linken. Das alles nach dem bewährten Motto: die ganze Mischpoke in einem Topf – und schon sind Lieschen Müller und Hänschen Unbedarft wieder zufrieden. So geht das. Auch jetzt wieder: du brauchst dir diese Tiraden doch nur mal fünf Minuten lang anhören."

„Lieber nicht!" wehrte Horst dankend ab und zog dabei säuerlich die Mundwinkel nach unten.

„Tja ... Die Erfahrung spricht leider dafür, dass sie mit dieser Masche nicht ganz falsch liegen und dass ihre Rechnung auch dieses mal wieder aufgeht."

„Also ich weiß nicht. Ich denke, dass sie am 30.September überzogen haben. Immerhin nennt man den Tag jetzt schon überall im Land den Schwarzen Donnerstag."

„Stimmt. Da haben unsere angeblichen Law-and-order-Politiker zum ersten Mal in der Geschichte dieses Landes offen ihre hässliche Fratze gezeigt ..."
„ ... was ihnen jetzt furchtbar peinlich ist. Und außerdem seien sie doch gar nicht daran schuld, behaupten sie und waschen ihre Hände bereits wieder in Unschuld. Die Einsatzleitung der Polizei sei schuld, sagen sie und dass es nie wieder so weit kommen dürfe ..."
„Widerlich!"
„Das schlimme daran ist, dass keine Zeitung in diesem Land sich traut, das einmal in aller Klarheit zu beschreiben!"
„Dreimal darfst du raten, wieso."
„Wieso?"
„Weil denen die ganzen Zeitungen ja auch gehören – über ihre Anteile an der großen Zeitungsholding in Stuttgart!"
„Aber wir haben doch nicht nur eine einzige Zeitung im Land!"
„Theoretisch nein – in Wahrheit aber nicht viel mehr."
„Du meinst das Drecksblatt mit den vier großen Buchstaben? Das ist für mich keine Zeitung. Noch nie gewesen. Das ist niemals ein seriöses Presseorgan, sondern höchstens die verbale Schlägertruppe der Konservativen – sonst gar nix."
„Der angeblich Konservativen würde ich sagen. Die wie gesagt mit der Abrissbirne alles kurz und klein hauen. Christliche Werte und so! Von wegen geistig moralische Wende ..."
„... doch, doch: die hat es schon gegeben. Allerdings genau anders rum. Das war absolut eine Wende, die der Dicke damals vollzogen hat. Abrissbirne im wahrsten Sinn des Wortes. Die Gesellschaft hat er umgedreht. Das ist einer der wahren Staatszerstörer – nicht die paar Chaoten mit ihren Spruchbändern ..."
„... bei denen ich übrigens schon längst den Verdacht habe, dass manche von den Konservativen bezahlt werden. Weil sie allein schon mit ihrem Aussehen so ein wunderbares Feindbild für jedes Untergangsszenario abgeben, das vor den Wahlen so gerne beschreiben wird."
„Und das leider ziemlich erfolgreich, wie sich an den Wahlergebnissen ablesen lässt."

„Aber wir sind vom Thema abgekommen. Wir waren bei den Zeitungen. Also dieses Schandblatt mit den großen Buchstaben, das kannst du doch nicht im Ernst als freie Presse bezeichnen wollen."
„Tue ich auch gar nicht. Aber trotzdem gibst du dich einer gewaltigen Illusion hin, wenn du glaubst, wir hätten in diesem Land noch eine freie Presse ..."
„Also, jetzt mach aber mal einen Punkt. Ganz so weit sind wir dann doch noch nicht gesunken! Wir leben doch nicht in einer Diktatur!"
„So? Und wo leben wir dann? Wie viele Zeitungen hat es denn vor 20 oder 30 Jahren noch gegeben? Ich meine unabhängige Zeitungen? Mindestens doch zwei in jedem Landkreis. Und heute?"
„Das kannst du mir nicht einreden", wehrte Horst entschieden ab. „Das kann ich dir auch beweisen. Selbst heutzutage gibt's – mit Ausnahme von Heilbronn und noch so ein paar Regionen der Ahnungslosen vielleicht – fast überall mehr als nur eine einzige Zeitung. Allein wenn ich an den Zollern-Alb-Kreis denke, da hatte ich doch neulich diese Fortbildung, dort gibt es beispielsweise den Schwarzwälder Boten, die Südwestpresse und auch noch die Stuttgarter Nachrichten ..."
„Schön wär's", lachte Claudia. „In Wahrheit ist das nur der Name, den man ihnen gelassen hat. Aber so bald du auch nur ein bisschen die Decke bei diesen angeblich unabhängigen und selbständigen Zeitungen hoch hältst ..."
„Was ist dann?"
„Dann wirst du feststellen, dass die den Mantel längst aus Stuttgart bekommen – oder aus Ulm. Nur der alte Zeitungsname soll dir noch vorgaukeln, dass es die alten, eigenständigen Blätter sind. Pustekuchen. Und gedruckt werden sie übrigens – sogar die angeblich harten Konkurrenten – in ein und denselben Druckzentren. So viel zur scheinbaren Konkurrenzsituation. Was aber noch viel schlimmer ist: alle diese Zeitungen – auch die ganz großen, die den Mantel liefern – gehören zur selben Holding. Logisch, dass da natürlich keine Krähe der anderen ein Auge aushackt. Es gibt zwar schon noch ein paar Journalis-

ten, die gut sind in ihrem Fach und auch manchmal liebend gerne gegen den Stachel löcken würden, aber denen sind die Hände gebunden. Da wacht der Chefredakteur mit seinen Hofhunden ganz genau darüber, dass ja nix falsches im Blatt steht. Das geht höchstens an Montagen ..."
„Wieso denn am Montag? Was hat ein Wochentag mit einer kritischen Berichterstattung zu tun?"
„Will ich dir ja grade erklären", bedachte Claudia ihren Ehemann mit einem unwirschen Blick. „Weil eben an den Sonntagen üblicherweise keine Chefredakteurskonferenz ist – deshalb kann man montags manchmal ein bisschen schärfere Kommentare lesen als unter der Woche ..."
„Das muss ich mir merken. Ich kann's noch immer nicht glauben. Aber ich werde es nachprüfen." Verblüfft über diese erstaunliche Argumentationskette schüttelte Horst den Kopf. „Aber im Grundsatz hast du ja recht: es gibt so gut wie keine kritische Berichterstattung mehr. Dass sie so ein Thema mal über ein paar Tage treiben, das habe ich im lokalen und im regionalen Teil schon ewig nicht mehr erlebt. Und ich habe weiß Gott jeden Tag genügend Zeitungen auf dem Schreibtisch."
„Eben. Du weißt ja schon, was Sache ist. Auch, mit welchen Konsequenzen ein besonders kritischer Schreiber rechnen muss, falls es ihm doch einmal gelungen ist, so einen Artikel zu platzieren."
„Der bekommt nirgendwo im Land mehr einen Fuß auf die Erde."
„... noch nicht mal bei der angeblich so freien und unabhängigen Süddeutschen Zeitung in München – denn die gehört ja auch längst den Stuttgartern und ihrer Zeitungsholding. Soviel zum Thema Presse- und Meinungsfreiheit in Deutschland. Es ist wirklich und wahrhaftig zum ..."
„...zum Kotzen. Ja. Ich glaube, jetzt habe ich endgültig begriffen."
„Dann wenden wir uns doch lieber noch einmal unserem ursprünglichen Thema zu. Das ist genau so unappetitlich – und trotzdem recht durchsichtig, wenn man es genau betrachtet.

Jetzt kommt der eigentliche Hammer. Die Frau des Exministerpräsidenten (also von dem mit der Unternehmensberatungsfirma) leitet nämlich genau jene Immobiliengesellschaft, die auf dem frei werdenden Bahngelände in Stuttgart dann den Grund und Boden an vermögende Investoren verscherbeln wird."

„Das ist ja .... instinktlos!"

„Aber noch längst nicht alles! Oder hast du gewusst, dass der Stuttgarter Oberbürgermeister ..."

„Hör mir bloß auf mit dieser Gestalt. Oberbürgermeister! Dass ich nicht lache! Der verschanzt sich, falls er überhaupt jemals da ist, in seinem Büro im Rathaus, ich war da übrigens mal drin, das ist so groß wie ein ganzes Fußballfeld, man fasst sich an den Kopf, wenn man das sieht. Dort hält er sich mit Hilfe von insgesamt drei Eingangskontrolleuren – in Worten: drei – das gemeine Volk von der Backe. Inzwischen ist mir auch klar geworden, wo der Begriff „zuschustern" seinen Ursprung hat: im Stuttgarter Rathaus. Im privaten Fußballstadion des Stuttgarter Oberbürgermeister-Versuchs. Der Skandal hat einen wirklich passenden Namen – jeder weiß doch, dass der Typ nicht nur so heißt, sondern auch genau so handelt."

„Aber eben längst nicht nur der. Der ist sowieso nur eine Marionette, die sie sich halten. Du kennst das Prinzip ja ..."

„Das Prinzip der Königswahl im Mittelalter: immer den schwächsten nehmen, von dem man weiß, der kann einem nicht gefährlich werden."

„Exakt. Deshalb ist der auch eher ein armer Tropf, als ..."

„Jetzt soll ich mit dem Kerl womöglich auch noch Mitleid haben! Das geht jetzt aber wirklich zu weit!"

„Schon gut. Krieg dich wieder ein". Claudia legte beruhigend ihre Hand auf den Unterarm ihres sichtlich unwirschen Ehemanns. „Was ich aber sagen wollte: da steckt also nicht nur dieser Unglücksrabe im Beirat für das Einkaufszentrum, sondern, das ist jetzt erst ans Tageslicht gekommen, auch deine Lieblingspolitikerin ... Dreimal darfst du raten, wer!"

„Mir ist bei dem ganzen Pack die Lust allmählich vergangen", knurrte Horst verdrossen. „Außerdem habe ich inzwischen eine ganze Latte von solchen Lieblingen!"
„Aber die da ... die ist zur Zeit dein absoluter Favorit bei den weiblichen Strippenziehern ..."
Wieder zuckte Horst genervt mit den Schultern „Jetzt sag halt schon!"
„Die Verkehrsministerin!"
„Die?!"
„Ja, die! Auch die sitzt – beziehungsweise saß – im Beirat genau jenes Unternehmens, das dieses riesige Einkaufszentrum auf dem frei werdenden Bahnareal bauen will."
„Das ist ja unglaublich! Ist denen denn gar nichts mehr heilig?! Das ist doch ein Grund für einen sofortigen Rücktritt!"
„So blöd sind die auch wieder nicht. Kaum, dass sie gemerkt haben, dass etwas durchsickert, hat sie ihren Nebenjob auf einmal „ruhen lassen." Wohlgemerkt: nur „ruhen lassen". Nicht aufgegeben. Man ist immer noch wohlwollend irgendwie mit dabei – halt im Augenblick etwas mit gebremstem Schaum – allein aus landespolitischer Opportunität, so kurz vor den Wahlen. Ein Schelm, wer böses dabei denkt ..."
Spätestens jetzt rang Horst Meyer endgültig um seine Fassung. „Das ist unfassbar. Also, so langsam glaube ich doch, dass wir in einer Bananenrepublik leben."
„Beleidige diese Länder in Mittelamerika bitte nicht. Denn ob es dort auch üblich ist, dass ein Finanzbürgermeister, der den Vergabeausschuss seiner Stadt leitet, gleichzeitig Mitglied im Aufsichtsrat einer der wichtigsten Baufirmen ist, die ständig in Stuttgart bohrt und baggert, also ich weiß nicht ..."
„Stimmt das?"
„Und ob!"
„Das wird ja immer besser! Und der denkt sich nichts dabei?"
„Rein gar nichts. Der hat im Gegenteil sogar noch furchtbar empört getan, als die Sache aufgeflogen ist und er diesen Posten zwangsweise niederlegen musste."

„Zurücktreten hätte er müssen. Als Bürgermeister – nicht als Aufsichtsrat!"
„So einer doch nicht. Er sei doch nicht bestechlich und beeinflussbar, hat er getönt. So richtig die beleidigte Leberwurst hat er gemimt. Ich muss wohl nicht extra erwähnen, dass der sich auch für Stuttgart 21 ins Zeug legt?"
„Nein, musst du nicht", winkte Horst ab.
„Also – womit wir wieder beim Thema wären: von wegen Bahnprojekt. In Wahrheit geht es hier um eine gigantische Umverteilung von Volksvermögen, das in die Taschen von Baulöwen und privaten Immobilienhaien (landläufig harmlos Investoren genannt) geleitet werden soll."
Wieder tippte sich Horst vielsagend gegen die Stirn. „Und was das für eine atemberaubend menschenverachtende Architektur werden soll, die sie dann auf das Bahngelände knallen, das kann man ja so ganz allmählich schon erahnen. Wenn ich da nur an dieses Monstrum da denke, diesen Hochsicherheitstrakt für Bücher ..."
„Du meinst die neue Stadtbibliothek?"
„Stadtbibliothek! Dass ich nicht lache: das ist ein Stammheim für Bücher – wenn nicht gar ein Guantanamo für die Literatur."
„Stimmt. Wirkt grade so, als hätte der Architekt, falls es überhaupt einen gegeben hat, beim Baubeginn versehentlich den Entwurf für ein neues Zuchthaus mit dem für die neue Bücherei verwechselt. Da kann's einem wirklich Angst und bange werden, wenn für solche Monstren eine Baugenehmigung erteilt wird. Mit gutem Geschmack hat das nicht im Geringsten was zu tun."
„Soll's ja auch gar nicht. Hauptsache viel Beton und Hauptsache, die richtigen Leute profitieren davon. Die gute alte Spätzlesconnection. Diese Wahnsinnigen, die den Hals nie voll genug bekommen können, die stopfen sich zu Lasten des Staates und von uns Steuerzahlern die Taschen noch dicker voll ..."
„... mit tatkräftiger Hilfe unserer Volksvertreter, für die später – nach ihrem Ausscheiden aus ihrem aufopferungsvollen Dienst an der privaten Bausache – ein paar schöne und lukrative Aufsichtsratspöstchen winken."

„Leute ohne jeden Moralkodex. Wenn ich als Polizeibeamter auch nur ein Päckle Kaugummi als Geschenk von irgend jemandem annehme, dann habe ich gleich ein Disziplinarverfahren auf dem Hals. Während diese Typen, mal für diese, mal für jene Seite mit Millionen herum jonglieren, als wenn's nichts wäre."
„Und der arglose Wähler denkt sich nichts schlimmes."
„Dabei muss man sich dieses wahre Gruselkabinett doch nur anschauen!"
„Jedes Volk hat die Politiker, die es verdient. Würden halt alle zur Wahl gehen, die ständig von Politikverdrossenheit reden ..."
„... aber so ganz allmählich verstehe ich diese Leute schon. Was soll man denn überhaupt noch wählen? Die sind doch alle gleich!"
„Es gibt immerhin jedes Mal die Chance auf das kleinere Übel – nur so kann man etwas bewegen. Steter Tropfen höhlt den Stein ..."
„Apropos Tropfen. Mir ist jetzt nach einem richtig guten Zweigelt. Das alles muss ich nämlich erst mal verdauen. Und du?"
„Ich höre mich nicht widersprechen!"

*

12

Für ein erstes Treffen mit seinem Gewährsmann hatte sich Horst im neu gestalteten Heilbronner Hallenbad verabredet, um dort beim völlig harmlos wirkenden Brustschwimmen im großen Becken weitere Details erfahren zu können, ohne dass in dem Gewimmel der übrigen Badegäste die Chance auf einen gezielten Lauschangriff mit einem Richtmikrofon bestanden hätte. Hatte er sich gedacht ... Die Gelegenheit, konkreteres in Erfahrung zu bringen, wurde freilich auf ganz andere Art und Weise zunichte gemacht. Angesichts des an diesem Tag herrschenden

Schmuddelwetters tummelten sich die Abwechslung suchenden Menschen wie die sprichwörtlichen Heringe im Wasser – an ein gezieltes Vorwärtskommen war nicht zu denken. Und gleich gar nicht an ein einigermaßen vertrauliches Gespräch. Von wegen. Die von Horst Meyer seit vielen Jahren so innig geliebten, sprichwörtlichen lebenden Leichen kreuzten aus allen möglichen (und manchmal auch unmöglichen) Richtungen die Bahn der beiden verhinderten Freischwimmer.
Und dann noch diese Lautstärke, die als tausendfaches Echo von den Hallenwänden schallte. Als gäbe es so etwas wie eine Art Kontaktschleife: kaum befanden sich die Badegäste im direkten Kontakt mit dem Wasser, löste sich auch schon deren Zunge. In einem genauso erstaunlichen, wie unüberhörbaren Redeschwall brach sich das Mitteilungsbedürfnis der zahlreichen Besucher unerbittlich seine Bahn. Sollte man direkt einmal näher untersuchen, den Zusammenhang zwischen Wasser und jenem Auslöser des Quasselmechanismus. „Wäre sicherlich eine interessante Doktorarbeit für Medizinstudenten – oder für Psychologen", flüchtete sich der Kommissar ins zynische Fach.
Am Ende des Badbesuchs hatten sie sich dann aber zumindest andeutungsweise doch noch austauschen können. Und dabei hatte der Kollege kleinlaut gestehen müssen, dass es ihm nicht möglich gewesen war, auch nur einen kleinen Teil der Datensätze von der besagten Referenz-CD herunter zu kopieren. Horst hatte das freilich schon im Vorfeld befürchtet, was seine Enttäuschung folglich nicht allzu groß werden ließ. Es musste also anders angegangen werden. Die Frage war nur, wie. Die Sache war nicht nur hoch brisant, sondern auch kaum zu knacken. Das wenigstens hatte der sichtlich besorgte Kollege seinem Freund deutlich machen können. Auch wenn es Horst inzwischen so schien, als bereue es der Tippgeber längst, ihn in seiner ersten Empörung um Hilfe gebeten zu haben. Aber davon ließ sich ein Horst Meyer nicht mehr irritieren. Er hatte die Witterung längst aufgenommen. Und wenn das der Fall war, dann ließ er sich auch nicht mehr stoppen. Egal, wie brenzlig die Sache auch war. Beziehungsweise gerade dann!

„Also, was hat er dir denn nun genau sagen können", erkundigte sich Michael Protnik, der am späten Abend auf einen Wochenendbesuch bei den Meyers eingetroffen war, nach dem aktuellen Stand der Dinge.
„Wie gesagt, viel haben wir ja nicht reden können", schilderte Horst seinem Freund und Kollegen die Situation. „Aber einiges dann eben doch."
„Zum Beispiel?"
„Zum Beispiel, dass es sich tatsächlich um diese Steuer-CD handelt. Du erinnerst dich?"
„An welche jetzt konkret? Die werden momentan ja anscheinend im Fließbandverfahren kopiert."
„Na, eben an diejenige, die laut Anweisung der Landesregierung in Baden-Württemberg von der Staatsanwaltschaft nicht gekauft werden durfte. Das hatte ja vor allem die FDP durchgesetzt. Deshalb hat später doch der Bund zugegriffen, um den Cleverles in Stuttgart vielleicht doch noch einen – wie auch immer gearteten – Zugriff zu ermöglichen. Man weiß ja nie ..."
„Schon interessant, dass ausgerechnet die Minister von der marktextremen Partei den Ankauf in Stuttgart verhindert haben."
„Genau – diese angeblichen Liberalen", stieß Horst in dieselbe Kerbe wie der Kollege. „Ausgerechnet die. Wo es doch hieß, die hätten selber gewaltig Dreck am Stecken."
„Na ja. Das ist ja nun wirklich widerlegt worden – und zwar eindeutig. Mit eidesstattlichen Beteuerungen und sogar mit offiziellen Schreiben von den Schweizer Banken, dass es bei ihnen keinerlei Konten von diesen Ministern gebe, die man mit dem Schwarzgeld in Zusammenhang gebracht hat."
Horst wiegte bedächtig den Kopf. „Ungewöhnlich genug, dass eine Schweizer Bank so ein Schreiben verschickt. Bei denen beißt man normalerweise auf härtesten Schweizer Granit. Die würden doch noch nicht einmal reagieren, wenn das Matterhorn zusammen bröselt, so stur und klammheimlich geht's da zu. Und nun? Kommen da plötzlich zwei unbedeutende Landesminister aus einer deutschen Nichtsnutzpartei daher und wollen

von einer Schweizer Bank einen Blankoscheck über ihre blütenreine Weste ausgestellt bekommen. Also wirklich! Und erstaunlicherweise haben sie diese Erklärungen tatsächlich bekommen."
„Also wenn du das so formulierst: ja, erstaunlich ist das schon", konstatierte der plötzlich ins Grübeln geratene Protnik. „Von dieser Warte habe ich das noch gar nie betrachtet."
„Da bist du sicher nicht der Einzige."
„Aber trotzdem: ihren Persilschein haben sie doch mit diesem Bankschreiben bekommen und damit war die Affäre zu Ende, bevor sie richtig begonnen hat. Worauf also willst du hinaus?"
„Auf zweierlei: einerseits war es ja auch ein kleiner Medienskandal, weil da ein deutsches Nachrichtenmagazin einfach die nicht wasserdichten Erkenntnisse eines obskuren Journalisten veröffentlicht hat, der anschließend abgetaucht ist. Und obwohl der Kerl mit seinen Behauptungen offenbar total daneben gelegen hat, wollte das Magazin seine Identität nicht preisgeben. Noch nicht einmal Schadenersatz haben sie von dem gefordert. Weder die Zeitungsmacher, noch die Minister. Wo es in dieser Republik doch inzwischen üblich geworden ist, einen zu verklagen, bevor der andere auch nur richtig Piep gesagt hat. Das ist in diesem Fall also zumindest ungewöhnlich – finde ich ..."
„Ja, das stimmt schon."
„Und dann das zweite Fragezeichen: weshalb ist eigentlich die Staatsanwaltschaft nicht aktiv geworden?"
„Du meinst Hausdurchsuchung bei dem Magazin, Beschlagnahme von Beweismaterial und so weiter?"
„Exakt das meine ich."
„Ist doch klar: die haben den Aufschrei der gesamten bundesdeutschen Presse befürchtet, wenn sie so was machen."
„Die Presse hätte in diesem Fall kaum laut geschrieen. Erstens mögen die meisten dieses Magazin mit seinen permanenten Halbwahrheiten sowieso nicht und zweitens hat die Staatsanwaltschaft ja schon wegen ganz anderer Dinge auf brutalst mögliche Weise zugeschlagen. Das Zeugnisverweigerungsrecht von Journalisten hat die doch noch nie interessiert. Ich sage nur: denk an die Spiegelaffäre seinerzeit – das war damals

der Anfang für viele weitere Gesetzesverstöße von Seiten der Justiz."

„Auch wieder wahr. Tatsächlich klingt das ein bisschen seltsam. Da scheint sich beinahe der Verdacht aufzudrängen, dass man vielleicht gar nicht so gerne im Trüben fischen wollte – womöglich vor Angst, dass doch noch etwas ans Licht geschwemmt wird, das man besser im Schlamm versteckt lässt ..."

Mit einer knappen Handbewegung ermunterte Horst ihn, in seiner Kombinationskette fortzufahren. „Beispielsweise."

„Aber selbst wenn das so sein sollte: wo sollen wir dann überhaupt ansetzen, wenn es nicht die geringsten Hinweise auf irgendwas gibt. Ich kann mir nicht vorstellen, wo wir fündig werden könnten – es sei denn, der Kollege hat dir doch noch ein paar konkretere Details gesteckt, als das, was ich bisher erfahren habe."

„Weniger was konkretes – aber ein paar vernebelte Andeutungen hat er fallen lassen – und dazu noch ein paar interessante Fragezeichen und Betonungen gesetzt."

„Fragezeichen und Betonungen", stöhnte Protnik. „Ich bin doch nicht beim Blinde-Kuh -Spielen."

„Jetzt warte doch erst mal, was ich dir sagen will! Also: wie du dich richtig erinnert hast, sind diese Minister am Ende mit blütenweißer Weste da gestanden."

„Ja, eben. Das hat mich schon geärgert, denen hätte ich nämlich liebend gerne ein hübsches Steuerfluchtverfahren an den Hals gewünscht – und ehrlich gesagt: ich habe es ihnen auch durchaus zugetraut, dass sie ein bisschen Schwarzgeld in der Schweiz angelegt haben könnten."

„Na bitte, sage ich doch: die Dinge liegen auf der Hand."

„Wie auf der Hand?"

„Was haben die Kerle denn damals genau gesagt?"

Protnik verstand noch immer nicht, worauf Horst eigentlich hinaus wollte und rollte deshalb ungeduldig mit den Augen.

„Na was denn wohl? Eben, dass sie kein Geld in der Schweiz geparkt hätten, schlichtweg deshalb, weil sie bei dieser Bank gar kein Konto hätten."

„Richtig, das haben sie damals gesagt."
„Also?"
Horst verengte seine Augen zu listigen, kleinen Schlitzen. „Was aber, wenn du genau diese Aussagen einmal etwas anders betonen würdest?"
„Anders betonen?"
„Ja, anders betonen. Ein und dieselbe Aussage. Komm, versuch's mal. Spiel du mal den Minister."
„Ich? Ausgerechnet ich soll einen politischen Extremisten spielen?"
„Nur mal so zum Spaß."
„Da hört der Spaß aber eigentlich auf", knurrte der wenig begeisterte Protnik. „Na gut. Ausnahmsweise. Wenn's der Wahrheitsfindung dient. Also: der eine hat jedenfalls genau dasselbe gesagt, wie der andere ..."
„Nämlich?"
„Nämlich, dass er in der Schweiz kein Geld hat und auch kein Konto auf der besagten Bank."
„Gut."
„Wie gut?"
„Die haben übereinstimmend ausgesagt, sie hätten in der *Schweiz* kein Geld liegen, weil sie auf *dieser* Bank kein Konto hätten. Damit dürften sie wohl die Wahrheit gesagt haben, aber: das lässt trotzdem noch einige Umkehrschlüsse zu: beispielsweise den, dass sie auf anderen Banken in der Schweiz Geld liegen *haben könnten oder gehabt haben könnten.*"
„Oder anstelle der *Schweiz* dann eben in *Liechtenstein*", fügte der plötzlich hellwach gewordene Protnik rasch hinzu. „Womit sie tatsächlich nicht gelogen hätten – wenn das so sein sollte. Das also ist es, was dir der Kollege andeutungsweise sagen wollte."
„Das dürfte es sein", bestätigte Horst. „Insofern riecht das ganze für mich irgendwie ähnlich wie vor einigen Jahren die Sache mit dem brutalst möglichen Aufklärer bei dem angeblichen jüdischen Vermögen auf dem Schwarzgeldkonto des Dicken in Liechtenstein."
Protnik grinste wissend. „Alles Hessen oder was?"

„Genau: die Sache mit den Parteispenden, die sie dann – Gipfel der Dreistigkeit – als ehemalige jüdische Vermögen deklariert haben."
„Na wie auch immer. Wie sollen wir aber jetzt mit dem Ermittlungsverbot einen Knopf an diese Sache bekommen? Und was hat das alles mit Stuttgart 21 zu tun?"
„Genau das wollen wir ja heraus finden", lächelte Horst mit grimmiger Entschlossenheit in seinem Blick. „Und jenseits aller Brisanz, die dabei für unser eigenes berufliches Wohlergehen besteht: es wäre einfach zu schön, wenn wir tatsächlich fündig würden." Unternehmungslustig klatschte er in die Hände. „Stuttgart, wir kommen!"

*

13

„Brot und Spiele, nie war Fußball wichtiger als heute! Das neue Opium für das Volk. Früher war's die Religion, heute ist's der Sport – in erster Linie der Fußball. Gib den Leuten ihren Farbfernseher und die Fußballübertragung, damit hältst du sie ruhig und kannst in aller Seelenruhe deine Geschäfte machen."
Protnik bedachte den Freund und Kollegen, der es tatsächlich wagte, ihn ausgerechnet jetzt, bei der Tabellenanalyse der ersten Fußballbundesliga zu stören, mit einem vorwurfsvollen Blick.
„Ach was. Jetzt lass mich halt mal in Ruhe die Sportschau gucken. Dann bin ich wieder ganz Ohr. So ein bisschen Ablenkung wird man sich doch wohl am Samstagabend noch gönnen dürfen. Wo ist denn da ein Überangebot, wenn ich mir samstags halt die Bundesliga anschauen will?"
Doch Horst war bereits in voller Fahrt und demzufolge nicht mehr zu bremsen. „Ist es freilich! Niemals zuvor sind im Fernsehen so viele Fußballspiele übertragen worden, wie heutzutage. Sogar die Qualifikation zu irgendeinem Pokal, wo sie früher

höchstens – ich wiederhole – höchstens einen zweiminütigen Ausschnitt gesendet haben. Und das Ganze live, in Farbe und in HD."
„Also ..."
„Doch, ehrlich. Das ist so. Das hat System. Denk doch nur an die WM ..."
„Du liebe Güte. Man wird sich doch noch ein Fußballspiel reinziehen dürfen, ohne dass gleich die Demokratie in Gefahr ist!" insistierte Protnik, dessen Argumentation freilich auf völlig taube Meyersche Ohren stieß.
„... diese WM", fuhr der ungerührt fort, „ wo jedes Spiel schon vier Stunden vorher bequatscht wird und dann vier Stunden danach immer noch. So füllt man Sendezeit und verschleiert den Leuten gleichzeitig den Blick für die wahren Probleme. Schlichtweg, in dem man erst gar nimmer darüber berichtet. Und so wird plötzlich sogar der Knaller Muggensturm gegen Stupferich, wenn man ihn nur vorher in den Trailern richtig schön hochjubelt, plötzlich um einiges interessanter, als die Berichterstattung über die Novelle zur Rentenversicherung, obwohl sie dir dort klammheimlich wieder an den Geldbeutel gehen. Das geschieht dann halt unter Ausschluss der Fernseh-Öffentlichkeit. Sogar der öffentlich-rechtlichen. Auch die stecken lieber ihre Milliarden-Gebühren für ihren angeblichen Grundversorgungsauftrag ein. Grundversorgung. Dass ich nicht lache. Seitdem gehört also auch das „Olli mit Waldi"-Gequatsche zur Grundversorgung."
„Grässlich!" Die Tabellenanalyse der Sportschau war in diesem Augenblick beendet worden und so war es für Horst nicht ganz ersichtlich, ob es sich bei Protniks Formulierung um eine Folge seiner brillanten Schilderung der medienpolitischen Verhältnisse in diesem Lande handelte, oder ob der Ausdruck nicht doch eher der aktuellen Tabellensituation von Protniks Lieblingsverein geschuldet war ...
„Eben!" pflichtete er dem Kollegen sicherheitshalber bei. „Jetzt aber mal ehrlich: ist dir nicht auch schon aufgefallen, dass wir mittlerweile eher die Gesichter und die dazu gehörigen Namen

von Fußballern kennen, als die von unseren Politikern? Erst recht von den Landespolitikern?“
Protnik zuckte gelangweilte mit den Achseln. „Ja, schon. Ist ja auch kein Wunder. So spannend sind die Kerle schließlich auch wieder nicht.“
„Es war aber auch schon mal anders. Früher hat man die gekannt, nicht wahr?“
„Schon möglich“, hob der Gefragte neuerlich die Schultern, um damit anzudeuten, wie gleichgültig ihm diese Angelegenheit doch war. „Worauf willst du hinaus?“
„Eben auf die Ablenkungsmechanismen durch Fernsehen, Unterhaltungsshows und dieses ganze hoch geblasene Radioeinerlei.“
„Mag schon sein. Aber wäre die Politik spannender, dann wäre auch die Berichterstattung darüber üppiger. Da bin ich mir ganz sicher.“
„Das sehe ich völlig anders. Denn das, was sich momentan in der Politik tut – sogar bei uns, in der Landespolitik – das ist hoch spannend. Man muss halt nur richtig darüber berichten. Über die ganzen Zusammenhänge, die Connections, die gigantische Umverteilung von A nach B, die tiefroten Zahlen der Banken, den Betrug mit diesen „Bad Banks“, wo sie so tun, als seien die Milliardenverluste ganz plötzlich weg, verschwunden auf Nimmerwiedersehen in irgend so einem tiefen schwarzen Loch. Dabei tickt da ja eine gewaltige Zeitbombe – aber die Leute sind völlig ahnungslos und glauben, das sei es schon gewesen. Von wegen!“
„Da muss ich dir ausnahmsweise recht geben. Da wird noch eine schöne Lawine auf uns zu rollen. Das ist bloß eine Frage der Zeit – und dann: wehe dem, der ein bisschen Geld auf dem Sparbuch hat. Das wird nämlich eine gewaltige Inflation geben. Bis hin zu einem Währungsschnitt – und plötzlich ist das ganze schöne Geld, das man jahrelang als Spareinlage für alle Fälle auf die Bank getragen hat, plötzlich nichts mehr wert. Eigentlich schon seltsam. Dass sich die Leute so schnell haben beruhigen lassen.“
„Das läuft nach dem Motto der drei Affen: Böses nicht sehen, nicht sagen, nicht hören.“

„Tja!“ Protnik breitete die Arme weit aus. „So sind die Menschen halt. Lieber die gute Nachricht glauben, während der Überbringer der schlechten Nachricht einen Kopf kürzer gemacht wird.“

„Exakt aus diesem Grund ist ja nach der deutschen Wiedervereinigung der Dicke zum gesamtdeutschen Kanzler gewählt worden, und nicht der Lafontaine, der vor diesen Milliardenschulden ständig gewarnt hat, die der Eins-zu-Eins-Umtausch mit sich bringen würde. Sie wollten es nicht wahrhaben – und deswegen haben sie dem Dicken ihre Stimme gegeben, der das alles abgestritten hat. Ja – und hinterher hat sich dann heraus gestellt, dass der Lafontaine recht hatte und dass der Dicke die Unwahrheit gesagt hat. Aber Kanzler war der Dicke – und nicht der Lafontaine.“

„Sag ich ja: so sind die Menschen. Brot und Spiele.“

„Also doch. Jetzt gibst du es ja selber zu.“

„Habe ich noch nie bestritten. Und trotzdem finde ich nichts schlimmes dran, wenn ich mir samstags halt mal die Sportschau anschauen will.“

„Sagt ja auch niemand was dagegen. Aber ist dir eigentlich klar, wer hier bei uns im Land grade die Hände fest am Ruder hat?“ Protnik runzelte die Stirn. „Was fragst du da groß? Ist doch klar: diese schwarz-gelben Finanzterroristen halt.“

„Ja. Schon. Aber in Wahrheit sind das ja auch nur Marionetten, die am Fädchen von anderen Strippenziehern tanzen.“

„Und die wären?“

„Einerseits das internationale Großkapital ...“

„Mein Freund Horst, der Kommunist“, unterbrach ihn Protnik lächelnd.

„Komm, lass den Quatsch. Du weißt ganz genau, dass da was dran ist. Obwohl man unser einen dann immer gleich in diese Ecke abschieben will. Das hat System, seit Jahren schon.“

„Und es hat ja auch funktioniert. Wer so etwas sagt, internationales Großkapital und so, der hat bereits seinen Eintrag beim Verfassungsschutz garantiert.“

„Mir auch egal. Und außerdem: da kommt noch ein weiterer Faktor ins Spiel, den ich früher selbst nicht für möglich gehalten hätte, als man mich schon vor Jahren darauf aufmerksam gemacht hat. Damals habe ich gesagt, man solle mich mit diesem Quatsch bitte verschonen. So langsam aber glaube ich, dass etwas dran ist an der Sache. Da gibt es nämlich noch so einen Machtfaktor, der sich quer durch die politischen Parteien zieht. Übrigens durch alle: rote genauso wie schwarze und gelbe."
Während Horst eine bedeutungsvolle Pause machte und seinen Kollegen erwartungsvoll fixierte, legte Protnik eine zweifelnde Miene an den Tag, als er seine pflichtschuldige Rückfrage stellte. „Und dieser Machtfaktor wäre?"
„Die katholische Kirche."
„Quatsch mit Soße! Alte Männer in Frauenkleidern! Wen jucken die denn noch?"
„Na ja", grinste Horst. „Die juckt's ja bekanntermaßen manchmal selber noch viel zu arg ..." Er unterbrach sich kurz, um den Kollegen nunmehr ernst zu fixieren. „Aber Scherz beiseite, die Schwarzkittel ziehen im Hintergrund tatsächlich gewaltig viele Strippen."
„Blödsinn, das tun die schon lange nimmer!"
„Habe ich auch mal gesagt. Früher halt. Aber jetzt pass mal auf: von welcher Fraktion ist der Nesenbachrambo?"
„Ha, von den Schwarzen natürlich."
„Nein: ich meine, in welche Kirche er geht."
Protnik brauchte keine Sekunde, um zu überlegen: „So heilig, wie der die Äuglein verdreht, müsste er zu den Katholen gehen, nicht wahr?"
Horsts Grinsen wurde breiter. „Das könnte man wirklich meinen, wenn man den so sieht. Aber voll daneben ist auch vorbei. Denn der ist tatsächlich bei den Evangelen."
„Hätte ich nicht für möglich gehalten. Sieht für mich aus, wie so ein klassischer Opus-Dei-Geselle. Aber, nun denn ..."
„Ist ja auch nur das protestantische Feigenblatt. Denn ansonsten sind sie alle vom wahren Glauben – angefangen mit dem Silberfischchen. Dreimal darfst du raten."

„Muss ich gar nicht. Du meinst unser Uranlieschen? Ha, ist doch klar. Die kommt ja aus dem Landkreis Sigmaringen. Ist folglich erzkatholisch."
„Richtig. Weiter geht's mit einer dir wohlbekannten Abgeordneten aus Ulm. Wohin geht das Kreuz des Südens zum Beten?"
Die Stirn des Kollegen verfinsterte sich schlagartig. „Die! Wie schon der Name sagt: zu den Katholischen."
„Gut! Und was ist mit dem Gischpel? Dem Fraktionschef der Schwarzen?"
Ganz allmählich zeichnete sich ein Hauch von Erstaunen auf der Miene des Gefragten ab. „Etwa auch katholisch?"
„Allerdings – und wie. Natürlich nur vorne rum. Katholische Studentenverbindung, ehemaliger Organist in der Kirche und so. Wie gesagt, vorne rum schwer katholisch, aber hinten rum treibt er's dafür umso bunter. Nicht nur mit seinen zahlreichen Frauengeschichten, die man ihm nachsagt."
„Die Katholen haben als Ausweg dann ja die Beichte."
„Von der so mancher ordentlich Gebrauch machen müsste. So. Weiter geht's: zu wem bekennt sich der Altministerpräsident?"
„Ha, der Schnatterich! Der ist aber evangelisch", triumphierte Protnik. „ Da bin ich mir ganz sicher."
„Ja, der schon. Aber der war ja eh nur eine Marionette, die es allen recht machen wollte und deshalb wie ein Grashalm im Wind hin und her bewegt worden ist. Meine Frage zielt auf seinen Vorgänger."
„Auf den heiligen Erwin? Das weiß doch jeder, was bei dem Sache ist."
„Also auch katholisch. Genauso wie der Innenminister, der Finanzminister, die Chefredakteure der größten Zeitungen und der Rundfunkanstalten ..."
„Bitte! Hör bloß auf!" Abwehrend streckte der Kommissar die Hände von sich, was bei seinem Freund und Kollegen ein vielsagendes Lächeln um die Mundwinkel spielen lies.
„Na, hat's also endlich klick gemacht?"
„Batsch hat's gemacht. Das ist ja ... Also, wenn du wirklich recht hättest ..."

„Habe ich. Die Fakten lügen nicht."
„Puh". Sichtlich angezählt wischte sich Protnik mit dem Handrücken über die schweißnasse Stirn. „Und die hängen über diese Schiene auch wieder alle miteinander zusammen?"
„Exakt! So wie die Heuschrecken über ihre Schiene verbunden sind – die sich natürlich an einer ganz bestimmten Stelle mit der anderen kreuzt – um auch sprachlich beim Thema zu bleiben."
„Das ist ja ... Schmodder wohin du schaust!"
„Ein einziges Interessenkonglomerat aus Wirtschaft, Politik und Medien."
„Also, wenn das wirklich wahr ist ... ich kann es noch immer nicht so richtig glauben. Das sind doch sicherlich nur wieder irgendwelche verquasten Verschwörungstheorien", suchte Protnik hoffnungsvoll nach einem argumentativen Fluchtweg.
„Und wer hat mir grade eben noch auf meine sämtlichen Fragen selbst eine eindeutige Antwort gegeben?"
„Ja, schon. Aber wie gesagt: wenn das wirklich so ist, dann ist dieses Geflecht ja beinahe schon ein Anschlag auf die Grundfesten unseres Staates."
„Da liegst du sicher nicht ganz daneben. Von wegen alle Macht dem Volke ... Das schiere Gegenteil bezwecken die: alles Geld in unsere Taschen."
„Das wäre dann ja das personifizierte Böse."
„I wo. Sie sind nicht böse", wiegelte Horst Meyer lächelnd ab.
„Das soll nicht böse sein?" Protnik schnaubte unwirsch auf. „Da gehört dringend der Verfassungsschutz informiert."
„Ach der. Glaubst du denn im Ernst, dass die nicht auch mit von der Partie sind?"
„Und dennoch hat das nichts mit gut und böse zu tun?"
„Na ja: Ich halte es da lieber mit dem Georg Schramm", gab Horst mit einer nonchalanten Geste zur Antwort.
„Wer ist das denn nun schon wieder? Auch so ein Kathole?"
„Sag bloß, du kennst den Schramm nicht."
„Nein, den kenn ich nicht. Ich kann doch nicht alle und jeden kennen!" machte der Sputnik nun auch optisch auf Totalverweigerung, in dem er sich mit einer ruckartigen Bewegung

zurücklehnte und dabei die Arme fest ineinander verschränkte. „Freilich kennst du den. Diesen Kabarettisten. Der Georg Schramm, der kürzlich die Fernsehsendung „Neues aus der Anstalt“ verlassen hat, weil er lieber mehr auf der Bühne präsent sein will.“
„Ach der! Sag das doch gleich“, schlug sich Protnik mit der flachen Hand vielsagend gegen die Stirn. „Schade, dass der nicht mehr im Fernsehen ist. Den habe ich immer besonders gerne gesehen mit seinen unglaublich scharfen Analysen.“
„Ich auch. Irgendwas fehlt seitdem.“
„Sag ich ja. Aber was war jetzt mit dem Schramm?“
„Der hat über diese ganzen Politjunkies, Heuschrecken und klammheimlichen Netzwerker, gesagt, die seien gar nicht böse.“
„Ausgerechnet der Schramm. Gerade der soll diese Typen in Schutz genommen haben? Das kann ich kaum glauben. Oder ist der jetzt etwa auch schon altersmilde geworden?“
„Von wegen! Es geht nämlich noch weiter mit dem Zitat: Sie sind nicht böse, denn dazu sind sie viel zu mickrig. Sie sind höchstens die Furunkel am Arsch des Bösen!“
„Klasse!“ Begeistert klatschte sich Michael Protnik auf die Oberschenkel. „Das passt wie die Faust aufs Auge. Blattschuss! Die Furunkel am Arsch des Bösen. Herrlich!“

*

14

Am späteren Sonntagmittag war alles Wesentliche zwischen den beiden verdeckten Ermittlern besprochen. Ihr weiteres Vorgehen war klar skizziert. Es konnte also los gehen – mit aller gebotenen Vorsicht natürlich – und sinnvollerweise aus zwei verschiedenen Stoßrichtungen. Einmal Ulm und einmal Heilbronn. Das machte die Gefahr geringer, dass im Fall des hof-

fentlich niemals eintretenden Falles einer Entdeckung gleich das ganze Vorhaben auffliegen würde. Man musste sie in die Zange nehmen.
„Alles klar. So wird s gemacht. Dann werde ich allmählich wieder aufbrechen."
„Gut so. Und ich möchte dir noch einmal sagen, wie ich mich freue, dass wir wieder einmal etwas gemeinsam unternehmen können. So brenzlig die Sache auch ist – aber andererseits um so lohnenswerter, wenn wir diesen Typen ins Handwerk pfuschen könnten. Gut." Ein rascher Blick auf die Uhr entlockte Horst einen überraschten Pfiff. „So spät schon. Dann wird's allmählich wirklich Zeit. Also, wie sollen wir's machen mit deiner Rückreise? Nimmst du den Zug oder soll ich dich mit dem Auto nach Stuttgart bringen? Obwohl ... auf der A 81 ist grade wieder mal so eine Riesenbaustelle. Typisch: jedes Jahr flicken sie fünf Kilometer, anstatt mal gleich zwanzig oder dreißig Kilometer in Angriff zu nehmen, wie das die Österreicher tun. Bis die bei uns fertig sind, können sie vorne wieder anfangen mit reparieren. Das wird also wohl nix mit der A 81. Denn jetzt um diese Uhrzeit, dürften wir genau in den Sonntagsausflugs-Rückreiseverkehr geraten. Also solltest du doch besser den Zug nehmen."
„Ja, so ein ICE ist schon etwas feines!" Horst bemerkte das anzügliche Funkeln in den Augen seines Kollegen nicht und ging diesem deshalb sofort auf den Leim.
„Von wegen ICE!" schnaubte Horst. „ICE? Was ist das? Heilbronn ist eine der ganz wenigen Großstädte ohne ICE-Anschluss. Der Bahnhof der Ahnungslosen."
„So ein Mist. Ich wollte aber schon einigermaßen pünktlich zum Abendessen heute zu Hause sein."
„Ich fürchte es geht kein Zug mehr nach Ulm, beziehungsweise nur noch einer über Würzburg."
„Das ist aber wie von hinten durch die Brust ins Auge."
„Du sagst es. Andererseits ist das typisch Heilbronn: keine gescheiten Eisenbahnverbindungen, aber eine Riesenklappe bei den Provinzpolitikern, wenn es um Verkehrspolitik geht. Wenn

man die so reden hört, dann sind sie die Weltmeister aller Klassen!"
„Als Autostadt ja wohl schon ein bisschen ..."
Mit einem spöttischen Lächeln kräuselte Horst die Stirn. „Von wegen Autostadt! Also wenn schon, dann ist das sowieso Neckarsulm und nicht Heilbronn. Und auch dieses Neckarsulm ist in Wahrheit ein überschätztes, total verschlafenes Krabbennest. Und dann erst die ganzen großkotzigen Zulieferer hier im Unterland, die ja alle inzwischen glauben, das Rad erfunden zu haben. Du müsstest die mal sehen, wenn sie wie Graf Rotz in ihren Geländepanzern hocken. Diese Hybris! In Wahrheit sind das in der Mehrzahl irgendwelche zweitgeborenen Bauernbübchen, die vor fünfzig Jahren vom Vater im Interesse einer geregelten Hofnachfolge mit ein paar sauren Wiesen ausbezahlt worden sind – und dann plötzlich haben sie die eine Hälfte von dem wertlosen Grundstück als Bauplatz verkaufen können und auf die andere Hälfte haben sie ein Fabrikle gestellt, weil Audi, das damals noch NSU hieß, ein paar Kunststoffteile gebraucht hat. Also ist aus dem Erlös vom Bauplatz eine Spritzgussmaschine gekauft worden, die Form dazu haben sie vom Autobauer bekommen und das war's dann auch schon. Oben Plastikkügelchen rein, unten kam das fertige Teil heraus. Ab damit nach Neckarsulm. Das geht heute noch so – allerdings im viel größeren Maßstab. Inzwischen verdienen die sich dumm und dämlich. Das alles wäre ja so weit noch in Ordnung, wenn sie bloß nicht derart den Großkotz markieren würden. Quasi die Autoerfinder."
„Und was hat das jetzt mit der Eisenbahn zu tun?"
„Ist doch klar: sie haben den Ausbau der Bahn vernachlässigt – nach allen Regeln der Kunst. Straßen statt Schienen. Und heute haben wir den Salat. Ein dauerhaft verstopftes Autobahnkreuz, egal wie viele Spuren sie noch bauen wollen. Die Eisenbahnlinie ein glatter Witz. Wohin man auch guckt: überall hockt man im Stau."
„Das ist doch wie überall. In Ulm, in Stuttgart ..."
„Und weil es überall so ist, deswegen muss es gut sein oder wie?

Du bewegst dich im Stau keinen Meter, während diejenigen, die diese Staus zu verantworten haben, mit dem Hubschrauber über deinen Kopf hinweg donnern."
„Na ja ..."
„Doch. So ist das. Die Autobosse zusammen mit ihren Lieblingsabgeordneten. Womit wir wieder in Heilbronn angelangt wären. Der wie gesagt einzigen Großstadt Deutschlands ohne ICE-Anschluss ..."
„... da kenne ich noch eine: Reutlingen."
„Na gut. Dann halt eine von Zweien. Was ein überdeutliches Licht auf die regionalen Politgrößen wirft. Hier wie dort. Große Gosch und nix dahinter. Wenn ich nur an diesen Berufsschwiegersohn denke, der bei uns Abgeordneter ist und einen kurz vor den Wahlen von jeder Plakatwand angrinst ..."
„Oh je. Ich glaube, ich weiß, wen du meinst", schenkte Protnik seinem Freund und Kollegen einen mitleidsvollen Blick.
„Und dann auch noch aus der Zeitung", fuhr Horst mit Leichenbittermiene fort. „Auf jeder zweiten Seite hat mich dieses graumelierte Nichts angeglotzt. Bis ich's irgendwann nicht mehr ausgehalten habe: das war der letzte Auslöser, um dieses nichtssagende Blättchen endgültig abzubestellen."
„Gut gemacht!"
„Und trotzdem: Wenn man bedenkt, was diese Zeitung für eine große freiheitliche Tradition hatte. Und jetzt machen die sich zum Verkündigungsorgan von solchen Typen. Es ist zum Heulen!"
„Stimmt: dieser Kerl ist schlichtweg unerträglich. Dagegen ist mein Kreuz des Südens ja geradezu eine Intellektuelle."
„Die hat zumindest einen messerscharfen Verstand ..."
„... deswegen ist sie ja so gefährlich."
„Eine solche Verdichtung von Gehirnzellen würde ich dem Graumelierten tatsächlich nicht unbedingt unterstellen. Da ist man ja schon froh, wenn der überhaupt einen einzigen geraden Satz heraus bringt. Aber wählen tun ihn die Leute seltsamerweise trotzdem."
„Das ist der Oberland-Effekt! Die würden auch einen Geißbock wählen: Hauptsache er ist schwarz."

„Scheint fast so."
„Andererseits ist Heilbronn ja eine Industriestadt", sinnierte Protnik. „Da könnte folglich auch der Kastelruther-Spatzen-Effekt greifen"
„Der was?"
„Der Kastelruther-Spatzen-Effekt", wiederholte der Ulmer Kommissar grinsend.
„Und was bitte soll das heißen?"
„Dass die Leute sich bei diesem Anblick sagen: ja da schau her, da steht ja einer von uns auf der Bühne. Genauso hilflos und verloren wie der würden wir uns dort oben auch fühlen. Und dann drücken sie ganz feste die Daumen, dass wenigstens ein einziger, halbwegs gerader Ton heraus kommt – oder wie beim Graumelierten immerhin ein klitzekleiner, ansatzweise klarer Satz. Wenn das gelungen ist, dann jubelt die treue Masse – und zack: schon hast du ihre Herzen erobert, beziehungsweise ihre Wählerstimmen."
„Könnte was Wahres dran sein", knurrte Horst. „Also wirklich – allein beim Anblick von dem kriege ich Pickel und Mitesser: das ist ein ganz typischer Vertreter dieser heutigen Schnulli-Politiker-Gattung, die sich überall breit macht. Motto: vor der Wahl suchen sie deine Nähe und nach der Wahl das Weite."
„Apropos das Weite." Protnik deutete auf seine Armbanduhr. „Es wird jetzt wirklich allerhöchste Zeit. Ich muss zurück nach Ulm. Fragt sich nur, wie. ICE habt ihr ja, wie gesagt, in diesem angeblichen Epizentrum des wirtschaftlichen Fortschritts keinen. Der einzige Zug um diese Zeit geht über Würzburg."
Horst richtete einen gequälten Blick zum Himmel. „Und das ist eine Bimmelbahn. Ich fürchte also, da hilft uns heute nur noch das Auto. Ich würde vorschlagen, wir fahren über das Dreieck Crailsheim. Das ist zwar weiter, aber vielleicht ist der Stau auf der A 6 nicht ganz so groß, wie auf der A 81."
„Die Hoffnung stirbt zuletzt", bemühte Protnik wieder einen seiner abgedroschenen Sinnsprüche. „Also ab in die Karre. Ulm, wir kommen!"
„Fragt sich nur, wann."

*

15

Wenig später war das Vorhaben in die Tat umgesetzt. Sicherheitshalber schaltete Horst das Autoradio ein, um dank des besten Staudienstes aller Zeiten rechtzeitig vor weiteren drohenden Unfallsperrungen, Umleitungen und sonstigen Hindernissen gewarnt zu sein. Wobei die leidvollen Erfahrungen seiner automobilen Vergangenheit eigentlich eine ganz andere Konsequenz hätten zeitigen müssen.

Kaum hatte Horst auf den entsprechenden Knopf gedrückt, da quäkte den beiden auch schon eine erzwungen fröhlich klingende weibliche Stimme schnarrend aus dem Lautsprecher entgegen: „Guuuten Tag, liebe Hööörerinnen und Höörer. Ich hoffe ..."

„Mensch Horst: Um Himmels willen! Schalt bitte um, aber schnell! Das ist ja Spätzle eins, und dann auch noch diese Plärrer. Eine von diesen rot gefärbten, lispelnden vegetarischen Stricklieseln ..."

„... wenn schon, dann wahrscheinlich gleich veganisch", konterte Horst, ohne freilich Anstalten zu machen, sich dem Wunsch des Kollegen zu beugen. „Quasi Nix ohne Inhalt!"

„Auch möglich. Was immer das sein soll. Jedenfalls lösen diese pseudointellektuellen Kulturschnepfen mit ihren sinnentleerten Frohsinnsattacken bei mir grundsätzlich ein heftiges Herzrasen aus – und das hat mir der Arzt strengstens verboten. Also dann!"

Noch ehe Horst auch nur ein Augenzwinkern zustande gebracht hatte, donnerte Protniks Faust auf den Ausknopf des Radios, der nach dieser massiven Gewaltanwendung auch prompt aus der Halterung sprang und kraftlos zu Boden fiel.

Von einem Moment auf den anderen herrschte damit eine geradezu unwirkliche Ruhe im Fahrzeuginneren, lediglich dezent begleitet von den sanften Geräuschen des Fahrtwindes. Die Ruhe währte freilich nicht lange, weil sich Prontnik lautstark fluchend auf die Suche nach dem abgebrochene Knopf begeben hatte. Die Suche blieb jedoch vergeblich. „Entschuldigung. Dann kaufe ich dir halt einen neuen Knopf."

„Ist ja schon gut. Aber sag mal, was war das denn jetzt für eine Aggressivität?“ erkundigte sich Horst. „So kenne ich dich ja gar nicht. Nur wegen einer Radioansagerin.“

„Sag bloß, dir geht die nicht auf die Nerven!“ Der Sputnik verdrehte genervt die Augen. „Das war diese Claudia Plärrer, der Schrecken jedes normalen Radiohörers. Seitdem die am Rohr ist – und mit ihrer norddeutschen Kodderschnauze alle anderen Moderatoren von dieser Welle dominiert – seitdem wage ich schon gar nimmer, den Spätzlessender einzuschalten. Zumindest nicht das erste Programm.“

„Wie hast du das grade genannt?“

„Den Spätzlessender. Spätzle eins. Wieso?“

„Weil's so schön den Punkt trifft, obwohl die dort ja gar kein Schwäbisch mehr können.“

„Stimmt. Sind alle vom großen Vaterland ...“

„... und machen sich permanent lustig darüber, dass sie die Ortsnamen in Baden-Württemberg nicht aussprechen können.“

„Anstatt sich dafür zu schämen, tragen sie ihre Unwissenheit sogar noch wie eine Monstranz vor sich her.“

„Aber weit und breit scheint es da niemand zu geben, der das moniert. Ich frage mich, was die Programmchefs dort eigentlich tun.““

„Das sind doch auch nur so Proporztypen – und meistens ebenfalls aus dem hohen Norden. Ich frage mich viel eher, wieso die Rundfunkräte das durchgehen lassen.“

„Wieso wohl? Dreimal darfst du raten – das wiederum sind Versorgungsposten für solche, die nicht zum Grüßgottaugust zu gebrauchen waren. Also, wenn schon nicht Staatssekretär, dann dürfen sie jetzt wenigstens Rundfunkrat spielen. Klare Vorgabe: Schnauze halten und immer schön mit der Mehrheit stimmen, die von der Villa Reitzenstein vorgegeben wird.“

„Kein Wunder geht es mit dem armen Spätzlessender immer weiter bergab.“

„Dabei hatten die früher mal so ein taffes drittes Programm.“

„Vergiss es“, winkte Protnik entschieden ab, „das ist längst zu einem Tummelplatz für frühpubertäre Jungspunde am Mikrofon mutiert. Und das mit Stimmen, ich sag's dir! Früher wärst du damit in ein Rekonvaleszenzprogramm für Kehlkopfknoten gekommen. Und dazu dieses seichte Geplapper! Von wegen Qualität und journalistische Grundversorgung. Dass ich nicht lache!"

„Der arme Spätzlessender."

„Nein, die armen Hörer! Denn die müssen dafür ja auch noch Zwangsgebühren zahlen, für ein Programm, das oft noch schlechter daher kommt, als die meisten Privaten! Das ist der eigentliche Skandal!"

„Auch wieder wahr. Das ist überhaupt eine schlimme Entwicklung, die aber unsere ganze Gesellschaft betrifft. Wenn in einem angeblich unabhängigen Medium nur noch stromlinienförmige Pseudoinformation betrieben wird und jede Art von Inhalte als schädlich angesehen wird. Kein Wunder, dass immer mehr Zuschauer und Zuhörer umschalten."

„Das ist denen doch egal. Und die Gebührenzahler sowieso. In diesen Anstalten herrscht längst die Meinung: Sollen die Leute doch hören und gucken, was sie wollen. Hauptsache, sie müssen uns die Gebühren zahlen!"

„Und dann senden die den ganzen lieben langen Tag dieses Wuff tata."

„Na komm: Manchmal schon auch Popmusik."

„Aber auch die kommt einem irgendwann zu den Ohren raus, wenn sie pausenlos dieselben Songs abnudeln. Wie gerne würde ich im Radio mal wieder ein acht Minuten Stück hören – oder gar 25 Minuten: am Stück, ohne Gequassel dazwischen."

„Kannst du nachts um Zwölf im Deutschlandfunk hören ..."

„... weiß ich. Aber den kriegt man im Autoradio kaum rein, weil er eine viel zu schwache Senderleistung hat. Deshalb bleibt einem zähneknirschend oft eben nur der Spätzlessender."

„Das Schlimme ist, dass dieser Sender mit seinem nöligen Programm sogar gegen die Verfassung verstößt, denn sein gesetzlich festgelegter Auftrag ist ja die breit angelegte Information. Dafür kassieren sie ihre Zwangsgebühren, weil sie angeblich die

Grundversorgung sicherstellen. In Wahrheit machen das längst andere: wenn ich schnell und umfassend informiert werden möchte, dann schalte ich N-TV oder N 24 ein und nicht so einen halboffiziellen Staatssender da."
„Na ja, jetzt übertreib's mal nicht. Es gibt auch dort schon noch die eine oder andere Sternstunde im Programm. Denk nur mal an „Neues aus der Anstalt" mit dem Priol und dem Pelzig – früher noch mit dem Schramm ... Das sind doch echte Kracher, bei denen es unglaublich zur Sache geht!"
„Reine Alibiveranstaltungen! Die Chefredakteure wissen ganz genau, dass da nur Leute einschalten, die sowieso derselben Meinung sind wie Priol und Co. Das ist Placebofernsehen in Reinkultur."
„Aber klasse ist es trotzdem."
„Ja, schon. Aber warum schaffen sie es in den Nachrichtensendungen nie, so lange hartnäckig nachzufragen, bis ein Politiker endlich eine Antwort auf die Frage gibt, die sie ihm gestellt haben. Das klingt doch immer, als würden zwei Taube miteinander diskutieren. Reden komplett aneinander vorbei. Und kannst du bei den Nachrichten eben nicht nur das „Neues aus der Anstalt"- Publikum erreichen, sondern einen breiten Querschnitt der Bevölkerung. Ich kenne nur eine einzige Sendung, die solche harten Fragen schafft ..."
„Und welche ist das?"
„Die ZIB 2."
„Nie gehört."
„Kein Wunder, das ist nämlich eine österreichische Fernsehsendung."
„Und wieso geht das im Spätzlessender nicht auch?"
„Weil da eben nur noch pubertierende Fischkopfmoderatoren dialektfrei in die Mikrofone brüllen."
„Aber da muss es doch auch noch andere Leute geben. Solche, die länger da sind und noch wissen, wie gutes Radio geht."
„Ja, schon. Das sind die Typen vom so genannten Programmmanagement. Jede Menge so genannter Alt-68er. Längst mutiert zu einer Horde von Schleimern und Zynikern."

„Alt-68er! Jetzt sag bloß noch, dass die Volksmusik mögen."
„Natürlich nicht. Aber das ist denen so was von einerlei. Für ihre üppigen Gehälter machen die inzwischen alles. Nach mir die Sintflut und so ... Früher hatten sie alle noch eine dicke Lippe und haben behauptet, Pseudo-Volksmusik käme ihnen nie ins Programm. Niemals. Und jetzt sind sie schlimmer als alles, was sie früher bekämpft haben. Nur noch Schnauze halten und kassieren – und sich Leute nach ziehen, die keine eigene Meinung haben. Lauter Speichellecker und Dr. Wichtigs."
„Beinahe wie bei uns."
„Auch da muss ich dir leider recht geben. Armes Suevien ... Aber anhören müssen wir uns dieses sinnfreie Radiogequatsche freiwillig ja nicht, oder?"
Mit einem gequälten Seufzer drückte Horst auf den Sendersuchlauf. Nach einigem Knattern und Rauschen stabilisierte sich der Empfang. „Na bitte. Sender gefunden! Oder soll ich weiter drücken?"
„Nein – halt: lass das da drin. Das ist jetzt endlich mal ein schöner Song ..."
„... aber doch auch wieder der Spätzlessender – bloß ein anderer Kanal."
„Egal. Das ist „In the summertime" von „Mungo Jerry", lange nicht gehört. Immer noch klasse, nicht wahr?"
„Ewig her – aber tatsächlich immer noch spitze."
In wesentlich entspannterer Laune als noch gerade eben, begannen die Beiden, den Song mitzusummen.
„Hey! Was ist denn jetzt los?" Abrupt hatte Protnik das Summen eingestellt und starrte entgeistert auf das Autoradio.
Gleichmütig zuckte Horst mit den Schultern. „Sag ich ja. Spätzlessender. Die haben's ausgeblendet."
„Ausgeblendet nennst du das? Das war abgewürgt von dieser Quasseltante. Sind die denn alle taub?"
„Die haben eher eine Hornhaut auf der Seele", konterte Horst und tippte mit dem Zeigefinger energisch auf die Ein/Aus-Taste. „So – Aus die Maus! Ruhe im Karton. Besser gar kein Radio, als so ein Generve!"

Eine Zeitlang beherrschte nur das gleichmäßige Brummen des Motors die Geräuschkulisse im Wagen.
Da plötzlich geschah es.
„Achtung! Festhalten!“ Nur mittels einer Vollbremsung hatte Horst einen Zusammenstoß vermeiden können.
Der Drängler, der ihm schon seit gut drei Kilometern auf der mittleren Fahrspur an der hinteren Stoßstange geklebt hatte, war plötzlich auf der dreispurigen Autobahn nach rechts ausgeschert, hatte den Wagen der beiden Kommissare überholt, um ihn dann unvermittelt auf der Mittelspur zu schneiden.
„Das ist gerade noch mal gut gegangen!“ Während sich Horst eine Schweißperle von der Stirn wischte, drückte der Bruchpilot, der beinahe den Unfall verursacht hätte, trotz der Tempobeschränkung auf 120 km/h jetzt voll auf das Gaspedal und war rasch am Horizont verschwunden.
„Typisch getunter Fiesta. So ein Vollidiot.“
„Hat wohl zu lange am Gemisch geschnüffelt. Wieder so ein oktanverwirrter Motorenheini. Irgendwie werden das immer mehr.“
„Seltsam, je teurer der Treibstoff wird, desto idiotischer benehmen sie sich.“
„Übrigens verstehe ich schon lange nicht mehr, weshalb die Kollegen nicht viel mehr Videokameras bekommen, um so was zu filmen. Das ist doch die einzig wirkungsvolle Methode, mit denen man diesen Oktandeppen Herr werden kann.“
„Hat vielleicht auch System. Wer weiß ...“
„Schönes System! Unsereins kassiert bei jeder Parkzeitüberschreitung eine Geldbuße, und die kommen ungestreift davon.“
„Sag ich ja: das riecht nach System. Es ist wie überall: die kleinen hängt man ...“
„Hat mir noch nicht einmal den Stinkefinger gezeigt, was diese Typen sonst eigentlich immer tun. Vor lauter Kampflinie fahren.“
„Ich habe mir die Nummer gemerkt. Ein Würzburger Kennzeichen. Den kriegen wir schon noch dran!“
„Ach komm, vergiss es. Das kostet uns nur wieder Zeit. Wir haben momentan aber ganz andere Sorgen.“

„Auch wieder wahr. Leider."
Jeder hing nun seinen eigenen Gedanken nach. Erst nachdem geraume Zeit verstrichen war, räusperte sich Horst Meyer vernehmlich und bedachte seinen Freund und Kollegen mit einem kurzen Blick von der Seite.
„Übrigens – um unser Thema von vorhin noch einmal weiter zu spinnen: im Spätzles-Fernsehen lassen sie inzwischen auch den Lederstrumpf wieder moderieren."
„Oh Gott, die!" Protnik befand sich sofort darüber im Bilde, auf welche der Moderatorinnen, die sich schon seit den Urzeiten des Fernsehens mit „Jadefix braun" bekleisterte, die Aussage gemünzt war. „Der Lederstrumpf. Gibt's die tatsächlich noch. Dann melde ich die Kiste am besten ganz ab."
„Nützt dir nichts. Denn zahlen musst du trotzdem. Wg. Zwangsgebühren und so."
„Na bravo."
„Hauptsache, irgendwas flimmert immer."
„Mattscheibe halt ..."
„Herr schmeiß Hirn ra!"
„Aber bitte gleich die doppelte Portion."
„Apropos: Kannst du dich noch an dieses Buch erinnern: „Herr schmeiß Hirn ra"! Diesen erfolglosesten Bestseller der Welt-Literaturgeschichte?"
Protnik blinzelte irritiert. „Wie erfolglos? Entweder Bestseller oder erfolglos."
„Ich will damit nur darauf hinaus, dass es ja leider nichts genützt hat. Der müsste jeden Tag so ein Buch schreiben."
„Wer war das noch mal?"
„Der Gerhard Raff – auch so ein Pfundskerle, den sie schon vor Jahren aus dem Programm verbannt haben."
„Wieso das denn?"
„Der hat mal auf einer Demonstration mit den Filderbauern mit seiner frechen Gosch den Landesvater, den schwarzen Erwin, mit dem schwarzen Veri, dem Räuberhauptmann aus dem Oberland, verglichen. Und dann ... war er mal weg ..."

„Und somit ist der vorletzte Hauch von Intellekt aus dem Programm verschwunden."
„Es kommen auch wieder andere Zeiten. Du wirst schon sehen ..."
„... hoffentlich erlebe ich das noch."
Wieder war es Horst, der nach einer kurzen, nachdenklichen Pause den Gesprächsfaden neuerlich aufnahm. „Sag mal, Sputnik. Erinnerst du dich eigentlich noch an die Spätzlessenderaffäre vor einigen Jahren?"
„Ganz dunkel, ja. Da war irgendwas mit diesem Intendanten aus dem hohen Norden, der gemeint hat, den Schwaben unbedingt Hochdeutsch beibringen zu müssen ..."
„... nicht nur das", knurrte Horst verdrießlich und rümpfte die Nase. „Der war's, der denen sämtliche Zähne gezogen hat. Das Programm bis zur Unkenntlichkeit verstümmelt und privatisiert. Die Sendungen hat er mit lauter hochdeutsch redenden Lederhosendeppen überschwemmen lassen."
„Flachkultur in Reinform."
„Aber er selber hat hoch geistige Gesprächssendungen moderiert, die natürlich kein Mensch sehen wollte."
„Ich auch nicht. Einmal hatte ich versehentlich rein gezappt. Irgend so ein pseudo intellektuelles Geseiere ..."
„Dafür hat man grundsätzlich in einem der teuersten Hotels des Landes aufgezeichnet, während gleichzeitig im Sender die Studios gähnend leer waren."
„Na bravo!"
„Ganz blöd eingefädelt war das übrigens nicht. Denn mit ordentlich Sendezeit für seine Interviewpartner hat er immerhin dafür gesorgt, dass ihm keine der angeblich so kritischen Literaturgrößen Vorwürfe macht wegen dieser Programmverflachung, die ja in Wahrheit eine von langer Hand vorbereitete beabsichtigte Entpolitisierung war. All die Großkotze waren damit auf seiner Linie, der unsägliche Kultur-Schwafelheiner, dem sämtliche Feuilletons der Republik verfallen sind, genauso, wie unser literarischer Marquis de Sade vom Bodensee ..."
„Nicht blöd."

„Nein, das muss man ihm lassen. So haben sie Ruhe gegeben und sogar noch seine Schüttelreime gelobt, die er aus lauter Langeweile ja auch noch verbrochen und sogar als Buch veröffentlicht hat.“

„Das muss ja ein recht lockerer Job sein, als Intendant, wenn man nebenher noch dichten kann.“

„Na ja, dichten würde ich das nicht nennen ...“

Nun beugte sich Protnik vor und drückte auf den Einschaltknopf des Autoradios, regelte die Lautstärke nach einem unwirschen Aufstöhnen seines Kollegen aber deutlich herunter.

„Nochmal zu dieser Spätzlesaffäre: du kanntest den Redakteur, den er damals gefeuert hat, nicht wahr?“

„Kann man so sagen“, schmunzelte Horst. „Er hat ihn übrigens wieder nehmen müssen, das war das beste daran. Die Wahrheit soll man nämlich in diesem unserem Land schon noch sagen dürfen. Obwohl der Redakteur haarklein geschildert hatte, wie es in seinem Sender zugeht. Sie haben das empört abgestritten – und damit war der Kündigungsgrund entfallen, denn wenn es nicht so zugeht, wieso dann die ganze Aufregung, hat der Richter gefragt.“

„Dabei ist es doch tatsächlich so. Es gibt doch längst diesen direkten Draht vom Sender zur Landesregierung.“

„Was auch kein Wunder ist, wenn man weiß, dass der Intendant früher im Staatsministerium beschäftigt war.“

„Der war wo beschäftigt?“

„Im Stami. Von der Regierungszentrale ging's dann direkt zum öffentlich-rechtlichen, angeblich unabhängigen Rundfunk!.“

„Aber das ist doch eine Sauerei so was – von wegen Staatsferne. Diese Stuttgarter ...“

„... schimpf mir jetzt nicht bloß über den Spätzlessender. Das ist bei den Bayern noch viel schlimmer. Dort sind sie kürzlich ja ganz schamlos gewesen und haben den Pressesprecher von der Bundeskanzlerin gleich zum Intendanten des Bayernfunks gemacht. Ohne Umweg. Ohne jedwede Schamfrist. Dreister geht's wirklich nimmer.“

„Aber das soll doch so ein netter Kerl sein.“

„Na wunderbar! Was für ein tolles Qualitätskriterium! Hauptsache nett, dafür schluckt man dann auch einen schwarzen Durchlauferhitzer oder wie? Das soll Staatsferne sein?"
„Ach, Staatsferne: Dass ich nicht lache. Die ist doch schon längst den Bach runter. Allein die Rundfunkräte ..."
„... sind nur Versorgungsposten für zu kurz gekommene oder in die Wüste geschickte Möchtegernpolitiker. Die entscheiden nichts."
„Bis auf die Intendantenwahl – einmal in fünf Jahren."
„Was heißt hier Wahl: denen wird gesagt, wer es werden soll – und manchmal gibt's zum Schein noch einen chancenlosen Gegenkandidaten, so dass die Sache wenigstens ein bisschen demokratisch aussieht. Sach- und Fachargumente werden dabei sowieso nicht ausgetauscht und wenn versehentlich doch, dann interessiert es eh niemanden."
„Also komm! Jetzt übertreibst du aber!"
„Nein. Das ist so. Mit zwei, drei Ausnahmen vielleicht. Aber die sind unter den 70 oder noch mehr Nasen von vornherein chancenlos. Das war auch so gewollt – übrigens sorgsam austariert zwischen den Roten und den Schwarzen in Rheinland-Pfalz und Baden-Württemberg: Eins links, eins rechts, eins fallen lassen."
„Unglaublich."
„Aber leider wahr. Die wollen alles an der Spitze eines solchen Senders, nur keine kritischen Denker mehr. Seit dem Hans Bausch, dem legendären SDR-Intendanten, der zwar bei der CDU, aber halt auch ein unabhängig denkender Journalist war ..."
„So einen gab's mal?!"
„Ja, so einen gab's wirklich mal!"
„Vor oder nach der Steinzeit?"
„Eher davor."
„Schade, dass das heute nicht mehr möglich ist."
„Eben drum: denn seit diesen Zeiten eines Hans Bausch fürchten sie solche Leute an der Spitze des Senders wie der Teufel das Weihwasser, denn die könnten ja womöglich auf die Idee kom-

men, sich nicht mit Weisungen aus dem Stami versorgen zu lassen.".
„Nulldurchblicker an die Spitze. Eine wunderbare Vision für ein journalismusfreies Programm."
„Weswegen du ja neben dem Plärrergequatsche auch fast nur noch Musik im Radio hörst. Musik, Musik und nochmals Musik – das nennt sich dann Grundversorgung."
„Kennst du diesen Spruch vom Dieter Hildebrandt?"
„Von dem Kabarettisten? Dem Urgestein der Münchner Lach- und Schießgesellschaft?"
„Ja genau, von dem."
„Ich kenne da einige tolle Sprüche von ihm – welchen meinst du?"
„Die öffentlich-rechtlichen machen sich wegen jeder Kleinigkeit in die Hose – und die privaten senden es dann."
Horst lachte trocken auf. „So schön der ist: stimmt leider nicht mehr ganz – denn das, was jeden Abend aus der Mattscheibe quillt, das müffelt inzwischen beinahe gleich, egal ob öffentlich-rechtlich oder privat. Und beim Radio ist es kein Haar anders. Sinnfreies Moderatorengequassel, megakurze Nachrichten, ansonsten Musik mit maximal drei Minuten Länge: grässlich!"
Der Kollege hatte heute anscheinend seinen Rätseltag. Infolgedessen ging es mit einer neuen Frage munter weiter. „Und welches Stichwort passt zum Spätzlessender genauso, wie zu den Atomkraftwerken?"
Es dauerte nur eine Sekunde, bis Horst verstanden hatte. „Abschalten!" Sprach's, drückte kurzentschlossen auf die entsprechende Taste und schon herrschte eine wohltuende Stille im Fahrzeuginneren, die sich gelegentlich mit dem sanften Säuseln des Fahrtwindes zu einer ganz vorzüglichen, Ohren- wie Nervenschonenden Komposition vermischte.
Und Friede auf Erden ...

*

16

Dem spitzen Angstschrei folgten ein metallisches Knirschen, danach ein trockener Aufprall.
Alarmiert spähte der Nachbar über die Gartenhecke zum Nachbargrundstück und erblickte dort ... „Ein Auto! Was tut denn das Auto dort drüben im Zaun?“ Zumal ihm der rote Golf nicht unbekannt schien. Ja, klar! Den kannte er doch.
Das Auto der Nachbarin.
Und nichts regte sich im Inneren des Fahrzeugs!
„Um Gottes Willen! Es wird doch nichts passiert sein. Frau Klocker! Hallo! Hören Sie mich?“
Im selben Moment gab es doch eine Bewegung. Knarzend und quietschend wurde die Tür der Fahrerseite aufgestoßen. Wenig später konnte er die Nachbarin erkennen, die sich stöhnend aus ihrem Fahrzeug quälte. An ihrer Stirn war eine stark blutende Wunde zu erkennen.
„Oh Gott – Frau Klocker! Bitte seien Sie vorsichtig. Bleiben Sie lieber im Auto sitzen! Ich hole einen Arzt.“
„Das ist nicht nötig“, keuchte die Verunglückte zwar mühevoll, aber dennoch klar verständlich. „Es ist nur eine Platzwunde. Nichts schlimmes, Wenn Sie vielleicht ein Pflaster hätten ...“
Sofort kam Bewegung in den Mann. „Natürlich. Sofort. Bitte bleiben Sie. Einen Verband. Ich ... ich hole einen Verband.“
Wenige Minuten später war die Stirnwunde mit Hilfe des Nachbarn verbunden. „Wie ist das denn nur passiert, Frau Klocker?“
„Ich weiß auch nicht. Ich bin nur rückwärts aus der Ausfahrt gefahren – wie immer halt – und dann haben plötzlich die Bremsen versagt und ich bin immer schneller und schneller geworden. Das ist vielleicht ein blödes Gefühl, wenn Sie im Auto den Hang hinunter rollen und nichts dagegen machen können, weil das Bremspedal nicht funktioniert!“
„Seltsam. Wann waren Sie denn das letzte mal in der Werkstatt?“

„Das ist ja das eigenartige. Erst vor drei Wochen. Da habe ich sogar neue Bremsbeläge montieren lassen."
„Das gibt's ja gar nicht. Eigenartig."
„Und mein Mann hat vorgestern die Reifen gewechselt. Vielleicht hat der ..."
„Glaube ich nicht. Was soll man dabei schon falsch machen? Außerdem: Als Ingenieur kennt sich Ihr Mann doch in technischen Dingen bestens aus. Darf ich mal sehen?" Der Nachbar bückte sich und nahm das Vorderrad des Unfallautos in einen genaueren Augenschein – um kurz darauf einen überraschten Ausruf auszustoßen. „Ja was ist das denn? Schauen Sie mal: Ölflecken an allen Rädern. Vorne und hinten!"
Die Frau zuckte ratlos mit den Schultern. „Ölflecken an den Rädern? Ist ja komisch."
„Komisch finde ich das gar nicht. Das riecht nach bewusster Manipulation."
„Niemals!" Die Nachbarin hatte sich dermaßen heftig echauffiert und dabei ruckartig den Kopf bewegt, dass sie ihre Stirnwunde vergessen hatte, was nun einen Schmerzschrei zu Folge hatte. „Das kann doch nicht sein. Wollen Sie damit etwa sagen, mein Mann hätte ..."
„Keinesfalls!" Erschrocken hob er die Hände – und dann mit einem entschuldigenden Lächeln noch hinzu zu fügen. „Ein Ingenieur hätte da andere Mittel und Wege gefunden. Dezentere. Aber das hier: das sieht ja ein Blinder mit Krückstock, dass hier etwas oberfaul ist."
Mathilde Klocker war schlagartig leichenblass geworden. „Oberfaul ..." stammelte sie. „Aber ... es ... es wird sicher noch eine andere Erklärung geben ..."
„Sicherlich", lenkte der Nachbar ein, um die Frau nicht weiter zu beunruhigen. Nach allem, was ihr gerade widerfahren war. „Das denke ich auch. Ich rufe jetzt erst mal den Abschleppdienst an. Sie sollen das Auto am besten gleich in die Werkstatt bringen, denn fahren können Sie mit diesen Bremsen sowieso nicht. Das muss alles gründlich auseinander gebaut und gereinigt werden. Da kenne ich ..."

„Nein, nein", fiel sie ihm ins Wort und wirkte dabei geradezu panisch. „Wir schieben das Auto lieber zu uns in die Garage. Wenn Sie und ihre Frau mir dabei vielleicht helfen könnten? Ich denke, das wird dann gehen." In der Nachbarin war inzwischen ein fürchterlicher Verdacht gekeimt. Was, wenn die Sache etwas mit diesen dunklen, Angst einflößenden Andeutungen zu tun hatte, die ihr Mann, der als Tiefbauingenieur an der Bahnhofsbaustelle arbeitete, erst kürzlich ganz überraschend geäußert hatte. Und deren weitere Folgerungen er in sich hinein geschluckt hatte, als er wahrgenommen hatte, mit welch sorgenvoller Miene sie ihn dabei gemustert hatte.
Ja, doch. Sie musste ihn nun ganz dringend sprechen – anschließend an das Gespräch würden sie beide sofort reagieren müssen. Wie auch immer.
Also: den Wagen so schnell wie möglich in die Garage schieben, das Tor verriegeln, den neugierig gewordenen Nachbarn rasch abwimmeln und dann endlich diesen Anruf tätigen. Entsetzliche Gedanken jagten auf einmal durch ihren schmerzenden Schädel.
Andererseits, das hier war Deutschland. Nicht Palermo, Und schon gleich gar nicht irgend eine Stadt in Deutschland, sondern das behäbig-biedere Stuttgart – der krasseste Gegensatz zu mafiösen Strukturen, den man sich nur denken konnte.
Nun gut, ein bisschen Maultaschenconnection hier und da. Aber die Mafia? Nie und nimmer!
Blödsinn.
Obwohl – auch von der Maultaschenfront war inzwischen so einiges zu lesen. In mehr oder minder versteckten Andeutungen der Zeitungen und mittlerweile sogar in einschlägigen Büchern. Dass da manches auch nicht mehr so ganz sauber ablief, wie noch in der Vergangenheit. Hieß es... Und dass es um wesentlich mehr Geld ging als früher. Samt ganz neuen, spielbestimmenden Figuren, neben denen die früheren Geschäftemacher so niedlich und harmlos wirkten, wie die beiden Figuren aus der Muppetshow. Hieß es ... Gerüchteweise.

Wenn aber an diesen Gerüchten etwas Wahres dran wäre, dann ... dann befände sich ihr Ehemann womöglich in Lebensgefahr. Und nicht nur er. Das war ihr am heutigen Tag schlagartig mit drastischen Mitteln vor Augen geführt worden. Wenn es tatsächlich so war. Aber was sonst?
Ganz plötzlich war es da: dieses eiskalte Grauen, das sie gnadenlos packte und ihr den Atem raubte – die Kehle zuschnürte und jetzt in einer entsetzten Ohnmacht mündete.

*

17
„Weißt du, was ich so ganz besonders schlimm finde?"
Michael Protnik wandte sich um und musterte seinen Freund und Kollegen neugierig. „Du wirst es mir gleich sagen. Also, was?"
„Diese völlige Gesichtslosigkeit. Überall dasselbe austauschbare Gesockse, wohin man auch blickt. Bei den Schwarzen genauso wie bei den Roten oder gar bei den Liberalen."
„Liberal – dass ich nicht lache! Das klingt heutzutage eher wie ein Schimpfwort."
„Dank dem lieben Guido und seinen Spieß- und Spaßgesellen. Ja. Leider. Dann dieser Genscher, den sie grade als angeblich liberales Urgestein überall in den Himmel jubeln. Die scheinen völlig vergessen zu haben, dass es damals doch der war, der diese Wende zum Kohl fabriziert hat. Ohne den Verrat vom Genscher wäre uns die Birne noch eine ganze Zeitlang erspart geblieben – und wir hätten den Helmut Schmidt weiter als Kanzler gehabt. Bei dem war zwar auch nicht alles so rosarot, wie es jetzt im Rückblick gezeichnet wird, aber allemal besser als beim Kohl."
„Und jetzt ist plötzlich dieser Genscher der beste Freund von allen."
„Von mir nicht!"

„Von mir auch nicht. Das war in meinen Augen tatsächlich der Vorreiter dieser so genannten modernen neuen Linie, mit dem die Politik austauschbar geworden ist. Egal wie sie sich nennen und mit welcher Farbe sie auftreten: inhaltlich ist alles längst ein und dieselbe Soße."

„Von wegen den „Nutzen des Volkes mehren." Ihre eigenen Taschen stopfen sie sich voll. Diese ganze Selbstbediener und Interessenvertreter."

„So etwas darfst du als Beamter eigentlich gar nicht sagen ..."

„Als Beamter vielleicht nicht – aber als Mensch."

„Gibt es da einen Unterschied?"

„Ich fürchte, ja!"

„Übrigens: neulich haben sie neben dem Bahnhof in Stuttgart ein wunderschönes Plakat aufgehängt ..."

„Zu Stuttgart 21?"

„Klar – einerseits – andererseits geht das aber schon weit darüber hinaus. Das ist schon beinahe philosophisch."

„Ich weiß, was du meinst. Dieses Riesentransparent, das die Stuttgarter Theaterbühnen zusammen entworfen und finanziert haben. Das ist wirklich klasse. Mit diesem tollen Zitat von George Bernard Shaw. Wenn ich's jetzt nur wieder ganz zusammen brächte ..."

„Wir brauchen eine Handvoll Narren. Seht, wohin uns die Nor malen gebracht haben!"

„Richtig! Ein echter Klassiker! Man kann ihn nicht oft genug wiederholen!"

Horst tat ihm den Gefallen: „Wir brauchen eine Handvoll Narren. Seht, wohin uns die Normalen gebracht haben!"

„Bingo!"

„Übrigens passt das bestens auf so ein Musterexemplar von einem verdächtigen Gschäftlesmacher, den die Stuttgarter Kollegen schon seit einiger Zeit im Visier haben. Der agiert so dummdreist und blöde, dass ihn inzwischen selbst seine einschlägigen Kumpels in der Partei nicht mehr schützen können oder mögen. Deswegen darf gegen den jetzt sogar offen ermittelt werden."

„Wen meinst du? Kenne ich den?“
„Den kennst du. Es ist der Huber Fritz.“
„Um Gottes Willen. Der! Lebt die Kanaille also auch noch?“
„Und wie! Im Sommer habe ich den bei der Eröffnung vom Weindorf gesehen – seitdem kriege ich erst recht einen dicken Hals, wenn ich den nur von weitem aus der Zeitung grinsen sehe.“
„Was war denn da?“
„Was da war!“, schnaubte Horst und musterte den Kollegen argwöhnisch. „Kriegt ihr in Ulm denn gar nichts mit?“
Protnik gab sich redlich Mühe, nicht genauso unwirsch zurück zu keilen. „Jetzt sag halt schon!“
„Also, die Weindorferöffnung Ende August. Zeitgleich dazu haben sie ja mit dem Abriss vom Nordfügel des Hauptbahnhofs begonnen, für dieses Stuttgart 21. Also, man kann für oder gegen S21 sein. Aber zeitgleich mit diesem Abriss, wo man ja weiß, dass zigtausende dagegen protestieren werden, das Stuttgarter Weindorf zu eröffnen und sich fröhlich mit dem Viertelesglas zu zuprosten, als wenn nichts wäre, das fand ich schon mehr als heftig. Stell dir vor: hier wird lustig gefeiert und drüben, da tobt der wütende Bär! Also nein: das tut man einfach nicht!“
„Es sei denn, man hat eine Hornhaut auf der Seele“, pflichtete Protnik seinem Kollegen kopfschüttelnd bei. „Ein Prosit der Gemütlichkeit und neben dran geht die Post ab: unfassbar.“
„Das war die personifizierte Arroganz der Macht. Deutlicher konnte man sie gar nicht zur Schau stellen. Motto: ihr Bürger könnt machen was ihr wollt, gegen uns kommt ihr nicht an – und wenn ihr die glatten Wände hoch geht. Deshalb hat man schön die Tore vom Innenhof des Alten Schlosses zugesperrt und sich drinnen bestens amüsiert, während draußen die Leute standen und eine ohnmächtige Wut empfunden haben. Mich wundert im Nachhinein eigentlich, dass da niemand ausgerastet ist. Mehr als diese Lügenpack-Rufe gab’s da ja nicht.“
„Aber schon darüber haben sich die Herrschaften fürchterlich echauffiert und sich in ihrer Feierlaune gestört gefühlt.“

„Das muss man sich mal vorstellen! Abgehobener und kaltschnäuziger geht es wirklich nicht. Erst die Menschen provozieren und sich dann auch noch über sie aufregen."
„Was schafft der Kerl eigentlich?"
Horst blinzelte irritiert. „Welcher Kerl?"
„Ha dieser Fritz Huber. Du hast doch den Namen ins Spiel gebracht."
Schlagartig verdüsterte sich die Miene des Kommissars weiter. „Gar nichts natürlich."
„Wie, gar nichts? Jetzt sag bloß, der kassiert Hartz IV oder so."
„Von wegen! Der nagt nicht am Hungertuch. Schaffen tut er aber trotzdem nichts. Und dennoch kostet er die deutschen Steuerzahler mehr, als alle
Hartz-IV-Empfänger von ganz Stuttgart zusammen. Der weiß halt, wo er hineingreifen und sich bedienen kann. Offiziell ist er Anlageberater und hockt meistens mit seinem Investorenkumpel zusammen, dem er die ganz heißen Tipps gibt, diesem Charly Saurer da. Da geht mir sowieso jedes mal die Galle über, wenn sich so ein schwäbischer Karle plötzlich Charly nennen lässt."
„Nicht nur dir!" knurrte Protnik düster. „Also dem gibt er Tipps für Insidergeschäfte?"
„Exakt. Und bisher war's ja wie immer: Wo kein Kläger, da kein Richter ... zumal einige von unseren höheren Herrschaften über gute Kontakte indirekt selber mit im Boot sind, sogar der eine oder andere Staatsanwalt, wie man munkelt. Was ich für durchaus plausibel halte, denn ein Verfahren ist bislang ja nie in Gang gekommen. Erst jetzt vielleicht. Falls er nicht doch noch einen Kumpel in den oberen Etagen des Justizministerium findet, der die Sache rechtzeitig beerdigt."
„Die Justiz ist aber doch weisungsunabhängig von der Politik."
„Ich bin klein, mein Herz ist rein ..."
Protnik hatte die Anspielung verstanden. „Saustall!"
„Du sagst es." Horst Meyer atmete einmal tief durch, bevor er mit seinen Erläuterungen fortfuhr. „Früher hieß es Missmanagement, wenn man eine Firma gegen die Wand gefahren hat.

Heute kriegen die Investoren, die sich Sanierer nennen, dafür sogar noch Bonuspunkte von den Ratingagenturen, wenn sie erfolgreich wieder ein paar hundert, wenn nicht gar tausend Arbeitsplätze vernichtet haben. Damit kommen die Heuschrecken nämlich billiger an die Konkursmasse der eigentlich grundsoliden Firma, die man gerade in den Abgrund gefahren hat. Und so wiederum können sie die Patente der Firma zu einem Spottpreis aufkaufen. Den Firmennamen sowieso, den nimmt man ja immer gerne mit und gaukelt den Verbrauchern dann vor, dass es das gute alte Qualitätsprodukt noch immer gäbe. Pustekuchen!" Wieder holte er tief Atem, bevor er sein Fazit zog, das aus sechs bitteren Worten bestand: „Früher hätte es das nicht gegeben."
„Ja, früher ..." seufzte Protnik. „Manchmal war früher tatsächlich das eine oder andere noch besser."
„Zumindest mit einem gewissen Anschein von Moral haben sie sich früher umgeben, die Herrschaften auf der Managementebene. Weil es da schon noch so etwas wie Skrupel gegeben hat, womöglich sogar ein Gewissen."
„Es war einmal ... Aber du hast recht: dieses ganze sogenannte Management heutiger Tage kannst du getrost unter der deutschen Bezeichnung Erfüllungsgehilfen ablegen. Managen soll ja bedeuten, dass da jemand eigenständig denkt und handelt. Ein bisschen zumindest. Das tun diese Plastikmenschen aus der Retorte aber schon lange nicht mehr."
„Wie sollten sie auch? Manchmal könnte man beinahe meinen, anstelle eines Gehirns ist bei denen ein Uhrwerk unter die Schädeldecke eingepflanzt worden: deshalb ticken die auch alle gleich."
„Im Gleichtakt: Marsch!"
„Exakt! Und zweimal im Jahr wird nachjustiert – wie im richtigen Leben bei der Umstellung von Sommer- auf Winterzeit."
„Nur, dass die Neujustierer dann Ackermann und Konsorten heißen."
„Und die Merkel kriegt ebenfalls ihr Update. Dann schon spurt sie wieder."
„Aber die allerschlimmsten sind diese Typen von den Ratingagenturen. Die schaffen noch weniger als gar nix."

„Dieselbe Sorte, wie die Börsenheinis. Die produzieren ja auch nichts. Im Gegenteil. Die machen ja wie gesagt nur die Firmen kaputt."
„Hocken den ganzen Tag rum, stellen nix her und am Ende dieses Tages haben sie sich trotzdem dumm und dämlich verdient, weil sie darauf gewettet haben, dass eine Firma in den Orkus rutscht – was sie mit ihrer Wette selbst angestoßen haben. Zurück bleiben eine Firma im Konkurs, ein paar hundert Mitarbeiter, die ihr Lebtag lang fleißig geschafft haben und die jetzt arbeitslos sind und ein Millionengewinn für die Nichtsnutze von den Banken. Das gehört alles längst verboten, die Börse samt dem ganzen Aktienhandel!"
„Allerdings."
„Das muss man sich mal vorstellen: diejenigen, die durch ihrer Hände Arbeit einen Mehrwert für die Gesellschaft erarbeitet haben, sind die Dummen und stehen auf der Straße, während diejenigen, die nichts tun, sich ins Fäustchen lachen und in Dollars baden." „Wenn es das früher gegeben hätte, dann wäre der ganze Wiederaufbau nach dem Krieg nicht zustande gekommen. Die hätte es mit so einem System niemals gegeben. Dann wäre alles schon längst den Bach hinunter gegangen."
„Ich setze da noch viel früher an. Wenn du in einem System lebst, das den Mehrwert bestraft, den Menschen mit ihrer Arbeit schaffen, dann läuft gar nichts. Dann gibt es auch keinen Fortschritt mehr. Dann säßen wir womöglich immer noch zusammen mit dem Neandertaler in den Höhlen auf der Alb."
„Also manchmal muss ich denken, vielleicht wär's sogar besser gewesen ...
„Was besser?"
„Wenn's uns gar nicht geben würde. Bevor dann solche Exemplare wie der Saurer oder dieser Huber den Planeten bevölkern und ihn sehenden Auges kaputt machen dürfen, was sie ohne mit der Wimper zu zucken tun. Manchmal schäme ich mich direkt dafür, ein menschliches Wesen zu sein und auch zu dieser ganzen Sippschaft gehöre. Entsetzlich."

„Ach je, mein armer Hotte. Das ganze Elend der Menschheit lastet auf seinen schmalen Schultern", spöttelte Michael Protnik. „Jetzt wird's aber allerhöchste Zeit für ein Hefeweizen. Komm, lass uns gehen, bevor du mir sonst noch in den Neckar springst."
„Den Gefallen tue ich denen nicht, knurrte Horst mit grimmiger Miene.
„Na also – und deswegen gibt's jetzt einen Seelentröster in flüssiger Form. Am besten beim Onkel Otto oben. Heute müsste es im Freien ein allerletztes Mal gerade noch gehen – wenn wir die dicken Jacken mitnehmen. Einverstanden?"
„Einverstanden!" schlug Horst kräftig in die dargebotene Rechte seines Freundes ein, während sich seine Gesichtszüge erkennbar aufhellten.
„Ab geht's!"
„Onkel Otto, wir kommen."
Es sind die kleinen Freuden, die man sich nicht nehmen lassen darf, denn sie sind es, die das Leben lebenswert machen.

*

18

„Also – noch einmal, damit das ganz klar ist: ich erwarte von Ihnen als dem Vorgesetzten von diesem Meyer, dass der diese Schnüffeleien sofort einstellt!" Wie ein Peitschenhieb knallte die Anweisung an die Ohren des Heilbronner Polizeioberrats.
Der Leitende Ministerialdirektor wirbelte auf dem Absatz herum und deutete mit dem ausgestreckten Zeigefinger auf den daneben stehenden Uniformierten. „Und von Ihnen erwarte ich genau dasselbe. Bringen Sie diesen unsäglichen Protnik gefälligst zur Räson. Und zwar auf der Stelle!"
So erfolgreich sich der Ulmer Oberrat auch bemühte, eine möglichst neutrale Miene an den Tag zu legen, so heftig zuckte er bei diesen messerscharfen Anweisungen freilich tief in seinem Innersten zusammen.

„Verstanden?!“ bellte es im selben Tonfall weiter. Eine solche Maßregelung hatten die beiden Männer in ihrer Karriere schon lange nicht mehr über sich ergehen lassen müssen. Wenn überhaupt ...

Vor Wut und Angst krampften sich die Hände des Heilbronners zu Fäusten. Was glaubt dieser Mensch denn eigentlich, wen er vor sich hat? Irgendeinen daher gelaufenen Polizeischüler etwa? Drohte der ihm indirekt mit einem jähen Ende der Karriere! Und das nur wegen diesem vermaledeiten Meyer. Na warte, Bürschchen. Der würde etwas erleben. Aber wie. Die eine oder andere Information musste er schon noch bekommen. Es war ja zum Haareraufen, dass er bis gerade eben nicht den geringsten Verdachtsmoment gehegt hatte. Und seinem Ulmer Kollegen schien es kein Haar anders zu gehen. Alles wegen diesem Meyer – und dem nicht minder unsäglichen Protnik. Er räusperte sich vernehmlich.

„Aber was war denn nun ... ganz konkret, meine ich.“ Lediglich am leichten Vibrieren der Stimme konnte man die Anspannung heraus hören, die er nun doch nicht mehr ganz verbergen konnte. So wenig, wie der Kollege aus Ulm die Schweißperlen auf seiner Stirn hatte unterdrücken können.

Allein die Frage ließ die Gesichtsfarbe des Anklägers in ein tiefes Dunkelrot changieren.

„Es hat Anrufe bei uns gegeben. Anfragen von höchster Stelle!“ schnappte der Direktor wütend. „Die Unruhe ist da. Und das nur wegen dieser beiden Kerle von Ihnen.“

„Entschuldigen Sie, aber ich weiß noch immer nicht ganz genau ... Ich müsste da schon noch ...“

Wie begossene Pudel standen sie da und mussten sich von dem unverschämten Kerl abkanzeln lassen, wie zwei Schulbuben.

„Wenn ich Ihnen mehr als deutlich sage, dass Sie die beiden aus dem Verkehr ziehen sollen, dann muss Ihnen das eigentlich reichen! Aber bitte: ich kann Ihnen immerhin so viel mitteilen, dass sich die Ministerin aus Berlin direkt bei unserem Innenminister darüber beschwert hat, dass da entgegen aller Absprachen zwischen Bundes- und Landesregierung dennoch in dieser besagten Steuercausa ermittelt würde.“

„Die Ministerin? Darf ich fragen ..."
„Dürfen Sie nicht!" bellte der Direktor wütend. „Wie dem auch sei. Via Ulm ist ihr das zu Ohren gekommen und sie hat sofort darauf reagiert." Wieder wirbelte er herum und nahm den unwillkürlich zurück zuckenden Ulmer Dienststellenleiter neuerlich streng in sein Visier. „Wissen Sie eigentlich gar nicht, was Ihre Beamten so treiben? Was ist das denn für ein Saustall in Ulm?"
„Ich muss doch sehr bitten!" schoss es reflexartig aus dem Mund des Angegriffenen zurück.
„Sie müssen gar nichts – außer, dass Sie den Kerl gefälligst sofort stoppen! Dass das klar ist. Und sie auch!" schrie der Vorgesetzte, außer sich vor Zorn und deutete dann mit dem ausgestreckten Arm wieder auf den Heilbronner Kollegen. „Dass Ihr Meyer dann auch noch zeitgleich mit einem Ingenieur der Tiefbaufirma am Stuttgarter Bahnhof irgendwelche konspirativen Kontakte pflegt, die inzwischen halb Stuttgart und die ganze Landesregierung gegen uns aufgebracht haben, das darf doch wohl alles nicht wahr sein! Wie kommt denn in drei Teufels Namen ein Heilbronner Kriminalkommissar, der angeblich in der Pressestelle eingesetzt ist, dazu, beim Stuttgarter Bahnhofsneubau herum zu schnüffeln. Und zu allem Überfluss auch noch gleichzeitig in Sachen der Steuer-CD?"
Unter den zornigen Blicken seines Vorgesetzten wand sich der Heilbronner wie ein Wurm im Schnabel des Raben. „Das ist mir auch ein Rätsel."
„Dann finden Sie es gefälligst heraus!" brüllte der Ministerialbeamte, während die Zornesader an seiner Stirn noch dicker anschwoll. „Das darf ja wohl nicht wahr sein! Zustände sind das ..."

Ganz bewusst ließen die beiden an den Pranger gestellten Direktionsleiter einige Sekunden verstreichen, bis sich der Ulmer vorsichtig und mit deutlich gedämpfter Stimme zu Wort meldete. „Also, ich denke, die machen das in der Freizeit. Ich kenne sie beide – leider", fügte er mit einer schmerzlichen Grimasse noch hinzu. „Die sind verschlagen genug, sich nicht die Blöße zu geben, solche Ermittlungen während der Dienstzeit zu tätigen. Schon gar nicht in einem fremden Direktionsgebiet, ohne konkreten Auftrag. Nein, das machen die nicht. So schlau sind die schon."

„Und deshalb habe bislang auch ich keine Kenntnis davon erhalten", versuchte der Kollege einen Erklärungsversuch – der jedoch gründlich fehlschlug.

„Aber ich – obwohl ich noch viel weiter weg bin, als Sie. Was ist das für eine Leitung, die nicht weiß, was in ihrer eigenen Behörde passiert, während es in anderen Dienststellen schon die Spatzen von den Dächern pfeifen?!"

„Wir sollten dennoch etwas konkreter wissen, worum es ..."

„Worum es geht", äffte der Vorgesetzte den Ulmer Polizeioberrat hämisch nach, der sich in diesem demütigenden Augenblick schwor, es diesem Arschloch irgendwann heimzuzahlen. Irgendwo, Irgendwann. Die Zeit würde kommen. Doch zunächst ging es mit der Schimpfkanonade munter weiter. „Du liebe Güte, wie sind Sie beide bloß auf ihre Posten gekommen?! Die Ahnungslosigkeit in Person! Ich kann nur nochmals wiederholen: Berlin ist aufgebracht, der Innenminister hat mich zum Rapport bestellt und sogar der Ministerpräsident hat schon nachfragen lassen. Von ersten kritischen Telefonaten vom Koalitionspartner gar nicht erst zu reden. Und dann kommen Sie daher wie die Unschuld vom Lande und wissen rein gar nichts!"

„Es waren wie gesagt Freizeitermittlungen, die bisher – nach allem was wir wissen – nirgendwo in unseren Direktionen aktenkundig geworden sind. Das ist der wahre Grund ..."

„Der wahre Grund dafür, dass es halb Deutschland weiß, aber die beiden direkten Vorgesetzten nicht. Dass ich nicht lache!"

„Es ist nun einmal so", nahm der Ulmer seinen ganzen Mut für eine einigermaßen offensive Entgegnung zusammen. „Und so unangenehm mir ... uns", fügte er nach einem raschen Seitenblick auf seinen Kollegen noch hinzu, „das alles ist, wir sollten jetzt halt noch einige Anhaltspunkte mehr von Ihnen bekommen, damit wir uns untereinander abstimmen können, wie wir dagegen vorgehen."

„Disziplinarverfahren mit anschließender Suspendierung! Was denn sonst?!“ brüllte der Chef in den Raum hinein.
„Das ist leider nicht ganz so einfach“, übernahm der Heilbronner Direktionsleiter die Argumentationskette. „Die haben das wie gesagt in ihrer Freizeit gemacht, weshalb es so gesehen zunächst einmal nicht strafbar ist. Auch nicht disziplinarrechtlich relevant. Es sei denn, sie sind offiziell als Polizeibeamte aufgetreten?“
„Sind sie wohl nicht“, knurrte der Gefragte mürrisch.
„Dann müssen wir anders vorgehen ...“
Nach einem ungehaltenen Knurren, das in eine längere Denkpause überging, wurde es endlich etwas konkreter. „Nun gut: so viel kann und will ich Ihnen sagen. Der Ingenieur um den es geht, heißt Klocker und arbeitet wie gesagt direkt am neuen Hauptbahnhof, an Stuttgart 21, im Bereich des Grundwassermanagements. Ich habe in der Zwischenzeit den Verfassungsschutz und das Landeskriminalamt eingeschaltet, nachdem ich den Hinweis bekommen habe, dass dieser Klocker offenbar Andeutungen sowohl über steuerliche, als auch über finanzielle Unregelmäßigkeiten bei den Zuschüssen zu diesem Bauprojekt gemacht haben soll. Ein Tiefbauingenieur, der über angeblich heiße Informationen zu einem Subventionsbetrug verfügt. So ein Quatsch! Aber damit scheint er bei ihren beiden Helden endlich zwei willkommene Idioten gefunden haben, die das ganze wirre Zeug dann gleich für bare Münze genommen haben.“
„Der Meyer und der Protnik? Die haben doch von steuerlichen Sachverhalten nicht die mindeste Ahnung“. Der Ulmer Polizeichef staunte nicht schlecht über die neuen Vorlieben der beiden eher ungeliebten Kommissare.
„Eben drum sind sie ja auch darauf hereingefallen. Wie gesagt, nur allzu bereit willig. Denn dabei soll es plötzlich um dieselben Namen gehen, die teilweise auch auf dem – im übrigen strikt geheimen – Datensatz der Steuer-CD enthalten ist. Das alles mixt man noch mit den Namen einiger hochrangiger Beamter und Minister zusammen, und schon ist das unappetitliche Ge-

bräu fertig, in das Ihre beiden Helden anscheinend mit dem größten Vergnügen die Nasen hinein stecken."

„Aber wenn es doch – wie Sie sagen – völlig aus der Luft gegriffen ist", wunderte sich der Heilbronner Direktionsleiter in einer geradezu peinlichen Naivität. „Wieso dann die ganze Aufregung?"

„Weil ich es sage! Und weil Stuttgart es will!" donnerte der Vorgesetzte wütend. Was für naive Idioten sich mittlerweile an die Spitze der Direktionen katapultiert hatten! Du meine Güte! Wie konkret musste man denn noch werden, bis die endlich kapierten?! Nun denn, wenn diese unangenehme Sache endlich erledigt war, dann würde er sich einmal näher mit den beiden Herrschaften beschäftigen müssen. Für den Posten eines Oberrats schienen ihm inzwischen wohl doch noch weitere Qualifikationen notwendig, die über die bloße Tatsache einer jahrzehntelangen, nibelungentreuen Parteimitgliedschaft hinaus gehen sollten. Bis ins mittlere Management reichte das bestens aus. Aber für ganz oben? Da sollte doch noch eine Spur von Bauernschläue mit dazu kommen. Aber zunächst einmal die beiden Freizeitermittler zur Räson bringen. Das war jetzt das Wichtigste.

Wenig später waren die Aufgaben an die beiden Direktionstrottel glasklar verteilt. Es würde ungemütlich werden für ihre heimlichen Schnüffler. Und erst recht für diesen anscheinend völlig durchgeknallten, womöglich lebensmüden Informanten. Was glaubte der Kerl denn, wer er war?! Nun denn: das unwürdige Spiel würde in Kürze sein verdientes Ende finden. Auch Berlin würde dann zufrieden sein. Und der Minister erst recht. Was einem weiteren Karrieresprung nur förderlich sein konnte ...

*

19

Der merkwürdige Diebstahl während des Mittagessens im Restaurant eines erstklassigen Hotels direkt am Stuttgarter Hauptbahnhof erzeugte selbst als Pressemeldung im Polizeibericht in den Reaktionen der Stuttgarter Zeitungen und Radios nur eine äußerst geringe Aufmerksamkeit. Dass irgendwelche Aktenkoffer gestohlen wurden, das kam schließlich immer wieder mal vor. Darüber regte sich niemand auf – mit Ausnahme des Bestohlenen natürlich. Es gab wahrhaft spektakulärere Fälle.

Schon die Aufnahme der Ermittlungen war von den Beamten mit dementsprechender Ruhe und deutlich sichtbarer Gelassenheit begonnen worden. Sehr zum Ärger des Geschädigten, einem der zahlreichen, am Bau des neuen Tiefbahnhofs indirekt beteiligten Investoren. Dessen Name in Stuttgart niemand kannte – was der Sache als solcher durchaus dienlich war, um die es bei Zwiebelrostbraten, Schupfudeln und einem Gläschen Trollinger noch bis vor wenigen Minuten gegangen war. Und dann so etwas! Ein dreister Diebstahl!

„Was ist denn das für eine Stadt, in der man im abgeschlossenen Nebenzimmer noch nicht einmal einen Koffer stehen lassen kann? Und: was ist das erst für ein Hotel?!"

Der Mann war außer sich – im Gegensatz zu den Polizisten, die schließlich in ihrem Bericht vermerkten, dass sich in dem Koffer laut Angaben des Geschädigten lediglich einige Kopien von Bauunterlagen befunden hätten. Mehr nicht. Weshalb dann eigentlich diese völlig übertriebene Aufregung? Mehr als einhundert bis einhundertfünfzig Euro dürfte der Schaden nicht betragen. So viel war der Lederkoffer wert. Obwohl: dieser sei bereits vor zwei Jahren gekauft worden, hatte der Mann knurrend angegeben. Als dürfte er mit einhundert Euro von der Diebstahlversicherung des Hotels doch mehr als zufrieden sein können. Zumal so ein paar Kopien sich doch mühelos ersetzen ließen.

Was der Mann freilich verschwiegen hatte, das war ein weiteres, ganz besonders schwerwiegendes Inhaltsstück. Äußerlich eher nichtssagend. Doch sein Inhalt hatte es – im wahrsten Sinn des Wortes – in sich. Das Ding hatte die Form einer Präsentations-CD. Beziehungsweise war es eine solche. Die er ganz bewusst im abgeschlossenen Koffer im extra deswegen abgeschlossenen Nebenraum deponiert hatte. Denn diese enthielt sensible Daten, die für Außenstehende nicht unbedingt gedacht waren. Ganz und gar nicht. Zwar hatte er die CD für alle Fälle mit einem besonders raffinierten Zugangscode versehen, aber dennoch: es blieb das unangenehme Gefühl, dass der Koffer ganz bewusst gestohlen worden war. Eben wegen dieser CD. Und ob der Code tatsächlich auch einem einigermaßen begabten Hackerangriff standhalten würde, das konnte er jetzt nur noch hoffen.
Hoffen und beten.
Denn falls nicht ... Dann gute Nacht, du schnöder Mammon. Es sei denn, er konnte die Sache rechtzeitig ins Gegenteil verkehren. Falls man mit ihm in Kontakt treten würde.
Wenn sie – wer auch immer – die CD tatsächlich geknackt hätten.
Dann galt es womöglich, ganz rasch die Seiten wechseln.
Vielleicht war das in dieser völlig überhitzen Atmosphäre eines wahrhaft heißen Herbstes im ehedem so gemütlichen Stuttgart die einzige Alternative. Die mutmaßlich letzte Chance, die ihm blieb.
Um doch noch ein Geschäft zu machen.
Und die Moral?
Den Mann lachte bitter in sich hinein.
Welche Moral?
Wann war er bei seinen Geschäften letztmals mit Leuten zusammen getroffen, denen man noch ein Ethos unterstellen konnte?
Das musste allerdings ziemlich lange her sein. Irgendwann in der Steinzeit – oder womöglich davor ...

*

20

Routinemäßig hatten sie bei ihrem Dienstbeginn die Meldungen der ärztlichen Notaufnahme von der vergangenen Nacht durchgesehen. Ein junger Arzt im Anerkennungsjahr zusammen mit Claudia, die während der Urlaubszeit einige Wochen in Stuttgart im Robert-Bosch-Krankenhaus aushalf, um einmal, wie sie sagte, etwas anderes zu sehen, als nur kranke Kinder im Heilbronner Klinikum, wo sie ja ebenfalls schon seit vielen Jahren als sogenannte „Springerin" eingesetzt wurde, wenn wieder einmal eine Lücke im Dienstplan der Klinik klaffte. Aber nun hatte sie sich in Heilbronn für einige Zeit abgemeldet. Zuvor ganz bewusst im Bosch-Krankenhaus nachgefragt, ob man sie eventuell als Aushilfsärztin brauchen könnte. Bekanntlich war das RBK eine medizinische Topadresse. Das konnte der Horizonterweiterung nur gut tun. Keinesfalls würde es schaden. Auch nicht im Sinne des beruflichen Wohlbefindens, eine Zeitlang die Atmosphäre in einer solchen Klinik erleben zu dürfen. Zumindest im Hinblick auf das Genießen hatte sie sich jedoch schon bald auf dem Boden der Tatsachen wieder gefunden. „Notaufnahme ist halt Notaufnahme", gab sie sich schließlich selbst die nahe liegende Antwort. „Egal wo. Das hätte ich mir ja eigentlich denken können. Als wenn die Patienten nach einem Autounfall besser aussähen, nur weil sie in eine Topklinik kommen." Aber nun denn. Wieder um eine Illusion ärmer und dafür um eine Erfahrung reicher geworden.

Plötzlich stutze sie. Der Name! Wo hatte sie den Namen schon einmal gehört, über den sie da in den Unterlagen der nächtlichen Notaufnahmepatienten gestolpert war.

Jedenfalls in keinem neutralen Zusammenhang.

Vielleicht war er von Horst gekommen? Ein Anruf bei ihrem Ehemann würde Klarheit schaffen. „Du sag mal, Horst, wie heißt dieser Ingenieur gleich wieder?"

„Welchen meinst du?"

„Kann es sein, dass du den Namen Klocker erwähnt hast?"

Die Antwort erfolgte wie aus der Pistole geschossen. „Claudia! Bitte! Doch nicht am Telefon!“ zischte es scharf aus dem Hörer. Dann hatte ihr Ehemann aufgelegt.
Einfach aufgelegt! Das war doch sonst nicht seine Art. Seltsam ...
Erst am späteren Abend erhielt sie Klarheit. Kaum hatte Horst Meyer die Haustür aufgeschlossen, kam er auch schon in die Küche gestürmt und begann unvermittelt mit einer vorwurfsvollen Frage: „Claudia! Was hast du dir denn dabei gedacht? Das kannst du doch nicht machen, mich einfach anzurufen und dabei den Namen fallen zu lassen. Das ist doch brandgefährlich!“
„Wollen wir jetzt streiten oder reden?“ Vorsorglich fuhr sie ihm gleich zu Beginn der Unterhaltung scharf in die Parade – mit dem gewünschten Erfolg.
„Ist ja schon gut“, beschwichtigte Horst und machte ein zerknirschtes Gesicht. „Also. Um welchen Namen genau geht es? Nein, du brauchst jetzt nicht gleich die Augen zu verdrehen. Natürlich um den Nachnamen Klocker, das ist ja klar. Aber der Vorname? Und womöglich die Adresse.“
„Die heißt Mathilde Klocker. So steht's wenigstens in der Patientenliste unserer Notaufnahme. Und als ich den Namen gesehen habe, da hat es bei mir irgendwie geklingelt. Sie wohnt in Stuttgart-Hedelfingen. Könnte vielleicht passen, oder? Hedelfingen?“
„Bingo, das dürfte tatsächlich ein Treffer sein!“ Horst pfiff leise durch die Zähne. „Es ist die Frau vom Ingenieur Uwe Klocker, unserem Informanten, der die Skrupel bekommen hat, von denen ich dir neulich erzählt habe. Aber was ist mit der Frau passiert?“
„Also nach einem Verbrechen hört sich das nicht unbedingt an. Sie hat angeblich in Mülltonne gefasst, ohne vorher einen Blick hinein zu werfen. Dummerweise waren da aber Glasscherben drin, deshalb hat sie sich ziemlich übel die Hand zerschnitten!! Ein blöder Zufall halt, aber ich dachte, ich sollte es dir vielleicht doch sagen ...“

Horst tippte sich vielsagend gegen die Stirn. „In die Mülltonne gefasst! Dass ich nicht lache! Wer tut denn so was?"
„Da hast du allerdings auch wieder recht. Seltsam, dass ich nicht selber darauf gekommen bin."
„Von wegen Zufall – das war eine überdeutliche Warnung. Die klassische Mafiamethode." Der Kommissar unterbrach sich und musterte seine Ehefrau mit einem sorgenvollen Blick. „Also allmählich mache ich mir ernsthafte Gedanken. Das kommt ja von allen Seiten auf den armen Mann zu!"
Wie viele Personen er in diese Gedanken mittlerweile tatsächlich einbezog, darüber schwieg sich der Kriminalkommissar lieber aus. Nicht, dass sich seine Ehefrau zusätzlich beunruhigte. Die Sache war auch so schon brenzlig genug. Wenn nicht längst mehr als das.

*

21

Eine Woche später erreicht ihn ein neuer Anruf in der Dienststelle: wieder war es Claudia, die sich direkt aus dem Krankenhaus meldete.
„Du Horst – es ist schon wieder etwas passiert. Diesmal war ich sogar unmittelbar dabei und habe sie selber behandelt!"
„Wen behandelt?"
„Na, die Frau von neulich, deren Name jetzt nichts zur Sache tut – du weißt schon."
Schlagartig spitzte der Kommissar die Ohren. „Was ist passiert?"
„Die Frau hat sich eigentlich nur die Haare waschen wollen und dabei in der Dusche versehentlich zur Flasche mit dem Entkalker gegriffen, anstatt zum Shampoo! Ein saudummer Zufall, der ihr auf der Kopfhaupt einige ordentliche Verätzungen eingebracht hat! Sie habe kurz vorher die Duschwanne gereinigt und dann vergessen, den Entkalker wieder aufzuräumen. Deshalb sei es passiert."

„Das gibt's doch gar nicht!"
„Gibt es doch. Ich hab's ja selbst gesehen. Und dann mit meinen eigenen Ohren gehört, wie sie wieder und wieder beteuert hat, was für ein blöder Zufall das gewesen sein. Dass sie nie wieder eine Entkalkerflasche neben das Shampoo stellen wird."
„Von wegen Zufall! Niemals. Das war nun bereits die zweite Warnung, und mutmaßlich die ..." Mitten im Satz unterbrach sich Horst plötzlich. Mehr dann besser heute Abend.
Während er den Telefonhörer auflegte, spürte er, wie eine Gänsehaut über seinen Nacken kroch. Es dürfte sich um mehr als um die zweite Warnung gehandelt haben. Um die letzte! Um die allerletzte Chance, sofort den Mund zu halten und alles bisher Gesagte zu bestreiten.

Am Abend war Michael Protnik zu ihnen gestoßen. Der hatte sich sofort ins Auto gesetzt, als ihm Horst andeutungsweise geschildert hatte, es habe da innerhalb von sieben Tagen zwei merkwürdige Missgeschicke gegeben, die sich womöglich im Zusammenhang mit einem Ermittlungsfall ergeben hätten. Eine seltsame Häufung von Zufällen. Protnik hatte sofort verstanden.
Kopfschüttelnd fasste er nun das eben Gehörte zusammen. „Aber mehr als einen vagen Verdacht können sie eigentlich nicht haben."
Horst zuckte mit den Achseln. „Das ist denen egal. Verdacht ist Verdacht und bei denen geht es nach dem Motto: lieber einen zu viel ausschalten, als den entscheidenden Informanten zu wenig. Sicher ist sicher, lautet die Devise bei denen. Wobei wir noch nicht einmal wissen, was in diesem Fall ‚bei denen' eigentlich heißt. Da gibt es mehr, als nur eine lichtscheue Fraktion, die hier aktiv mitmischt."
Claudia zuckte bei dieser Analyse schauernd zusammen. „Das ist ja fürchterlich! Was sollen die armen Leute jetzt nur tun?"
„Nicht nur die", brummte Michael Protnik. „Denn wenn es so ist, wie Horst vermutet, dann müssen auch wir ab jetzt gewaltig auf der Hut sein."

Ein missbilligender Blick seines Freundes streifte den aus Ulm angereisten Kollegen. „Jetzt mach mal halblang und versetze nicht gleich wieder alles und jeden in Panik." Mit einem beinahe unmerklichen Kopfnicken in Richtung seiner Ehefrau, das Claudia zum Glück nicht wahrnahm, deutete er Protnik an, was er mit seiner ärgerlichen Bemerkung gemeint hatte.
Der reagierte genau richtig. „Du hast ja recht. Mit mir ist mal wieder der Gaul ein bisschen durch gegangen." Scheinbar interessiert beugte er sich vor und griff sich die auf dem Esstisch stehende Weinflasche. „Schau an. Ein Zweigelt aus dem Weinviertel. Das ist sicher etwas gutes, oder?"
Für sein gelungenes Ablenkungsmanöver erntete er einen dankbaren Blick. „Und wie! Ein richtiger österreichischer Zweigelt halt."
„Na dann darfst du mir mal ein schönes Glas davon einschenken."
Voller Erstaunen registrierte Claudia, dass sich der kompromisslose Weizenbierfan Michael Protnik offenbar innerhalb weniger Wochen in einen begeisterten Zweigelt-Liebhaber verwandelt hatte. „Zwei Schluck davon und gleich ist man viel entspannter."
„Wo du recht hast, da hast du recht", bestätigte der Sputnik und schnalzte genießerisch mit der Zunge. „Gleich geht es einem wieder besser."
Mit leichter Sorge verfolgte Horst Meyer das Weinschauspiel seines Freundes. Nur bloß nicht übertreiben, alter Schwede. Es reichte jetzt. Nicht, dass Claudia doch noch auf den Trichter kam.
Aber dem war glücklicherweise nicht so. Lächelnd lehnte sie sich auf dem Stuhl zurück und bedachte die beiden Kommissare mit einem süffisanten Lächeln. „Zum Abschluss kann ich euch auch noch etwas schönes erzählen, was ich heute im Krankenhaus mit bekommen habe – es betrifft euch sogar. Zumindest indirekt."
„Uns?"
„Ja, euch und euren Fall. Ein Kollege, der Dienst hatte, hat mir die Geschichte brühwarm weiter erzählt. Das muss wohl erst gestern passiert sein."

„Wie passiert?"
„Es geht um euren guten Bekannten, den Saurer."
„Nein, nicht schon wieder der Charly!" stöhnte Horst mit gequälter Miene auf. „Langt das denn nicht, dass wir zwangsläufig ständig über den stolpern, weil der die Finger in jeder trüben Brühe mit drin hat? Muss dieser widerliche Kerl uns jetzt auch noch bis in die Privatsphäre hinein verfolgen?"
„Dabei ist es nicht nur der, sondern noch so ein Kandidat, den du auch ganz gut kennst. Dieselbe Sorte Stuttgarter Neureicher, Marke Protzhuber und Co KG."
Horst reagierte auf die sibyllinische Andeutung hörbar gereizt. „Jetzt mach's halt nicht so spannend, Claudia. Wen meinst du denn?"
„Es ist der Billy Treber."
„Um des lieben Himmels Willen. Diese Kanalratte!"
Während Horst mit allen Anzeichen der Verachtung reagierte, schien sein Freund mit diesem Namen noch kein Gesicht in Verbindung bringen zu können. „Und wer soll das sein?" erkundigte er sich deshalb achselzuckend.
„Ha, der Treber. Du kennst den doch auch. Seine glanzvollste Zeit liegt schon ein paar Jahre zurück, deshalb ist er dir nimmer ganz so geläufig. Aber in Stuttgart, da tritt er immer noch auf, wie Aga Khan und Graf Rotz in einer Person."
„Der Torwart? Hmm ..." Protnik schien leicht irritiert. „Heißt der Kahn denn nicht Olli mit Vornamen – oder meinetwegen Oliver?"
„Mensch! Michael! Jetzt versuch bitte nicht, mich zu verarschen!"
Tue ich doch gar nicht", setzte sich der Gescholtene zur Wehr. „Ich weiß wirklich nicht, wen du meinst."
„Dann setze deine kleinen grauen Zellen halt endlich mal in Bewegung: der Treber Billy, der ehemalige Schrotthändler, der plötzlich diesen Rennfahrer gemanagt hat und sich mit dem ganzen Devotionalienhandel rund um den Raser dann dumm und dämlich verdient hat, als sein Schützling noch von einem Sieg zum anderen gefahren ist."

„Ach, den meinst du. Die Kanaille! Sag's doch gleich!" Vielsagend tippte sich Protnik an die Stirn. „Im Zusammenhang mit dem, da fällt mir doch gleich wieder der alte Spruch ein: Große Gosch und Stroh im Meckel – fertig ischt der Schwobaseckel!!"

„Dabei ist der gar kein Schwabe, sondern höchstens eine Beleidigung für das schwäbische Auge", knurrte Horst. „Und was bei mir immer schon allein vom Anblick her einen echten Würgereiz auslöst, das ist noch nicht einmal sein Benehmen, obwohl das schlimm genug ist, sondern vielmehr, dass der Kerl Dreck am Stecken hat ohne Ende, dass aber trotzdem bislang jedes Gerichtsverfahren gegen ihn im Sande verlaufen ist. Dabei weiß doch jeder, erst recht jeder Richter, was für ein schlimmer Finger das ist."

„Ja, ich erinnere mich dunkel, dass es da mal so einen Skandal gab ..."

„Einen?! Das waren Dutzende! Beispielsweise die Sache mit den zu viel eingekauften Devotionalien. Denn gleich nachdem sein Superraser ziemlich überraschend abgetreten ist, hat natürlich auch der Handel mit Aufklebern, Mützen und T-Shirts nicht mehr so gebrummt, wie vorher. Zumindest nicht in dem Ausmaß, wie es der Herr gerne gehabt hätte. Und was macht der Kerl? Er lässt seine Firma einfach den Bach runter gehen."

„Einfach so? Das geht doch nicht so ohne weiteres."

„Geht schon, Denn ganz blöd hat er sich natürlich nicht angestellt. Er hatte die Firma nämlich rechtzeitig an einen anderen Dummen weiter verkauft – gegen ziemlich viel gutes Geld und logischerweise ohne dem zu sagen, dass die Hersteller von dem ganzen Zeugs immer noch auf die Bezahlung ihrer Rechnungen warteten. Als die dann irgendwann aufgetaucht sind und ihr Geld vom neuen Besitzer endlich haben wollten, da war logischerweise nichts mehr in der Kasse. Weswegen schließlich der Gerichtsvollzieher aufgekreuzt ist und den Laden dicht gemacht hat. Auf dem Konto und in der Kasse war ja totale Leere und die ganzen Fanartikel waren fatalerweise (siehe oben) inzwischen wertlos. Es war also noch nicht einmal mehr irgendein Gegenwert vorhanden, mit dem man die Vergleichsquote wenigstens einigermaßen erträglich hätte ausfallen lassen können. Diese bittere Tatsache wiederum hat folglich neue Pleiten nach sich gezogen: die Lieferanten – meist kleine Betriebe – sind reihenweise über den Jordan gegangen, ebenso wie der neue Besitzer. Resultat des schönen Deals: reihenweise Arbeitslose mit einem Sack voller Schulden, den sie ihr Lebtag lang nimmer los werden – und auf der anderen Seite der feine Herr, der buchstäblich in letzter Sekunde aus einem Haufen Dreck noch einen Batzen Gold gemacht hat."

„Aber das geht doch nicht! Wenn das so war, dann muss man den doch verklagen! Das ist doch Betrug hoch zwei! Der Kerl gehört in den Knast und sein Vermögen muss sofort beschlagnahmt werden!"

„Im Prinzip hast du recht. Aber das alles musst du dem erst einmal nachweisen, dass da eine betrügerische Absicht im Spiel war. Selbstverständlich habe er vor dem Verkauf doch alle Fakten auf den Tisch gelegt, hat er einfach behauptet. Und jetzt beweise dem mal das Gegenteil. Das ist unmöglich."

„Ha, sonst noch was. Das muss ja wohl möglich sein. Dieser neue Käufer muss doch vorher in die Bücher geschaut haben und daraus musste doch hervor gehen, dass noch jede Menge Rechnungen offen sind – es sei denn, die Zahlen waren frisiert."

„Vergiss nicht die alte Weisheit: Jeden Morgen steht ein Dummer auf. Der ist einfach auf den Kerl und seine mündlichen Versprechen hereingefallen. Er hat dem einfach blindlings geglaubt und – wie gesagt – jetzt weise diesem Treber einmal nach, dass er nicht gesagt haben soll, wie es um die offenen Lieferantenrechnungen steht. Im Zweifel für den Angeklagten – leider."

„Aber das ist ja ..."

„Darf ich euch jetzt vielleicht meine Geschichte erzählen?" mischte sich Claudia mit einem leichten Anklang von Ungeduld in die Debatte.

„Ja sicher, klar. Ich bin gespannt, was die Kanaille diesmal wieder angestellt hat."

„Angestellt nichts. Aber es war ein typischer Treber-Auftritt."

„Wie? Der ist also zu dir ins Robert-Bosch-Krankenhaus gekommen. In die stinknormale Notaufnahme?"

„Natürlich nicht“, entgegnete die Ärztin. „Falls du es nicht wissen solltest: Im RBK gibt's nämlich noch einen zweiten Eingang. Das ist der für die ganz Reichen. Ölscheichs und Co. Das ist tatsächlich so. Da kommen die Superreichen aus aller Welt daher geschwebt – im wahrsten Sinn des Wortes. Mit dem Hubschrauber nämlich. Ganz standesgemäß. Für die gibt's sogar eine eigenen Etage.“

„Wenn das der alte Vadder Bosch wüsste, wie da mit seinem Namen Schindluder getrieben wird ...“

„Pecunia non olet“, gab Claudia sarkastisch zurück.

„Ginge es vielleicht auch in Deutsch?” maulte der Nichtlateiner Protnik.

„Geld stinkt nicht, soll das heißen“, brachte Horst seinen Kollegen auf den Stand der Erkenntnis. „Aber das hätte der alte Bosch niemals zugelassen, dass eine Zweiklassenmedizin betrieben wird. In einem Haus, das nicht nur seinen Namen trägt. Sondern das er damals mit seinem Geld aus eigener Tasche finanziert hat. Ganz bewusst für die Allgemeinheit sollte dieses Krankenhaus sein. Eben nicht für die Superreichen. Und ausgerechnet dem Robert Bosch, der ja immer wieder von sich gesagt hat, er sei Sozialist, dem jubeln sie jetzt solche ...“

„So ist es nun mal. Also – soll ich nun weiter erzählen oder nicht?“

„Ja, natürlich!“

„Gut. Es war also tatsächlich der Kollege von der Edelstein-Abteilung, der mir das zugeflüstert hat. Der ist Spezialist für die Alte-Männer-Krankheit Nummer eins ...“

„Die Prostata“, stöhnte Protnik und verdrehte dabei seine Augen in einem Ausmaß, dass zu vermuten stand, die Krankheit habe ihn genau in diesem Moment unerbittlich in ihren Würgegriff genommen.

„Du sagst es, Michael“, ein maliziöses Lächeln spielte um Claudias Mundwinkel. „Die Prostata. Und dieser Tag, um den es geht, das war anscheinend der Stuttgarter Promitag. Denn der Charly Saurer hatte sich als Patient für die Untersuchung eingefunden ...“

„Der Saurer? Ich dachte der Treber?"
„Jetzt warte halt! Also, wie gesagt: erst war der Saurer da, und der Kollege wollte ihn grade in Empfang nehmen, als plötzlich von einem livrierten Diener die Tür aufgerissen worden ist und den Blick auf den Treber frei gegeben hat, der gerade von seinem ebenfalls livrierten Fahrer aus einem nagelneuen Ferrari gehievt worden ist. Und dann ..." Claudia unterbrach sich bewusst, um die Spannung noch ein bisschen zu steigern.
„... und dann?"
„Dann stolziert der Treber einfach so herein – natürlich ohne den Saurer auch nur eines Blickes zu würdigen und wird von einer Promischwester sofort in das Behandlungszimmer eskortiert, während mein Kollege und der Saurer einfach nur da gestanden sind und geglotzt haben müssen, als sei ihnen der Leibhaftige persönlich begegnet."
„Köstlich!"
„Ihr könnt euch sicher lebhaft vorstellen, wie das dann weiter gegangen ist. Der Saurer muss völlig ausgeflippt sein und den Treber alles geheißen haben, unter anderem – sagt der Kollege – habe er dem den wunderschönen Satz hinterher gebrüllt: „Sie soll der Blitz beim Scheißen treffen" und ähnliche verbale Griffe in die unterste Schublade mehr."
„Da höre sich einer das an: die beiden Vornehmtuer wälzen sich in der Nobeletage der Klinik mitten im Dreck."
„Allerdings – und wie. Das soll minutenlang so gegangen sein. Geendet hat es, laut meinem Kollegen, mit einem halben Dutzend von Klageandrohungen."
„Herrlich! Zumal ich mich dem Segenswunsch für die Treber-Kanaille nur vorbehaltlos anschließen kann."
„Die Geschichte mit den Klagen wird natürlich enden, wie das Hornberger Schießen. Das eigentlich Spannende wird jetzt aber sein, wie sich die beiden wieder zusammenraufen werden – im wahrsten Sinn des Wortes."
„Wieso sollten sie das tun?"
Horst bedachte die beiden anderen mit einem vielsagenden Blick. „Weil sie beide bekanntermaßen ja bei so ziemlich jeder

größeren Investition in Stuttgart die Hände irgendwie mit im Spiel haben."
„Du willst auf Stuttgart 21 hinaus? Klar, da stecken die natürlich auch mit drin"
„Nicht nur da, aber logischerweise momentan vor allem da. Wo du in Stuttgart ein Loch siehst, war der Saurer Charly ja schon da – und meistens ist dann der andere auch nicht weit ..."
„Stimmt", nickte Claudia. „Die werden sich also schon wieder einkriegen. Nach dem altbewährten Motto: Pack schlägt sich, Pack verträgt sich."
„Sind ja beide vom selben Schlag."
„Obwohl ich speziell beim Saurer schon seit Jahren darauf warte, dass es bei dem mal einen gewaltigen Schlag tut und er mit einem ganzen Über-, Schein- und Nebenfirmengeflecht in die Pleite rauscht."
„Da kannst du lange warten", warf Horsts Ehefrau dazwischen. „Gegen den ist selbst der ‚Mörtel' Lugner in Wien ein Waisenknabe!"
„Der wer?" Michael Protnik zuckte ratlos mit den Schultern.
„Der Mörtel! So nennen sie in Wien diesen unsäglichen Bauunternehmer Lugner, der vor vielen Jahren mit viel Geld – natürlich geliehenem Geld – den Wiener Opernball wieder reanimiert hat. Diese stockreaktionäre Veranstaltung. Der Mörtel war ein ganz kleiner Bauunternehmer, bis er dann gecheckt hat, wie es geht. Und seitdem stolpert er mit seinen hunderttausend Firmen, die er zu einem unauflöslichen Wirrwarr zusammengebunden hat, von einem Großauftrag in den nächsten. So einem Auftrag folgt dann meistens ein mittleres Skandälchen, bei dem am Ende natürlich keinem irgendeine Schuld nachzuweisen ist. Dann schließlich passiert eine kleine Insolvenz hier, eine weitere da. Ein cleverer Bursche – aber gegen den Saurer fast noch ein kleines Würstchen. Der Saurer geht da dezenter vor und hat sich schon vor Jahren weitgehend aus der Öffentlichkeit zurück gezogen ..."
„Grade der! Der stopft seit Jahren doch auch nur ein Loch mit dem anderen. Eine Immobilie muss die nächste finanzieren und

die Banken machen munter mit, weil sie genau wissen, wenn der Saurer hops geht, dann sind hunderte von Millionen an Darlehen im Nirwana verschwunden. Auf Nimmerwiedersehen."
„Aber der feine Herr in der Zentrale, der das nicht vorhandene Geld von einer Pleitefirma in die nächste verschiebt, verdient sich an jedem Deal eine goldene Nase. Denn ein bisschen Schwund gibt's bekanntlich ja immer. Der ist längst zigfacher Multimillionär ..."
„... und gibt trotzdem keinen Cent Trinkgeld", mischte sich Claudia in die Eloge. „Da lässt der sich hofieren von vorne bis hinten, aber dass er der Schwester, der Helferin oder dem Portier mal ein Trinkgeld gibt: vergiss es."
„Tja", resümierte Protnik trocken, „dafür gibt's ja den schönen Spruch: Von den Reichen kann man das Sparen lernen! Das war schon immer so."
„Auch wieder wahr," nickte Claudia. „Aber wenn man andererseits auf Zeitungsfotos sehen muss, wie dieser Treber – und der Saurer ist ja kein Haar anders – sich seine Protzzigarre mit einem 50 Euroschein anzündet, also da kommt mir wirklich das kalte Kotzen. Das ist ja Frühkapitalismus pur!"
„Das ist kein Kapitalismus – der hatte nämlich durchaus auch seine guten Seiten – das ist vielmehr die personifizierte Doofheit, finde ich", schüttelte sich Horst angewidert. „Und wie man hört, darf sich der Kerl jetzt demnächst Ehrensenator der Universität Tübingen nennen!"
„Der? Hat der etwa studiert? Für so etwas hätte ich den für viel zu blöd gehalten. Bauernschläue hat er, ja. Aber die Intelligenz, um zu studieren? Also das hätte ich ihm nun wirklich nicht zugetraut."
„Ich sage nur Karl-Theodor ..." grinste Protnik.
„Ach komm, hör auf. Der Herr von und zu mit seiner geklauten Doktorarbeit. Peinliches Versehen, so was. Unser armer, gegelter Hoffnungsträger a.D.."
„Und was ist jetzt mit dem Treber? Hat er nun studiert oder hat er nicht?" drängte Claudia auf eine Antwort.
„Hat er natürlich nicht."

Jetzt war es wieder einmal Protnik, der die Welt partout nicht mehr verstehen konnte. „Aber wieso ist er dann Ehrensenator?"
„Das kannst du auch werden."
„Ich habe aber doch gar nicht studiert."
„Brauchst du auch nicht. Da reichen dir ein paar hunderttausend Euro als Spende an die Uni, dann wirst du das von ganz allein."
„Ach ... so geht das also?"
„Ja, so geht das. Und wenn die Summe groß genug ist, dann wirft es manchmal sogar einen Ehrendoktor ab."
„Damit wäre der Karl-Theodor vielleicht besser beraten gewesen, es so zu machen."
„Zu spät. Chance vertan."
„Komm, hört mir bloß auf mit diesen ganzen Ehrendoktoren. Das wär's jetzt noch, wenn der Treber das auch noch schaffen würde ..."
„... möglich wär's. Wenn, wie gesagt die Summe stimmt."
„Meine Güte! Diese ganzen Typen mit ihrem affigen Gehabe. Doktor h.c.! Wenn ich das bloß höre. Denn das sind ja diejenigen, die sich auch grundsätzlich mit Herr oder Frau Doktor anreden lassen, obwohl sie gar keinen richtigen akademischen Grad erworben haben, mit ehrlicher, oft jahrelanger Arbeit, sondern nur einen gesponserten h.c.! Das ist peinlich, wenn die sich trotzdem so nennen lassen!"
„Das ist denen doch egal. Das haben sie ja ihr Leben lang gemacht: ohne großen Aufwand kräftig einsammeln. Du kennst ja den alten Spruch: mit Schaffen war noch nie Geld verdient!"
„Allerdings – und leider ist er wahrer denn je!"
„Genau. Und wem der Doktor ehrenhalber nicht reicht, der versucht, sogar einen richtigen Doktor zu ergattern."
„Jetzt lass halt endlich mal den Gegelten aus dem Spiel. Das alles hat es doch auch früher schon gegeben. Universität Budapest und so."
„Von wegen Budapest. Uni Tübingen und so."
„Wie? Tübingen? Ich dachte Bayreuth ..."
„Die sollen jetzt bloß nicht alle mit den Fingern auf Bayreuth zeigen. Das sind reine Ablenkungsmanöver."

„Du meinst, auch an den alten, renommierten Unis hat es das gegeben? In Tübingen, Freiburg, Heidelberg?!“
„Logisch. Und nicht nur einmal. Wenn das ehrwürdige Institut der betreffenden Universität von einem guten Parteifreund geleitet wird, dann kann man von hier aus schon einmal ein bisschen was für das bessere Fortkommen vom Parteinachwuchs tun und dem linientreuen Studenten mit einer quasi schon vorformulierten Doktorarbeit ein bisschen auf die Sprünge helfen.“
„Ach komm“, warf Claudia, die promovierte Ärztin, dazwischen. „Der Schwindel fliegt doch spätestens im Rigorosum auf.“
„Von wegen“, zuckte Horst gelassen mit den Schultern. „Wenn dort im Gremium ebenfalls nur Parteifreunde drin sitzen ... Was ist dann? Dann ist der Doktor noch schneller paletti, als bei den Medizinern“, konnte er sich einen kurzen Seitenhieb auf die Gepflogenheiten in der Medizinerbranche nicht verkneifen – womit er sich den erwartet missbilligenden Blick seiner Ehefrau einhandelte.
„Übrigens“, fuhr er aus guten Gründen umso rascher fort, „Auch der Stuttgarter Polizeidirektor ist so ein Doktor – und dreimal dürfte ihr raten, von welchen Farbe die Parteifreunde sind, bei denen sie ihm die Promotion seinerzeit quasi nach geschmissen haben ...“ Triumphierend blickte er in die Runde.
„Schwarz wie die Nacht“, murmelte Protnik und zog seine Mundwinkel deutlich nach unten.
„Glaubt bloß nicht, dass die Roten besser sind“, warf Claudia in die Debatte. „Bei diesen ganzen Parteisoldaten, egal von welcher Couleur, drehe ich die Hand nicht um.“
„Auch wieder wahr“, nickte Horst. „Aber was ich eigentlich sagen wollte: anscheinend, so sagt mir einer meiner Gewährsleute, ging's in der Direktion bei einer Personalversammlung neulich vor allem um Stuttgart 21. Dabei hat anscheinend einer der Kollegen den Mut gehabt, zu sagen, er verstünde die Motive der Demonstranten schon, denn immerhin besitze Bad Cannstatt bekanntlich ja die zweitgrößten Mineralwasservorkommen Europas. Und bei solchen massiven Eingriffen in den Untergrund wie bei S21 bestünde durchaus die Gefahr, dass die Cann-

statter Quellen – und übrigens auch die Quellen vom Mineralbad Berg oder vom Leuze – durch das S-21-Projekt verschmutzt würden oder womöglich ganz versiegen könnte. Von dieser Warte aus sei es doch verständlich, dass sich die Bürger gegen dieses Vorhaben zur Wehr setzten."

„Donnerwetter – der Kerl hat aber Mut bewiesen!" Anerkennend schnalzte Protnik mit der Zunge, um freilich gleich darauf eine skeptische Miene an den Tag zu legen. „Nun ja, den tapferen Kollegen werden wir sicherlich bald irgendwo in der schwäbischen Provinz begrüßen können."

„Gut möglich. Aber man muss die Dinge einfach klar beim Namen nennen, sonst macht man sich mitschuldig. Es ist doch schlimm, wenn jeder immer nur auf die eigene Karriere schielt ..."

„Schon wahr. Aber warum musst es immer du sein?" warf Claudia zweifelnd dazwischen.

„Na, dieses mal war ich's ja gar nicht. Wo war ich jetzt gleich wieder stehen geblieben?" Nachdenklich massierte sich Horst mit Daumen und Zeigefinger die Nasenwurzel. „Ja, richtig. Also, der Stuttgarter Polizeidirektor hat in dieser Diskussion dann seine ganze Dämlichkeit offenbart, in dem er geantwortet hat, es ginge halt bei Stuttgart 21 um ganz schön viel Geld."

„Das hat der so gesagt?"

„Genau so – und damit weißt du alles. Geld heiligt die Mittel – zumindest im Kleinhirn des famosen Herrn Polizeidirektors hat sich diese Überzeugung anscheinend breit gemacht."

„Na dann, Prost Mahlzeit. Allmählich wundert mich gar nichts mehr. Wenn ich da an die Affäre neulich im LKA denke, wo sie einen Spitzel in der EDV-Abteilung sitzen hatten. Und als man dem auf die Schliche gekommen ist, hat ein anderer – natürlich ganz unabsichtlich – den Netzstecker gezogen und die ganzen Daten damit gelöscht. Als peinliche Panne haben sie das dann in der Öffentlichkeit hin gestellt. Und die Journalisten haben es ihnen geglaubt. Das muss man sich mal vorstellen! Aber das sind doch alles keine Zufälle. Da steckt doch System dahinter. Ich fürchte, wir sind bereits von oben bis unten durchseucht mit Spitzeln und so einer Art Stasi-Typen. Das wird eines Tages noch einen schönen Schlamassel geben."

„Gut möglich. Und genau deswegen müssen wir in unserem Fall eben ganz besonders vorsichtig zu Werke gehen. Erst recht in Sachen Telefon und EDV", pflichtete Horst seinem Freund und Kollegen bei. „Aber zurück zum Thema, zu unserem Saurer Charly und seinen dubiosen Geschäftspraktiken. Habe ich dich einigermaßen über die Machenschaften von dem in Kenntnis setzen können, Michael – oder hast du noch Fragen?"

Protnik starrte eine Zeitlang nachdenklich vor sich auf den Boden, um anschließend ratlos mit den Schultern zu zucken. „Eigentlich habe ich nur noch eine Frage: Wieso hat der Saurer denn überhaupt so viel Geld bekommen – und so viele Aufträge von der Stadt?"

Horst stutzte kurz. Dann fixierte seinen Kollegen mit einem mitleidigen Blick. „Ach, Michael. Sag bloß: Muss ich dir das wirklich noch erklären?"

Der solchermaßen Zurechtgewiesene senkte ernüchtert den Kopf. „Schon gut, schon gut. Ich wollte bloß ganz sicher gehen. War ja nur ne Frage ..."

*

22

Zwei Stunden später, nach dem gemeinsamen Mittagessen, kam Horst Meyer in sichtlich aufgekratzter Stimmung zurück ins Esszimmer und schenkte seinem Kollegen, der es sich gerade mit einem „kleinen Verdauungsschnäpschen" gut gehen ließ, ein triumphierendes Lächeln, während er heftig mit einigen Blättern Papier in der Hand wedelte. „Ich hab's gefunden! Das ist genau dasselbe Muster!"

„Was denn für ein Muster?" Protnik verstand nicht im mindesten, worauf sein Gegenüber abzielte. „Ist dir auf dem Klo etwa die Lampe auf den Kopf gefallen oder was?"

„Blödsinn. Ich war da gar nicht. Ich war schnell am Computer, denn mir ist da plötzlich so ein Name eingefallen, den ich im Zusammenhang mit einem anderen Stuttgarter Bauskandal schon einmal gehört hatte – und: Bingo! Wie gesagt: immer dasselbe Muster, das scheint sich hier in der Stadt durchzuziehen, wie der Nesenbach durch die Stuttgarter City."
„Ach du liebe Güte: der arme alte Nesenbach, den haben sie doch längst verdolt und in den Untergrund gelegt."
„Eben drum passt dieses Beispiel ja besonders gut zum Thema. Diese Machenschaften scheuen logischerweise das Tageslicht – es scheint aber so, als würden die ewig gleichen Vorgehensweisen von Generation zu Generation immer wieder weiter vererbt. Wie das seinerzeit beim Bürkle-Skandal erstmals ganz präzise aufgedeckt worden ist."
„Der Nudel-Heini! Ja, das war eine schöne Sauerei!"
„Ich sagte Bürkle, nicht Birkel," wies Horst den Schnelldenker scharf in die Schranken.
„Ach so?" Natürlich war Michael Protnik dieser Name völlig unbekannt. „Und was ist nun damit?"
„Da hast du zum ersten Mal ganz genau sehen können, wie der Hase läuft. Diese Masche, immer von einer Tasche in die andere zu wirtschaften. Soll also keiner behaupten, man wisse nicht, wie das vonstatten geht. Von wegen! Da, lies selber. Ich denke, das könnte genau die Theorie, die wir uns bisher mühsam zusammen gereimt haben, durchaus befördern."
„Na ja. Mal sehen. Gib her." Mit allen Anzeichen des Bedauerns stellte Protnik das inzwischen leere Glas mit seinem Verdauungsförderer zurück auf den Esstisch und griff sich Horsts Ausdrucke, die er eine Zeitlang skeptisch betrachtete, um sich dann, begleitet von einem lauten Aufstöhnen, mit dem Zeigefinger unzweideutig an den Kopf zu tippen. „Mensch Horst! Das ist doch eine uralte Zeitungsausgabe. Ein „Spiegel" von Ende 1950! Was willst du denn mit so einem alten Mist?"
Horst rollte genervt mit den Augen, verzichtete aber auf eine schärfere Erwiderung. „Jetzt lies doch halt erst mal, bevor du

schon wieder deine alten Unkenrufe ausstößt. Auf, los jetzt – ich habe dir das wesentliche schon unterstrichen!"
Ein vernehmliches Durchatmen des Unkerich nährte die Vermutung, dass der noch immer nicht restlos überzeugt schien. „Also gut – und vielen Dank für das enorme Vertrauen in meine geistigen Fähigkeiten, wenn du schon meinst, die wichtigsten Sätze extra unterstreichen zu müssen, damit ich's kapiere. Aber meinetwegen. Damit die arme Seele endlich ihre Ruhe hat", murmelte er schicksalsergeben, um dann den Text der Ausdrucke mit leiser Stimme zu rezitieren. „Kreditskandal – „Sie müssen sich darüber im klaren sein, dass ich Sie als Inhaber von elf Firmen unter allen Umständen zur Strecke bringe."
Das kündigte Stuttgarts Kriminal-Oberkommissar George dem Millionen-verschuldeten Unternehmer Willy Bürkle schon vor Wochen an. Er hat ihn bis heute noch nicht festgenagelt, denn noch immer ist ungeklärt, wie es im einzelnen möglich war, dass Bürkle innerhalb von zwei Jahren 7,87 Millionen DM Kredite von der Stuttgarter Girokasse einsteckte, die er nie mehr zurückzahlen kann.
„Bürkle hat diese Kredite einfach erpresst", sagt der heute verantwortliche Girokassen-Direktor Mahringer, ohne den Beweis dafür anzutreten. „Sie haben mir das Geld aufgedrängt", sagt Willy Bürkle und meint nicht nur Mahringers Vorgänger, Direktor Wolf, sondern auch andere maßgebliche von Stadt- und Girokassen-Verwaltung.
Tatsächlich hat Girokassen-Direktor Wolf gleich nach dem Währungsschnitt 1948 der Stuttgarter All-Bank ihren Bankkunden Bürkle ausgespannt. Im September 1948 machte Wolf dem Bürkle das Angebot, sich doch das noch knappe neue Geld (das bei der All-Bank nur für 12 Prozent Zinsen zu haben war) für nur 6¼ Prozent bei der Städtischen Girokasse zu holen.
Bürkle hatte damals bei der All-Bank sein Konto gerade um 250.000 DM überzogen, weil er bei den Hohenzollern-Prinzen im Sigmaringischen Holz eingekauft hatte, das er erst später für 700.000 DM beim Volkswagenwerk losschlagen konnte.

Girokassenwerber Direktor Wolf sagte dem damals als sehr geschäftstüchtig bekannten Unternehmer Bürkle zu, dass er von der Girokasse sofort Kredite beziehen könne und ohne Formalitäten von der All-Bank loskommen würde.
Sachverständiger Wolf glaubte, Bürkles bankmäßige Bonität richtig einschätzen zu können, denn schließlich war Bürkle nach dem Krieg mit viel Geschicklichkeit im Jonglieren mit knapper Ware…"
„Jetzt kommt's!" unterbrach Horst aufgeregt den Lesefluss und deutete mit dem Zeigefinger auf die entsprechende Passage, die von ihm ja bereits markiert worden war, wofür er sich einen weiteren missbilligenden Blick seines Freundes und Kollegen einhandelte.
„Also ganz blöd bin ich dann doch nicht. Ich merke selber, wenn's spannend wird", knurrte Protnik und vertiefte sich anschließend, mit deutlich stärkerem Interesse als zu Beginn, wieder in die Lektüre. „Also ... wo war ich jetzt? Richtig. Da: „... mit viel Geschicklichkeit im Jonglieren mit knapper Ware Inhaber oder Teilhaber folgender Betriebe geworden:
– Landwirtschaftlicher Musterhof Gutenhalde,
– Töpferei Gutenhalde,
– Baustoff-Werk West-Bahnhof,
– Ziegelei und Kachelei Musberg,
– Radio-Fabrik Lennartz und Bouke,
– Lagerhalle Stuttgart – Feuerbach,
– Großhandels-Gesellschaft Ernst Spieß,
– Repro-Druck G.m.b.H.,
– Ponti G.m.b.H. für Ratengeschäfte,
– Zeitschriften – Verlage „Schaffende Welt" und „Betriebswochenschau",
– Nährmittel-Fabrik Willy Bürkle.

Zum Bekanntenkreis des reichen Bürkle gehörte auch Stuttgarts Oberbürgermeister Arnulf Klett, dessen Ehefrau vor allem am Freibad Gutenhalde Gefallen fand. (...)
Die Aufsichtsorgane der Stuttgarter Girokasse ließen sich von

einem Wirtschaftsprüfer bestätigen, dass die Bürkle-Unternehmen einen Wert von 1,6 Millionen DM repräsentierten.
Aufsichtsorgane sind:
° der Verwaltungsrat, Vorsitz Oberbürgermeister Arnulf Klett;
° der Kreditausschuss, Vorsitz Oberbürgermeister Arnulf Klett.
Des Oberbürgermeisters Unterschrift trug auch das Bankformular, auf dem die erste Zustimmung der Kreditgewährung an den Fabrikanten Willy Bürkle gegeben wurde – „vorbehaltlich der Zustimmung des Kreditauschusses", für den Oberbürgermeister Klett mit Unterschrift ohnehin gleich mit zustimmte.
Nach dem ersten Girokassen-Kredit erbat sich Willy Bürkle dann im November 1948 – mündlich und formlos – von Direktor Wolf einen weiteren Kredit, diesmal in Höhe von 1,7 Millionen DM. Er wurde prompt gewährt.
Seinen ersten und einzigen schriftlichen Kreditantrag stellte Bürkle am 1. März 1949. Die Großzügigkeit der Girokasse hatte Appetit gemacht. Jetzt ging es um 2,25 Millionen DM. Bürkle bekam auch diesen Millionen-Betrag und zum Beweis allergrößten Vertrauens noch einen Wechselkredit in Höhe von 750.000 DM gleich mit dazu.
In der Girokasse beschwichtigten sich die leitenden Herren wechselseitig: Bürkle sei nur vorübergehend in Schwierigkeiten geraten, man müsse ihm doch helfend mit Geldscheinpaketen entgegenkommen.
Die Girokasse kreditierte deshalb weiter. Und Willy Bürkles Schuld stieg:
– Am 20. April 1949: 3,8 Millionen DM
– Am 3. Juni 1949: 4,6 Millionen DM
– Am 11. Juni 1949: 4,8 Millionen DM
– Am 20. Juni 1949: 5,162 Millionen DM
Das war selbst dem Verwaltungsrat ein bisschen zu viel (...). Die Verwaltungsräte bekamen es mit der Angst. Sie bestellten eiligst einen Treuhänder, um die Bürkle-Betriebe der Liquidierung entgegen zuführen. Die Kredit-Millionen waren durch die elf Bürkle-Unternehmen gelaufen wie Wasser durch ein leckes Fass.

Treuhänder wurde der Chef der „Württembergischen Finanz-AG", Direktor Raach. Unter Raach ging es mit Bürkles vielseitigen Betrieben nur noch mehr bergab.
Treuhänder Raach wirtschaftete im Bürkle-Stil weiter – auf Bürkles Schuldkonto bei der Städtischen Girokasse.
Im März 1950, als eine Kreditschuld von 7.866.397 DM beisammen war, ließ sich Direktor Raach „wegen der Unmöglichkeit der Zusammenarbeit mit Bürkle" von der Treuhänderschaft entbinden.
Darauf kam die Bürkle-Kredit-Affäre vor das Stuttgarter Stadtparlament. Misstrauensantrag gegen den Verwaltungsrat der Girokasse. Er blieb trotzdem im Amt, weil fast alle Parteien Verwaltungsräte abgestellt hatten. Nur die Leitung der Girokasse wurde abgesetzt (...).
Zum neuen Chef avancierte der rheinische Bankfachmann Dr. Alois Mahringer. Der machte reinen Tisch. Dann wurde liquidiert, um möglichst schnell zur Wertrealisierung zu kommen. Auch der Stuttgarter Stadtrat schaltete sich ein mit dem Beschluss, für die 7,8 Millionen DM Bürkle-Schulden die Ausfall-Bürgschaft zu übernehmen.
Bürkle triumphierte trotz seiner Schulden. Er weiß, dass die Girokasse als städtisches Geldinstitut auch noch in 24 anderen Fällen sehr großzügig mit Krediten gewesen ist. „Wenn das bekannt wird, kommen Oberbürgermeister Klett und seine Verwaltungsratskollegen noch mehr in Verdruss." (Bürkle).
Die Bürgschaft machte die Landesregierung mobil.
Ein im Stuttgarter Finanzministerium unter strengstem Verschluss gehaltenes Gutachten des staatlichen Revisionsausschusses nennt 24 weitere Kreditnehmer, deren Betriebe zum Teil ebenfalls nicht glänzend dastehen."
„Nicht schlecht, oder?" triumphierte Horst und bemerkte zufrieden das verblüffte Staunen in der Miene seines Freundes. „Wie gesagt, das ist ein Tatbestand von 1948/49! Aus einer Zeit, in der sich hundertausende von ehrlichen Menschen nach dem Krieg mühsamst mit ihrer Hände Arbeit buchstäblich aus dem Schutt geschaufelt haben und von der Bank allerhöchstens

einen Kredit über ein paar hundert Mark bekommen haben – sie waren ja meistens ‚nicht ‚kreditwürdig', weil sie mit ihren zerstörten Häusern keine richtigen Sicherheiten bieten konnten und einen Facharbeiter-Stundenlohn von 1,51 Mark hatten – hat man es gleichzeitig solchen Windbeuteln vorne und hinten rein geschoben. Millionenfach. Ein Skandal ist das!"

„Allerdings", pflichtete ihm Protnik mit ernster Miene bei. „Andererseits: Millionen... Wenn man in heutigen Kategorien denkt: was ist das schon? Heute müssen es immer gleich Milliarden sein. Hypo Real Estate, Stuttgart 21 und so weiter und so fort ..."

„Ich glaube diesen ganzen Berechnungen sowieso schon lange nimmer. Das kann doch kein Mensch richtig voraus sagen. Weder den Bedarf, noch die Kosten – bei solchen Wahnsinnssummen."

„Sie sagen aber, dass es funktioniert!"

„Ja, sagen sie immer: wie bei diesen geschönten Zahlen von der Fildermesse. Man hat die Messe ja mit dem Argument durchgedrückt, dass die Killesberghallen aus allen Nähten platzten – und Besucherzahlen vorgelegt, die sich im Nachhinein als total manipuliert erwiesen haben, aber erst, als dann die Messe längst gebaut war. Das ist von A bis Z ein Lügengebäude gewesen und zwar im wahrsten Sinn des Wortes. Selbst der heutige Messechef hat ja inzwischen öffentlich zugegeben, dass sein Vorgänger da ein bisschen arg kreativ mit den Zahlen umgegangen sei – einzig und allein aus dem Grund, um eine scheinbare Notwendigkeit nachzuweisen und den Neubau durchzudrücken. Das Schlimme an der Sache ist aber, dass diese Dinge grundsätzlich immer erst ans Tageslicht dringen, wenn die Fakten längst geschaffen sind: die Fildermesse ist gebaut, der Grund und Boden für die Landwirtschaft zerstört. Von der Bodenfruchtbarkeit her übrigens der beste Boden, den du dir denken kannst. Aber das interessiert diese Heuschrecken ja nicht. Diese angeblich Konservativen, die so gerne in ihren Sonntagsreden von der Schöpfung faseln, um eben diese Schöpfung ab Montag dann wieder mit ihren Baggern platt zu machen. Irgendwie erinnert mich

diese so unglaublich hitzige Stuttgart 21 Debatte ständig an die Diskussionen um die Fildermesse. Zunächst heißt es Arbeitsplätze, Arbeitsplätze, Arbeitsplätze ..."
„Das Totschlagsargument!" stöhnte Protnik. „Ich kann's allmählich nicht mehr hören."
„Ich auch nicht. Zumal es ja nicht stimmt. Genauso wie diese angeblich wasserdichten Berechnungen. Da werden dann Zahlen in den Raum geworfen, dass es einem schwindlig wird und dann noch mit einer derartigen Aggressivität vertreten: also ich sags dir! Ich frage mich wirklich, weshalb das so sein muss. Und je lauter sie schreien, desto fragwürdiger wird es für mich. Unumkehrbare Fakten schaffen. Darum scheint es wieder mal zu gehen. So rasch wie möglich. Und um nichts anderes."
„Und natürlich um einen ordentlichen Reibach für die Baufirmen .."
„... oder vielmehr von den jeweiligen Aktionären. Das Stuttgarter Stadtbild ist einem Investor aus New York oder Florida doch so was von egal. Der will nur seine Rendite sehen."
„Ubi beton – ibi patria!"
„Exakt! Von welchem Betonkopf stammt der?"
„Von gar keinem. Das ist von Gerhard Raff, der diese Typen auch schon vor Jahrzehnten durchschaut und dagegen protestiert hatte, dass sie sein schönes Degerloch in eine einzige Betonwüste verwandeln wollten. Er war damals ein einsamer Rufer in der Wüste ..."
„... und heute sind die Fakten geschaffen. Sozusagen in Zement gegossen. Also Degerloch ist ja weiß Gott nichts schönes."
„Nichts schönes mehr, muss man gerechterweise sagen. Nur die Ölkrise hat verhindert, dass das ganze Dorf so versaut wurde, wie der Albplatz, Degerlochs Visitenkarte. Aber jetzt soll's munter weiter gehen. Jetzt halt unten am Bahnhof. Ob das dort unten künftig eine Betonwüste wird, das ist diesen Immobilienkrokodilen völlig schnurz. Hauptsache, sie machen ihren Reibach. Und deshalb haben sie sich die S-21-Flächen auch schon so gut wie vollständig unter den Nagel gerissen. Angeblich, so lassen sie über ihre kommunalen Helfershelfer verbrei-

ten, hätten sie Irrsinnspreise dafür bezahlt, mit denen sich das Projekt für die Stadt Stuttgart dann sozusagen selber refinanzieren soll."

„Dass ich nicht lache. Für wie blöd halten die ihre Bürger denn eigentlich?"

„Was heißt hier blöde: das ist alles fein säuberlich auf den aus Steuermitteln finanzierten Hochglanzbroschüren nachzulesen."

„Da kann ich nur den guten alten Winston Churchill zitieren: No Sports ..."

„... Du meinst sinngemäß dieses „Sport ist Mord". Aber was hat das mit einer Baustelle zu tun?"

„Gar nichts. Ich meine den anderen: „Glaube nur der Statistik, die du selbst gefälscht hast". Da ist doch viel wahres dran, nicht wahr?"

„Allerdings. Es wird einem schwindelig bei diesen ganzen Zahlen. Manchmal frage ich mich, wie die das berechnen. Viele Millionen Euro schrumpfen da wie nichts zu diesen berühmt-berüchtigten Peanuts."

„Ach komm: Was ist schon eine Million heutzutage?"

„Auch wieder wahr: Unter Milliarden geht ja gar nichts mehr – und dann auch noch in Euro – also gleich noch mal das Doppelte. Dagegen ist dieser Klett-Bürkle-Skandal höchstens ein winziges Skandälchen. Die paar lumpigen Millionen Mark ..."

„Einerseits schon. Aber vergiss nicht. Damals war das eine gewaltige Summe, so kurz nach der Währungsreform: da war die gute alte D-Mark noch richtig was wert."

„Jedenfalls mehr als unser Euro heutzutage", brummelte Protnik zustimmend. „Was mich übrigens am meisten wundert: was für riesige Summen da so kurz nach Kriegsende und nach dem völligen Zusammenbruch schon wieder im Umlauf gewesen sind ..."

„...während sich die einen krumm und bucklig geschuftet haben, da haben die anderen bereits wieder ihre Millionengeschäfte betrieben. Grade so, als sei nie etwas gewesen."

„Mehr noch: gerade deshalb, weil ja alles in Trümmern lag, haben die sich am Wiederaufbau dumm und dämlich verdient.

Meistens waren da ja doch noch dieselben alten Kanäle vorhanden, wie vorher. Jetzt halt in der zwangsläufig demokratisch gewordenen Bundesrepublik. Ganz nach dem Motto: ganz egal, wer unter uns regiert – Hauptsache, der Rubel rollt."
„Gut formuliert. Und du hast ja größtenteils recht – aber das bringt uns jetzt auch nicht weiter. Kommen wir also zurück zum Kern dieses Artikels. An was erinnert uns das alles wohl? Aber bevor du antwortest: Lies erst mal das hier auch noch. Das ist acht Jahre später erschienen und beschäftigt sich mit exakt denselben Machenschaften. Auch damals haben sie es also schon geschafft, solche Verfahren endlos hin zu ziehen, bis es niemanden mehr richtig interessiert hat."
„Von wann ist das?" Angestrengt kniff Protnik die Augen zusammen. „Noch mal der „Spiegel". Ausgabe 8/1958."
„Ich hab dir die wichtigsten Passagen wieder gelb unterstrichen."
„Zumindest das habe sogar selbst ich inzwischen bemerkt", knurrte der Kollege säuerlich. „Blöd und gleichzeitig blind bin ich nämlich dann doch nicht ..."
„Ich meine ja bloß – schließlich waren die Artikel früher deutlich länger und wesentlich detaillierter geschrieben, als die von heute. Außerdem scheinen mir die Journalisten wesentlich mutiger und couragierter gewesen zu sein, als die in den heutigen Tageszeitungen. Oder vielleicht haben ihnen die Verleger auch schlichtweg viel mehr Freiheiten gelassen, als das heute der Fall ist. Das ist meiner Ansicht nach auch so ein interessantes Phänomen – um nicht zu sagen, ein weiterer Beweis für die zunehmende Hasenfüßigkeit und die schleichende Verdoofung unserer Gesellschaft durch die Medien. Die scheinen ja der Meinung zu sein, unser einen nur noch mit Schlagzeilen und superkurzen Pseudoartikeln informieren zu können."
„Na ja: da gibt's doch aber auch noch „Die Zeit", die ist jede Woche kiloschwer", hielt Protnik dagegen.
„Die Zeit, puh. Die wird eh schon von denen gelesen, die sowieso an Politik interessiert sind. Das ist nicht der Punkt. Aber der Rückzug aus der Fläche, das Dünnerwerden der normalen

Tageszeitungen, das ist es, was mir Sorgen macht. Die sogenannte Elite wird immer Mittel und Wege finden, sich sorgfältig und umfassend zu informieren – aber die breite Masse, was ist mit der? Und genau um die geht es doch. Alles Leute, die wählen gehen oder die Wahlen boykottieren, was dann ja noch schlimmer ist. Aber genau diese Menge an Wählern und Nichtwählern, die entscheidet in Wirklichkeit die Wahlen, nicht die Leser der „Zeit".

„O.k. Ich habe verstanden, worauf du hinaus willst – aber jetzt lass mich bitte erst mal das hier lesen." Wieder beugte sich Protnik über den von seinem Kollegen mit Signalstift unterlegten Artikel und begann, halblaut zu lesen: „Geld und Sühne – Oberbürgermeister Klett, Stadtkämmerer Hirn und die beiden Stadträte Schmid und Wachmeier hatten vor acht Jahren als Mitglieder des Verwaltungsrates und des Kreditauschusses der Girokasse dem Stuttgarter Unternehmer Bürkle nach und nach acht Millionen Mark Kredit gewährt – anfangs, ohne sich mit angemessener Sorgfalt über Bürkles Kreditwürdigkeit zu informieren, später, um die Pleite abzuwenden – was nicht gelang. Bürkles schlecht geführte, unrentable Betriebe brachen zusammen und erwiesen sich als nicht sanierbar. Die Girokasse konnte mit Mühe und Not aus dem Bürkle-Betrieb rund zwei Millionen Mark retten, die restlichen sechs Millionen aber war sie los.

In dieser Situation hatte die Girokasse nur eine Hoffnung, wenigstens einen Teil der Verluste auszugleichen: Sie musste sich an die leichtsinnigen Kreditbewilliger halten, also an Klett, Hirn und die übrigen Mitglieder des Kreditauschusses. Ein Strafverfahren gegen diese Gruppe endete ohne Ergebnis: es wurde auf Grund des Amnestiegesetzes eingestellt. Daraufhin verklagte der Regierungspräsident von Nordwürttemberg als Aufsichtsbehörde der Girokasse den Oberbürgermeister und seine kreditfreudigen Mitarbeiter auf Schadenersatz. Zunächst wurden nur 400.000 Mark eingeklagt, um die Prozesskosten niedrig zu halten. Klett und Genossen wurden prompt verurteilt, 400.000 Mark Schadenersatz zu zahlen."

„Da! Da unten – da geht's weiter – das andere kannst du ruhig weglassen", tippte Horst auf die entsprechende Stelle seines Ausdrucks, um sich prompt ein genervtes „Er kann es einfach nicht sein lassen!" einzuhandeln.
Im Grund genommen hatte der Freund und Kollege ja recht. Aber andererseits: es war doch nur gut gemeint.
„Also, darf ich jetzt bitte weiter lesen?" knarzte Protnik und fuhr in seiner halblaut gemurmelten Lektüre fort: „Über den Grad der Klettschen Fahrlässigkeit aber hatte sich keines der mit dem Bürkle-Skandal befassten Gerichte ausgelassen und es hätte neuer Prozesse bedurft, um diese Frage zu klären. Der Regierungspräsident von Nordwürttemberg, Dr. Wilhelm Schöneck, dem die Dienstaufsicht über Stuttgarts Stadtverwaltung wie über die Girokasse obliegt, ließ sich jedoch, um neue Prozesse zu vermeiden, vom Ministerrat des Landes Baden-Württemberg bevollmächtigen, den Bürkle-Skandal nebst allen Folgen endgültig zu „bereinigen". Oha!"
„Ja. Genau!" Horst konnte es nicht vermeiden. Es musste einfach heraus: „Jetzt kommt's!"
Protnik schien zwischenzeitlich beschlossen zu haben, weitere Einmischungen einfach zu ignorieren. Nur ein kurzes, unwirsches Schnauben ließ den Rückschluss zu, dass die Botschaft wohl dennoch bei ihm angekommen war. Immerhin: an der von Horst ausgewählten Stelle ging es weiter: „Für diese Aufgabe war der Dr. Schöneck sowohl zuständig als auch geeignet, da er nicht nur als Regierungspräsident, sondern auch als Stuttgarter Bürger um das Wohl der Stadt besorgt ist.
Er wohnt in der Geißeichstraße ..."
„Das ist da oben in Botnang. Allerbeste Wohn- und Aussichtslage!"
„Dass der sich keinen Bauplatz im Feuerbacher Industriegebiet beschaffen wird, darauf wäre sogar ich gekommen", schnappte Protnik scharf zurück. „Also: weiter im Text. Wo bin ich unterbrochen worden? Aha: hier: „...er wohnt in der Geißeichstraße auf einem Grundstück, das die Stadt Stuttgart eigentlich zum Bau eines Kinderheimes gekauft hatte, es dann aber dem

Regierungspräsidenten preisgünstig überließ: der Quadratmeterpreis betrug zu jener Zeit rund 70 Mark, Regierungspräsident Schöneck jedoch zahlte nur knapp die Hälfte dieses Preises. Die Anlieger der Geißeichstraße wunderten sich auch, dass Dr. Schöneck sein Haus mehrgeschossig bauen durfte, obschon ihnen allen nur eingeschossigen Bauten genehmigt worden waren.
Dr. Schöneck also erarbeitete einen Vorschlag zur endgültigen „Regelung" des Bürkle-Skandals, der den Schadenersatzpflichtigen alles, der Girokasse dagegen nichts ließ und den er rechtzeitig zum 60. Geburtstag seines SPD-Genossen Hirn dem Stuttgarter Stadtparlament und dem Verwaltungsrat der Girokasse zur Bewilligung vorlegte.
Die von Schöneck ausgeknobelte Regelung, die von beiden Gremien gegen wenige Stimmen gebilligt wurde, sieht so aus:
– Die rechtskräftig zu 400.000 Mark Schadenersatz verurteilten Dr. Klett, Hirn, Schmid und Wachmeier brauchen vom 1. Januar 1958 an keine Schadenersatzzahlungen mehr zu leisten.
– Die bereits gezahlten Beträge in Höhe von 85.350 Mark bekommen Klett und Genossen zurück, müssen davon aber die Kosten ihrer verlorenen Zivilprozesse (73.523 Mark) begleichen.
– Die Kosten für das eingestellte Strafverfahren (21.950 Mark) übernimmt die Stadt Stuttgart.
Regierungspräsident Schöneck propagierte diesen unmotivierten Verzicht der Girokasse auf jeglichen Schadenersatz als einen Akt der Weisheit und der Gerechtigkeit: „Das, was die Herren bis jetzt bezahlt haben, ist ein schöner Brocken Geld. Es lässt sich also mit gutem Gewissen der Standpunkt vertreten, dass hier der Sühne genug geschehen ist."
Dabei übersah der Regierungspräsident freilich, dass nach seiner Regelung überhaupt keine „Sühne" geschehen ist, denn was die Verurteilten bezahlt haben, sind lediglich die Kosten ihres verlorenen Zivilprozesses.
Dass dem Regierungspräsidenten bei seiner „Regelung" nicht sehr wohl war, ließen seine emsigen und teilweise erfolgreichen

Bemühungen erkennen, sich die Diskretion der Stuttgarter Presse zu sichern.
Bei diesem Stand der Dinge haben die Stuttgarter nur noch geringe Hoffnung, jemals Klarheit darüber zu erlangen, in welchem Ausmaß ihr Oberbürgermeister die Millionenverluste der Städtischen Girokasse verschuldet hat.
Die Girokasse erhielt als Schadenersatz lediglich 44.200 Mark, die von zwei ebenfalls in den Bürkle-Skandal verwickelten früheren Girokassen-Direktoren eingetrieben wurden, sowie 80.000 Mark von der Haftpflichtversicherung Kletts, Hirns und der übrigen Kreditbewilliger."
„Puh! Das ist ja echt ein starker Tobak! Und dabei hat man mir früher immer eingetrichtert, so was gebe es nur im Ostblock – weshalb das ganze marode System dort auch in sich zusammen gebrochen sei!" Mit einem angewiderten Gesichtsausdruck legte Michael Protnik die Zeitungskopie zur Seite und lehnte sich kopfschüttelnd zurück.
„Da staunst du, nicht wahr?"
„Kann man so sagen! Was für eine üble Mischpoke! Der Kerl hat ja ordentlich Dreck am Stecken. Und so einem widmen sie später dann auch noch die ganze Einkaufspassage beim Bahnhof. Als ob da nie etwas gewesen wäre! Unglaublich ..."
„... aber leider Tatsache. Manchmal tut so ein Blick in die Vergangenheit schon gut – einfach, um manche Vorgänge in der Gegenwart besser begreifen zu können. Womit wir also wieder bei unserem eigentlichen Thema wären. Das sind nämlich exakt dieselben Vorgehensweisen. Damals wie heute. Eine regelrechte Kettenreaktion. Samt der völligen Vermischung von Geld, Politik und Privatinteressen. Bürkle, Klett, Saurer, Treber und Konsorten: die Kontinuität des Üblen rund um den Nesenbach. Ich glaube, es könnte ein guter Weg sein, um diesem Fall auf den Grund zu gehen. Ein ganz neuer Ermittlungsansatz ..."
„Wie das?"
„Wir müssen uns dieser ganzen Sache aus der Geschichte heraus annähern. Alles an Fakten sammeln und sichten, was die Archive hergeben. Ich könnte mir vorstellen, dass wir es in diesem

Fall wirklich schaffen können, wenn wir das Pferd ausnahmsweise vom Schwanz her aufzäumen."

„Die Lösung des Rätsels liegt in der Vergangenheit!"

„Du brauchst gar nicht so spöttisch tun. Ich glaube das wirklich. Denk doch nur mal an die Strukturen beim Bürkle-Skandal: an diese ganze Melange aus Wirtschaft, Banken, lokaler Politik, Landespolitik, Gschäftlesmachern, Tagdieben und Geldhaien. Die alt bewährte Nesenbachconnection feiert fröhliche Urstände!"

„Was freilich erst einmal zu beweisen wäre." Protnik verschränkte die Arme vor der Brust und lachte bitter in sich hinein. „Das wird genauso unmöglich werden, wie diese Sache hier vor bald 60 Jahren zu einem fairen Abschluss gelangt ist. Im Grunde genommen ist das die eigentliche Botschaft, die ich aus der Lektüre von den beiden Artikeln erhalten haben. Wir haben keinerlei Chance."

„Michael! Was soll denn das? Seit wann gibst du denn einfach klein bei? Das habe ich bei dir ja noch nie erlebt ..."

„Ist ja auch nicht ganz so gemeint. Ich meine nur, dass unsere Chancen realistischerweise gegen Null tendieren, da irgendwie Licht ins Dunkel zu bringen. Hauptsächlich bei den heutigen Connections, die ja noch um ein vielfaches schlimmer sind, als die von damals. Aber nun gut: Himmelfahrtskommandos haben mich ja schon immer gereizt. Wieso sollte das dieses mal anders sein. Lass uns ans Werk gehen Horst. Wir haben zwar nicht den Hauch einer Chance, aber zumindest diesen werden wir nutzen!"

„Genau das wollte ich hören!" Horst strahlte über das ganze Gesicht. „Na dann, Freunde des Zwielichts im Stuttgarter Untergrund: ihr könnt euch ruhig schon mal warm anziehen. Wir kommen – und zwar gleich doppelt. Denn mein guter alter Sputnik ist endlich wieder da!"

„Auf sie mit Gebrüll!"

„Hurra!"

Vor lauter Schreck ließ Claudia das Tablett mit den Kaffeetassen fallen, das sie gerade ins Esszimmer hatte bugsieren wollen, als

sie völlig ahnungslos und unvermutet mitten in das plötzlich beginnende Jubelgeschrei geriet. Mit einigem Getöse zerschellte die schöne Porzellanware auf dem Fliesenboden des Meyerschen Eigenheims.
„Auch recht“, kommentierte Horst achselzuckend, während er seine zu Tode erschrockene Ehefrau behutsam in die Arme nahm. „Scherben bringen Glück – und davon können wir momentan gar nicht genug haben!“

*

23

„Hast du das schon gelesen?“
„Nein, was denn?“ Neugierig wandte sich Horst der Zeitungsseite zu, die ihm Claudia über den Frühstückstisch entgegen streckte.
„Das da unten. Die Lobhudelei auf deinen Busenfreund!“
„Mein Busenfr ...“ der Begriff blieb Horst buchstäblich im Hals stecken, als er den Artikel ins Visier genommen hatte. „Der Huber Fritz! Nicht schon wieder der!“
„Doch. Gerade der. Und immer wieder. Der muss jetzt überall gute Laune und gute Nachrichten im Zusammenhang mit sich und seinen Pleitebanken verbreiten. Der nette Herr Huber. Und es scheint ja auch zu klappen ...“
„Seit wann gibt es einen Zeitungsartikel, wenn jemand seinen 66. Geburtstag feiert?“
„Seit heute“, gab Claudia trocken zurück. „Das scheint wirklich ein wahrer Meister im Strippenziehen zu sein, wenn er sogar so etwas schafft. Das hat der wirklich wunderbar gedeichselt.“
„So gesehen schon. Das muss ihm der Neid lassen. So unmöglich ich das Ganze auch finde.“
„Jetzt lies erst mal, was da alles steht. Da wirst du dann erst recht vom Glauben abfallen.“

Horst beschrieb eine abwehrende Geste und streckte die Zeitung weit von sich. „Ich glaube, ich will das gar nicht lesen. Ich möchte nicht unbedingt schon morgens bei Frühstück einen Würgereiz verspüren.“
„Augen zu und durch!“ widersprach ihm Claudia. „Wer seine Gegner nicht genauestens analysiert und über jeden ihrer Schritte Bescheid weiß, der hat schon verloren, bevor es richtig los geht.“
„Ich weiß gar nicht, ob es überhaupt losgeht“, wagte Horst den Versuch eines weiteren, jedoch wenig überzeugenden Widerspruchs. Allein ein kurzer Blick in die Miene seiner Ehefrau lies ihn kapitulieren. „Ok, ok, ich mach's ja.“
„Lies ruhig laut, ich habe die Eloge vorher nur kurz überflogen.“
„Wenn du dir das wirklich anhören willst“, seufzte Horst schicksalsergeben und hielt sich die Seite mit dem Artikel direkt vor die Augen. Dann endlich begann er mit seinem Vortrag. „Zum 66. Geburtstag von Herrn Ehrensenator Fritz Huber ...“ Horst kam schon beim ersten Satz ins Stocken und tippte sich mit der linken Hand enerviert gegen die Stirn. „Man fasst es nicht: dieser Huber, der Herr Landesbanker und Ehrensenator. Kriegt eine Drittelseite!“
„Jetzt lies schon weiter!“
„Also: „Zum 66. Geburtstag von Herrn Ehrensenator Fritz Huber ...“
Die weitere Lektüre des Artikels verlief nicht weniger unerfreulich, wie schon der Beginn. Im Nachhinein betrachtet handelte es sich um ein exaktes Spiegelbild des Tages, der auf Horst im Büro warten würde.
Außerhalb von Heilbronn hatten sich in der vergangenen Nacht die Ereignisse dramatisch zugespitzt ...

*

24

„So, da haben wir jetzt den Salat!"

„Was meinst du damit?"

Anstelle einer verbalen Erklärung deutete Horst Meyer mit dem Zeigefinger auf die Schlagzeile der Zeitung, die er gerade erst aus dem Briefkasten gezogen hatte und hielt sie in Claudias Blickfeld. Es bedurfte keiner drei Sekunden, da hatte seine Ehefrau den Artikel hastig überflogen. „Du meine Güte! Jetzt gibt es auch schon Tote bei diesem sinnlosen Projekt. Das darf ja wohl nicht wahr sein!"

„Ist es aber – leider", kommentierte Horst trocken und widmete sich ein zweites Mal kopfschüttelnd der Schlagzeile auf Seite 1: „Tod im Pumpensumpf – Stuttgart 21 fordert weiteres Todesopfer!" stand da unübersehbar schwarz auf weiß zu lesen.

„Jetzt weiß ich auch, weshalb der Klocker gestern nicht am vereinbarten Treffpunkt aufgetaucht ist."

„Du meinst ..." Claudia schluckte trocken. „Du meinst, dass es euer Informant ist?"

„Da wette ich mit dir!" nickte der Kommissar bitter. „Ich habe gestern abend schon so ein ungutes Gefühl gehabt – jetzt weiß ich auch, warum. Denn der Klocker, das war keiner, der vereinbarte Treffen so einfach hätte platzen lassen!"

„Jetzt sprich doch nicht schon in der Vergangenheitsform von ihm", protestierte Claudia. „Vielleicht ist es ja ganz anders und er lebt noch."

„Nie und nimmer! Das kannst du mir glauben. Das spüre ich. Ein Telefonat, und ich kann es dir bestätigen."

„Worauf wartest du dann noch? Dann geh halt endlich ans Telefon!"

Einen Telefonanruf später war Horsts Vermutung zur bitteren Gewissheit geworden. Bei dem Opfer auf der S-21-Baustelle handelte es sich tatsächlich um Uwe Klocker.

„Das ist ja schrecklich! Jetzt begreife ich erst, in welche Gefahr ihr euch da mal wieder begeben habt!" Mehr und mehr schien jetzt auch Claudia in Panik zu geraten.

„So schlimm ist es nun auch wieder nicht. Jetzt setz dich erst einmal hin. Ich hole dir ein Glas Wasser zur Beruhigung."
Es dauerte geraume Zeit, bis sich Claudia einigermaßen gefangen hatte und sich in der Lage fühlte, ihre nächste Frage zu formulieren. „Und wie ist es passiert? Haben sie dir das auch sagen können? Stimmt es tatsächlich, was in der Zeitung steht, dass die Ermittler von einem Unfall ausgehen?"
„Allerdings", knurrte Horst und ballte in ohnmächtiger Wut die Fäuste. „Das haben mir die Kollegen bestätigt. Viel mehr nachfragen habe ich ja nicht können, um niemanden misstrauisch zu machen in Stuttgart. Da traue ich allmählich gar niemandem mehr. Jedenfalls muss es in der Direktion gleich mehrere Maulwürfe geben, das kann gar nicht anders sein. Aber klar ist, dass die Ermittlungen bereits eingestellt sind. Der Fall Klocker ist schon bei den Akten gelandet. Todesursache Ersticken aufgrund eines nicht vorhersehbaren Wassereinbruchs an einer der Spundwände, was eine Schlammlawine ausgelöst hat, die den armen Klocker unter sich begraben hat. Keinerlei Zeichen einer Gewaltanwendung."
„Na, Gott sei Dank. Dann war's ja vielleicht doch ein Unfall", atmete Claudia auf.
„Sonst noch was!" tippte sich Horst vielsagend mit dem Zeigefinger gegen die Stirn. „Aber ich kenne die ermittelnden Kollegen. Das waren genau die richtigen für diese Untersuchung. Mit denen konnte man von Anfang an sicher davon ausgehen, dass nichts herausgefunden wird – und dass die Bauarbeiten auch keine drei Stunden lang unterbrochen werden mussten. Zeit ist schließlich Geld! Todesopfer hin oder her."
„Es ist ja nicht zu fassen!" stöhnte Claudia kopfschüttelnd.
„Aber leider wahr. Höchste Zeit, dass sich in diesem Land etwas ändert, nachdem diese Einheitspartei seit fast 60 Jahren am Ruder ist und mit ihrem schwarzen Filz allmählich auch das letzte bisschen Unabhängigkeit erstickt."
„Du phantasierst! Du kannst doch nicht die Regierung für dieses Unglück verantwortlich machen!"

„So ganz allmählich glaube ich an gar nichts mehr! Schau an, wie sie dafür sorgen, dass die Ermittlungen sofort beendet werden, bevor sie richtig begonnen haben. Es gibt doch kaum noch einen Freiraum, in den diese Typen inzwischen nicht hinein regieren ..."
„Schon, aber ..."
„Wie man es auch dreht und wendet: Es bleiben zwei Fragen offen. Was wollte er an der Baustelle, noch dazu an dieser Stelle? Die hatte nämlich mit seiner eigentlichen Arbeit nicht das geringste zu tun und zweitens: was wäre, wenn der Wassereinbruch gar nicht zufällig zustande gekommen ist, sondern wenn man ihn absichtlich hierher gelockt hat und dann ‚Wasser Marsch' seltsam, oder? Ausgerechnet zu dem Zeitpunkt versagt dieses sogenannte Wassermanagement ..."
„Wassermanagement! Wenn ich das schon höre: Wassermanagement! Reines Wortgeklingel. Dabei geht es um nichts anderes, als um das Abpumpen von Wasser. Wieso kann man so etwas denn nicht bei seinem richtigen Namen nennen?"
„Weil's halt heutzutage schick ist, den Dingen einen schmucken Begriff zu verpassen. Wassermanagement statt einfach nur Abpumpen. Du musst zugeben, das klingt schon besser."
„Aber das spielt jetzt keine Rolle. Jetzt geht es um deine Vermutung, die du grade in den Raum gestellt hast. Du meinst also, das war keine Verkettung tragischer Umstände? Da war vielmehr Manipulation im Spiel?"
„Ich denke schon. Denn so viele Zufälle auf einmal, die gibt's doch gar nicht. Ausgerechnet der Mann, der Protnik und mir die Fakten liefern will, kommt kurz bevor er das tun kann, ums Leben. Zufall? Da steckt mehr dahinter."
„Klingt leider plausibel. Die Frage ist nur: wie willst du das beweisen?"
„Tja, da sind wir jetzt am entscheidenden Punkt. Das werde ich nicht schaffen. Schon gar nicht, wenn das tatsächlich irgendwas mit S21 zu tun hat. Das war ganz schön raffiniert, ihn ausgerechnet in der Baustelle am Bahnhof umzubringen. Wo sowieso jeder und alles schon auf hundertachtzig ist. Verbrannte Erde,

wohin man schaut. Die einen, die jetzt wieder sagen werden: da seht ihrs! Ein weiteres Menschenleben ist einem wahnwitzigen Bahnprojekt zum Opfer gefallen und die anderen, die offizielle Seite, die alles daran setzt, um die Kuh möglichst schnell vom Eis zu bringen. Sprich: tragischer Unglücksfall eben. Wie willst du aus diesem ganzen Interessensgeflecht die Wahrheit heraus filtern. Unmöglich!"

„Und euere bisherigen Ermittlungen? Die sind damit allesamt ganz am Ende?"

„Tja... es scheint fast so. Obwohl", krachend donnerte Horsts Faust in diesem Augenblick auf den Wohnzimmertisch, während Claudia erschrocken zusammen zuckte.

„Horst! Was soll das denn?!"

„Entschuldige bitte, aber du hast recht! Das alles darf nicht umsonst gewesen sein. Es kann nicht sein und es darf auch nicht sein. Ich muss also dringend mit dem Sputnik reden."

„Aber ja nicht am Telefon!"

„Nein, natürlich nicht. Wir müssen uns treffen. Und am besten mache ich das von einer Telefonzelle aus klar."

„Und zwar möglichst rasch."

„Logisch." In einem grimmigen Entschluss ballte Horst die Fäuste. „So wahr ich hier stehe: so schnell werden wir nicht klein bei geben. Denn da muss noch irgendwo irgendetwas sein. Irgendwo hat der Klocker sicher etwas hinterlassen, wir müssen es nur finden. Das Schlimme ist halt, dass wir weder wissen, wo wir suchen sollen, noch was wir eigentlich suchen müssen."

Aber jetzt erst einmal eine Telefonzelle suchen. Falls sich in Heilbronn überhaupt noch eines dieser übel versifften Dinger aus dem Prähandy-Zeitalter finden ließ. Möglichst eine diskrete Sprechmöglichkeit, also nicht die am Bahnhof, wo jeder mithören konnte. Er würde Protnik so rasch wie möglich zu sich bitten. Mittels diesem einen, zwischen ihnen abgesprochenen Codesätzen, mit dem Michael sofort begreifen würde.

*

25

Nach einer miserablen Nacht, in der er sich in einem unruhigen, von Alpträumen durchzogenen Schlaf gewälzt hatte, war Horst Meyer dementsprechend unausgeschlafen und in einer miserablen Verfassung aus dem Bett gekrochen.

Es dauerte geraume Zeit, bis er sich darüber im Klaren war, was in seiner Erinnerung an die vergangene Nacht zum Bereich der Traumphantasien gehört – und welche realen Ereignisse sich tatsächlich in seine Träume gemischt hatten.

Vor allem war da diese Sache mit dem tödlichen Unfall in einer Stuttgarter Baustelle. Im Umfeld der Bahnhofsbaustelle.

Das Opfer namens Uwe Klocker. Wohnhaft in Stuttgart-Hedelfingen.

Der Ehemann jener Frau, die sich zweimal nacheinander in kurzen Abständen in ärztliche Behandlung hatte begeben müssen. Erst wegen der zerschnittenen Hände, nachdem sie versehentlich in eine mit Glasscherbe gefüllte Mülltonne gefasst hatte, und dann war da noch die Sache mit der Entkalkerflasche gewesen, die angeblich von ihr mit dem Shampoo verwechselt worden war ...

Noch mehr dumme Zufälle ...

Weitere Verkettungen unglücklicher Umstände ...

Und jetzt der tödliche Unfall ihres heimlichen Informanten.

Den ganzen Tag und nahezu die ganze Nachtzeit zwischen den Alpträumen hatte er sich sein Hirn zermartert: wer waren die Täter? Und: wie viel wussten sie von den bisherigen Ermittlungen und den daran beteiligten Personen? Wie eng waren sie Horst und Michael bereits auf den Fersen?

Spätestens ab jetzt war es brandgefährlich.

Jetzt ging es nicht mehr nur um die Karriere.

Sondern um die Existenz.

Ganz offenkundig scheuten diese Typen vor nichts zurück, falls jemand ihre Geschäfte zu stören drohte. Noch nicht einmal vor ...

*

26

Er hatte sich zur absoluten Ruhe verpflichtet. Jetzt bloß nicht auch noch die Claudia nervös machen. Das half momentan auch nicht weiter. Zumindest den Tag über nicht. Es reichte, wenn es am Abend weiter ging. Wenn sie zusammen mit Michael Protnik die Sache analysierten.

„Sag mal, wie siehst du denn aus?" Claudia war der jammervolle Zustand ihres Ehemannes natürlich nicht entgangen und musterte Horst mit einem dementsprechend besorgten Blick.

„Ach. Ich habe halt schlecht geschlafen. Hab vom Verkehrskollaps geträumt und so", versuchte Horst mit einiger Mühe, einen möglichst unbefangenen Tonfall anzuschlagen.

„Wie ... Verkehrskollaps?"

„Ha, weil die doch immer sagen, dass alles zusammen bricht, wenn dieses Stuttgart 21 nicht gebaut wird."

„Was für ein Blödsinn", stöhnte Claudia. „Auch so ein beliebtes Totschlagsargument."

„Allerdings. Aber es scheint zu wirken."

„Ach was. Denk doch nur mal an den Marinerichter, der damals auch versucht hat, die Leute für dumm zu verkaufen."

„Welchen Marinerichter?"

„Ha, den Filbinger. Weißt du nicht mehr? Der hat ja in den 70iger Jahren gesagt, wenn das Atomkraftwerk Wyhl am Kaiserstuhl nicht sofort gebaut werde, dann gingen in Deutschland die Lichter aus."

Horst schaffte ein gequältes Grinsen. „Alternativlos würde man heute dazu sagen."

„Und? Ist Wyhl gebaut worden?"

„Nein."

„Aber die Lichter brennen trotzdem noch."

„Na ja, dieser Filbinger. Komm, geh mir fort mit dem. Der hat ja sowieso zeitlebens an zerebraler Insuffizienz gelitten."

„Wie meinst du das?"

„Hat sich ja nicht mal mehr an seine Todesurteile erinnern können, die er als Marinerichter unterschrieben hatte."

„Ist halt später ein Berufspolitiker geworden. Da scheinen mir Erinnerungslücken allmählich so eine einfache Art Berufskrankheit zu sein. Wenn nicht gleich ‚burn out'. Ebenfalls sehr beliebt. Schon wegen der amerikanischen Wortwahl. Klingt klasse. ‚Ausgebrannt' klingt dagegen scheußlich. Aber ‚burn out' ... Oder meinetwegen eben die gute alte Erinnerungslücke, die ja seit unserem aktuellen Finanzminister auch wieder ziemlich populär ist. Kann sich einfach nicht mehr daran erinnern, woher er 100.000 Euro bekommen hat. Also ich wüsste das schon noch ... Folglich lautet mein Umkehrschluss: diese Krankheit dürfte mutmaßlich höchst ansteckend sein."

„Du als Ärztin müsstest das ja beurteilen können."

„Du sagst es. Denk nur mal an unseren tragikomischen Schnatterich. Wie der sich bei der Trauerfeier in Freiburg für den verstorbenen Marinerichter auch nicht mehr daran erinnern konnte, dass der Kerl damals als Ministerpräsident wegen seiner Lügerei hat zurück treten müssen. Der hat ihn dann ja sogar noch zum Widerstandskämpfer hochstilisiert!"

„Oh ja! War das vielleicht eine peinliche Nummer. Wie kann man nur!"

Claudia machte eine eindeutige Handbewegung. „Weil auch dieser arme Kerl unschuldig war. Eben wegen zerebraler Insuffizienz. Oder Blackout, so hat's früher geheißen. Beispielsweise damals bei diesem CSU-Innenminister, den sie der Lüge überführt hatten. Und damit war dann alles entschuldigt ..."

„Der Zimmermann! Old Schwurhand!"

„Ja, genau, so hieß der."

„Stimmt! Der ist trotz eindeutig nachgewiesener Lüge tatsächlich im Amt geblieben."

„Oder denk an dieses besonders unfassbare Prachtexemplar von einem Mitglied des Deutschen Bundestags. Dieser Kerl aus dem Ostalbkreis."

„Oh je! Ich weiß, wen du meinst! Bleib mir um Himmels Willen bloß weg mit dem! Der ist so schwarz, dass er selbst noch im Kohlenkeller Schatten werfen würde ..."

„Immerhin hat der damals ja den Vogel abgeschossen, als er den Oettinger wegen dessen verunglückter Filbingerrede mit Zähnen und Klauen verteidigt hat. Und erst lange nachdem selbst der Oettinger kräftig zurück gerudert ist, hat unser Ostälbler irgendwann mit zusammen gebissenen Zähnen gesagt, er wisse auch nicht, wie er so was habe sagen können. Er wundere sich nun sogar ein bisschen über sich selbst!"
„Herrlich!"
„Ja, das ist so schräg, dass es schon wieder gut ist."
„Vertriebenen-Funktionär ist der übrigens auch noch."
„Logisch! Von daher kommen ja meistens die ganz scharfen Wadelbeisser."
„Keine noch so peinliche Erinnerungslücke kann denen groß genug sein, um nicht bemüht zu werden. Inzwischen behaupten sie sogar, in Wahrheit hätten die Polen den zweiten Weltkrieg begonnen."
„Da bleibt einem echt die Spucke weg."
„Immerhin weißt du dann gleich, wes Geistes Kind vor dir steht. Und wie du diese ganzen Alternativlos-Argumente zu bewerten hast, mit denen sie momentan um sich werfen: Eisenbahnmagistrale. Stuttgart 21: lebenswichtig für das ganze Land und so weiter und so fort ..."
„Lug und Trug, wohin du auch schaust."
„Wie ist das jetzt eigentlich mit diesem so genannten Stresstest, den der Schlichter verlangt hat und den beide Seiten akzeptiert haben? Die müssten jetzt mit der Bauerei doch abwarten, bis sich erwiesen hat, ob der geplante Tiefbahnhof tatsächlich mehr Leistung bringt, oder ob er ergänzt werden muss – was wiederum die Kosten explodieren ließe und das Ende für Stuttgart 21 bedeuten würde. Die können jetzt doch nicht einfach weiterbauen. Das ist doch ungehörig."
„Jetzt komm bitte nicht mit Moral und Anstand daher. Hier geht es um Geld. Und zwar um extrem viel Geld. Um sonst nichts!".
„Aber so geht das doch nicht!"

„Du siehst es ja. Die Bahn braucht mehr Kapazität. Da ist Eile geboten, sonst droht der Verkehrsinfarkt auch auf der Schiene."
„Blödsinn!" schüttelte Claudia heftig den Kopf. „Alles Argumente aus der Mottenkiste."
„Aber es gibt viele Leute, die das tatsächlich glauben."
„Die Zeitungen drucken diesen Blödsinn ja auch immer wieder brav ab."
„Eben. Steter Tropfen höhlt den Stein."
„Aber irgendwann könnte so ein Journalist ja auch mal an seine Verantwortung denken!"
„Claudia!" lachte Horst bitter. „So naiv bist du doch sonst nicht. Die halten es lieber nach der Vogel-Strauß-Devise und geben brav wieder, was ihnen die tonangebenden Herrschaften in den Block diktieren. Besonders diese Bürgermeister auf dem flachen Land, die ja inzwischen alle von ihren Landräten und Regierungspräsidenten flott gemacht worden sind, dass sie der Bevölkerung sagen, wie wichtig Stuttgart 21 für Muggensturm oder Walddorfhäslach ist. Unverzichtbar!""
„So ein Blödsinn! Dass S21 kein Bahnprojekt sondern ein gigantisches Immobiliengeschäft ist, das müsste inzwischen doch auch der allerletzte, kohlrabenschwarze Schultes im finstersten Oberschwaben begriffen haben."
„Da habe ich meine Zweifel. Hast du eine Ahnung, wie dunkel es in so einer Seele zugeht? Viele von diesen Parteisoldaten faseln tagtäglich von wegen Bahn und Börsengang, fit machen für die Herausforderungen des 21. Jahrhunderts. Die Bahn AG als Weltkonzern und so weiter und so fort. Der Wahnsinn hat längst Methode."
„Aber das kann doch nicht wahr sein! Selbst so ein Hintertupfingschultes hat doch nicht nur Stroh im Kopf!"
„Dafür aber das richtige Parteibuch. Nibelungentreue und so. Denk halt wieder an Wyhl. Wie erbittert haben die sich damals für dieses AKW verkämpft! Die haben den ganzen Quatsch mit den ausgehenden Lichtern noch herum posaunt, als selbst der Filbinger begriffen hatte, dass die Sache gescheitert war – und zwar am breiten bürgerlichen Widerstand, nicht an den so gerne

beschworenen Chaoten. Aber wie gesagt, bis das dann bei den strammen Parteifreunden in der Provinz endlich ankommt, fließt viel Wasser den Rhein und die Donau hinunter."
„Einparteiensysteme und Diktaturen sterben zäh und langsam."
„Es sei denn, man lebt in Tunesien oder Ägypten."
„Abwarten: auch da hat sich die Reaktion längst wieder zum Gegenschlag versammelt."
„Und trotzdem haben es die Tunesier geschafft, die reaktionäre Mischpoke davonzujagen." Claudia seufzte tief. „Vielleicht schaffen wir das ja irgendwann auch mal im Musterländle, das seinem Namen damit wieder alle Ehre machen könnte."
Auch ihr Ehemann nickte wehmütig. „Schön wär's – in der Tat!"
In dieser Sekunde klingelte es an der Haustüre ...

*

27
„Wieso denn die Eile?" An diesem Morgen verstand Horst Meyer die Welt ein weiteres mal nicht mehr, als er die Haustüre öffnete, worauf Michael Protnik grußlos ins Meyersche Eigenheim in Heilbronn-Sontheim stürmte.
„Ich habe unglaubliche Neuigkeiten!"
Der aufgrund seiner fürchterlichen Nacht noch immer völlig geräderte Hausherr ließ sich kraftlos auf das Wohnzimmersofa sinken. „Na, da bin ich jetzt aber gespannt."
„Über einen guten Kollegen aus Stuttgart habe ich in Erfahrung bringen können, dass sie doch ein bisschen weiter ermittelt haben, als das eigentlich ihr Auftrag war – und dass sie am Unglücksort DNA-Spuren sichergestellt haben. Da staunst du, was?!"
Horst staunte überhaupt nicht. „Na so was! DNA-Spuren. Ist ja wohl logisch, oder? Da wimmelt es schließlich nur so von Bauarbeitern."

Protnik tat so, als habe er den spöttischen Unterton gar nicht wahrgenommen. „Freilich – aber nicht jeder Bauarbeiter ist ein Krimineller oder hat schon mal einen genetischen Fingerabdruck abgegeben. Das findest du doch auch, oder?“
Schlagartig drückte Horst den Rücken durch. „Das heißt ... willst du damit etwa andeuten, dass sie einen Verdächtigen gefunden haben?“
„So kann man das auch wieder nicht sagen.“
„Wie dann?“
„Es ist ein Kollege.“
„Wie – ein Kollege?“
„Ein Polizeibeamter eben.“
„Ach komm. Das glaube ich nicht.“
„Ist aber so.“
„Das glaube, wer will. Ich nicht. Merkst du denn nicht, dass das allmählich zur Mode wird, bei diesen DNA -Tests! Denk nur an die Geschichte mit dem Phantom von Heilbronn ...“
„... da war's die Frau von der Verpackungsfirma für das Untersuchungsbesteck.“
„Und vorher hatten sie auch Polizistenkollegen im Verdacht. Komm geh mir fort mit dem ganzen DNA-Quatsch! Das ist ja auch der Grund dafür, weshalb der Heilbronner Polizistenmord höchstwahrscheinlich nie mehr aufgeklärt werden wird, weil sich alle nur auf dieses DNA-Zeugs versteift haben.“
„Wenn das nicht sogar von interessierter Seite ganz bewusst in diese Richtung geboxt wurde“, warf Claudia, die das Gespräch der beiden mit alarmierter Aufmerksamkeit verfolgt hatte, in die Debatte.
„Wie? Du meinst, da war Absicht im Spiel?“
„Ich meine gar nichts. Tatsache aber ist, dass Dutzende von Beamten mit allerhöchster Priorität ermittelt haben und dass nicht das geringste Ermittlungsergebnis dabei raus gekommen ist. Gerade weil sie sich dann alle auf die DNA-Spur gestürzt haben. Also ich finde das seltsam. Äußerst seltsam sogar. Trau, schau wem ...“.

Während Horst seine Ehefrau mit einem mehr als verwunderten Blick musterte, ließ sich Michael Protnik nicht von seiner Fährte abbringen.
„Das führt uns jetzt nicht weiter. Wir reden hier nicht vom Heilbronner Phantom, sondern von dem Todesfall in Stuttgart. Und dieses mal ist die DNA-Spur nicht nur verlässlich, sondern anscheinend auch nicht ganz ohne ..."
„Natürlich!" Horst bedachte seinen Kollegen mit einem mitleidigen Blick. „Und der Stuttgarter Kollege steckt dir das gleich einfach so. Verpfeift die eigene Dienststelle. Haha! Dass ich nicht lache!"
Aber Protnik ließ sich auch dieses mal nicht aus der Ruhe bringen. „Doch, es ist so. Mein Informant ist wirklich verlässlich – und dazu noch verschwiegen."
„Na dann – bin ich mal gespannt ..."
„Jetzt müsste man den Namen halt mal genauer unter die Lupe nehmen – kannst du das in Heilbronn vielleicht machen?"
„Ausgeschlossen! Die haben mich sowieso schon im Visier. Das weißt du doch!"
„Aber wenn ich das jetzt auch noch machen muss ..." Protnik begann allmählich doch, ob der ständigen Widerstände ungehalten zu werden. „Es ist doch wichtig, unsere Spuren möglichst breit zu streuen, um sie damit zu verwischen. Du sagst das doch immer."
„Ich habe schon befürchtet, dass du mir damit kommst. Aber in Heilbronn geht es wirklich nicht. Nach allem, was ich in den vergangenen Tagen gespürt und beobachtet habe, stehe da tatsächlich dermaßen unter Beobachtung, dass es das Dümmste wäre, was ich tun könnte."
„Auch nicht von einem anderen Rechner aus?"
„Auch das nicht. Ich sag dir ja: die haben mich ganz eng im isier. Aber wieso kannst du das denn nicht bei dir in Ulm machen. Oder sind sie dir auch schon so eng wie mir auf die Pelle gerückt? Davon hast du mir noch gar nichts erzählt."
„Nein, das nicht", druckste Protnik. „Aber so ganz ohne ist das halt auch nicht."

„Besser, als wenn ich das tue. Dann warte eben mal so lange, bis einer von deinen Ulmer Kollegen halt gerade beim Mittagessen ist, während sein Rechner weiter angeschaltet ist ..."
„Du weißt aber schon, dass ich in Teufels Küche komme, wenn mich dabei einer erwischt?"
„Du schaffst das schon. „Horst grinste dem ängstlichen Weggefährten aufmunternd in dessen zweifelndes Angesicht. „Irgendeinen Sinn muss deine Fahrt hierher doch gehabt haben."
„Na gut. Auf deine Verantwortung."
„Meinetwegen. Ach – übrigens: wie heißt der Kerl denn eigentlich, um den es geht? Nur für den Fall, dass ich in diesem Zusammenhang auch den einen oder anderen Namen zu hören bekomme."
„Thomas Müller."
„Puh. Ein klassischer Allerweltsname."
„So ist es halt."
„Kein Deckname?"
„Kein Deckname. Wie gesagt, ein Kollege."
„Und was weißt du über den?"
„So gut wie nichts. Deshalb wollte ich ja, dass du da ran gehst."
„Versuchen wirs auf zwei verschiedene Arten. Du über die interne Datenrecherche – und ich, falls mir der Name zufällig über den Weg laufen sollte."
„Einverstanden."
„Ich sage dir aber gleich: ich bleibe da skeptisch. Bei allem, was mit DNA zu tun hat sowieso."
„Abwarten!"
Am späteren Vormittag war ihr weiteres Vorgehen exakt festgelegt. Dabei hatten sie beschlossen, zunächst einmal gemeinsam in Stuttgart die eine oder andere alte Quelle neu zu beleben. Zwei Tage später würden sie deshalb gemeinsam nach Stuttgart fahren. Aus diesem Grund hatten beide Kommissare einen freien Tag in ihrer jeweiligen Dienststelle angemeldet, und dieses überraschende Vorgehen mit gewissen Ereignissen in der näheren Verwandtschaft begründet: „Nicht vorher absehbar gewesen, aber eben leider wichtig und unaufschiebbar".

*

28

Horst hatte Michael Protnik vom Stuttgarter Hauptbahnhof abgeholt. Danach war es mit Horsts Wagen durch das Zentrum der Landeshauptstadt gegangen.

Die Fahrt durch Stuttgart verlief wie gewohnt. „Was heißt hier eigentlich Fahrt. Man quält sich von Stau zu Stau. Im Zehn-Kilometer-Schneckentempo. Dieses Stuttgart! Es war ja bisher schon unerträglich in Stuttgart – zumindest autotechnisch. Aber mittlerweile! Das wird ja von Tag zu Tag schlimmer!"

„Ist halt die Autostadt Nummer 1. Die Keimzelle der weltweiten Mobilität!"

„Von wegen Mobilität. Wenn du Mobilität neu definierst, als die Erfindung des Dauerstaus, ja, dann schon. Während die Automanager längst mit dem Hubschrauber über uns drüber donnern und sich einen Ast über die Idioten da unten auf den verstopften Straßen lachen, die in den von ihnen fabrizierten Blechkutschen hocken. Von wegen 200 PS und so! Jetzt frage ich dich, was nützen mir 200 Pferdestärken, wenn ich mich von einer roten Ampel zur nächsten staue. Mobilität und Stuttgart! Der Widerspruch an sich!"

„Mag schon sein. Aber jetzt warte mal ab, wenn erst die Bauerei für dieses Stuttgart 21 so richtig los geht – dagegen ist die jetzige Situation noch geradezu paradiesisch. Ganz abgesehen von dem ganzen Staub und Dreck ..."

„Und dabei ist Stuttgart schon jetzt die Feinstaubhauptstadt von ganz Europa."

„Wenn wenigstens die Stuttgarter die Straßenbahn nehmen würden ..."

„Das geht nicht: ein Mensch, der in der Stadt wohnt, in der das Auto erfunden worden ist, der muss sozusagen zwangsläufig mit der eigenen Blechkarosse zur Arbeit fahr ..."

„Grün – es ist grün, Horst!"

„Das höre ich an der Huperei hinter mir."

„Dann fahr doch!"

„Um danach mitten auf der Kreuzung zu stehen! Du siehst doch selber, dass es da vorne nicht weiter geht!“
„Wenn du so denkst, dann können wir gleich zu Fuß laufen.“
„Ja, soll ich etwa lieber die Kreuzung blockieren?!“
„Sicher doch – das ist die einzige Möglichkeit zum Vorwärtskommen!“
„Sagt ausgerechnet ein Polizeibeamter!“
„Ein vorausschauender Verkehrsteilnehmer!“
„Auch das noch. Also gut: Auf deine Verantwortung!“
Horst legte den Gang ein, nicht ohne einen vorwurfsvollen Blick auf seinen Beifahrer zu werfen.
„Jetzt kannst du stehen bleiben“, knurrte der.
„Was denn nun?!“
„Jetzt ist wieder rot!“
„Ach, richtig – das hab ich vor lauter Gehupe gar nicht bemerkt. Dieser Kerl hinter mir trötet sich ja beinahe die Seele aus dem Leib.“
„Verständlich!“
„Und jetzt hat er mir sogar den Vogel gezeigt. Also wirklich! Komm Sputnik, dem zeigen wir mal, was es heißt, einen Polizisten zu beleidigen!“
„Lass mal sein – Horst“, wehrte der Beifahrer entschieden ab. „Ich würde nicht viel anders reagieren, als dein Hintermann.“.
„Also jetzt langt's aber allmählich! Was kann ich denn dafür, dass die Stuttgarter Verkehrsplanung diese Straße praktisch zur Dauerstauzone gemacht hat?“
„Gar nichts. Aber deswegen sag ich ja, da muss man halt ein bisschen unkonventioneller fahren. Da – schau mal, da drüben auf der Abbiegespur ist es jetzt grün. Nimm die!“
„Da geht's aber nach Cannstatt!“
„Na und? Hauptsache, wir fahren endlich.“
„Ist aber ein ziemlicher Umweg.“
„Wie gesagt: zumindest fahren wir dann. Komm, gib Gas!“
„Also gut“, wieder legte Horst den Gang ein und bugsierte den Wagen auf die rechte Fahrspur, verfolgt von zornigen Blicken und eindeutigen Gesten seines Hintermanns.

„Apropos Cannstatt", nahm der aufatmende Protnik den Gesprächsfaden wieder auf, als ihr Wagen tatsächlich die für Stuttgarter Verhältnisse erstaunliche Geschwindigkeit von nahezu 50 Stundenkilometern erreicht hatte. „Gibt's die ganzen Quellen da eigentlich noch?"
„Wieso sollte es die denn nicht mehr geben?"
„Ha, wieso wohl? Dreimal darfst du raten."
„Natürlich gibt's die noch."
„Jetzt tu nicht so überheblich, Horst. Wir haben uns doch schon mal – ich glaube vor zwei oder drei Jahren über die Cannstatter Mineralquellen unterhalten – ob die durch dieses Stuttgart 21 gefährdet sind oder nicht. Damals hast du mir gesagt, dass sie schon dabei seien, die Quellfassungen viel tiefer zu legen, was angeblich aber nichts mit dem Bahnhofsprojekt zu tun habe. Da wird also diese Frage jetzt schon erlaubt sein."
„Entschuldige. Ja. Das war damals auch so eine Sache mit diesem seltsamen Expertengutachten. Einerseits heißt es, Cannstatt habe das zweithöchste Mineralwasservorkommen von ganz Europa – überall kommt Mineralwasser aus dem Boden – und dennoch wollten sie für die neuen Mineralwasserquellen 150 Meter in die Tiefe bohren, aus reinen Vorsorgegründen. Für was eigentlich, habe ich mich seinerzeit gefragt, wenn die ganze Bauerei angeblich so harmlos ist. Aber so ist das halt mit den Expertengutachten. Sag mir, welches Ergebnis du haben willst und ich liefere dir das passende Gutachten dazu. Gutachter!" Horst verzog verächtlich das Gesicht. „Im nächsten Leben werde ich sowieso Gutachter. Für alles und jedes brauchen sie Gutachten – wobei das eine immer haargenau das Gegenteil vom anderen aussagt."
„Das ist ja die Absicht, die dahinter steckt."
„Wieso das denn?"
„Ist doch klar: hinter so einem Gutachten kann man sich als Verantwortlicher bestens verstecken, als Baulöwe genauso wie als Politiker – und hinterher seine Hände in Unschuld waschen, falls etwas schief geht. Denn dann war's der Gutachter."
„Weißt du, wie teuer das werden kann?"

„Allerdings, das weiß ich schon. Aber teuer wird's immer nur für die Allgemeinheit, für die Steuerzahler – und niemals für die Auftraggeber. Denn im Fall des Falles kommt es dann ja zu einem Gutachterstreit, der wiederum neue Gutachten zur Folge hat – im Grunde genommen geht das nach dem Prinzip des Perpetuum mobile. In Sachen Gutachten funktioniert das schon: einmal antippen – und es hört nie wieder auf."
„Stimmt. Trotz dieses Gutachtens ist die erste Bohrung in Cannstatt schief gegangen und genau das passiert, was nicht passieren sollte: sie haben das Mineralwasser mit dem Grundwasser vermischt. Resultat: Bohrstopp. Die neue Bohrung wird jetzt noch tiefer runter müssen und wird demzufolge noch saumäßig viel teurer als die eigentlich geplante. Schuld ist am Ende natürlich wieder keiner. Und blechen tut's – siehe oben – der Steuerzahler."
„Na prima!"
„Was mich übrigens allmählich auch immer stärker nervt, das ist die Tatsache, dass alle Welt meint, über Stuttgart 21 reden zu müssen. Ständig liest du was dazu, bloß die Stuttgarter selber, die kommen kaum noch zu Wort. Nur noch Reingeschmeckte und preußische Besserwisser!"
„Aber den Oberbürgermeister, den hat man eine Zeitlang doch täglich mit irgend einer sinnfreien Äußerung zum Thema erlebt, bevor er dann lieber abgetaucht ist ..." gab Protnik zu bedenken.
„Der OB!" schnaubte Horst. „Hör mir auf mit dem. Das ist ein Ulmer, kein Stuttgarter. Passt alles ins Bild: der Ministerpräsident kommt aus Pforzheim. Dieser Gischpel von Fraktionschef, den haben sie im tiefsten Odenwald ausgegraben. Dort, wo man früher erfolgreich den Nibelungen-Siegfried erlegt hat. Dann das Silberfischchen, das sich Verkehrsministerin nennen darf, die kommt vom tektonisch latent unruhigen Hohenzollerngraben und ist auch sonst eine einzige Naturkatastrophe. Das Kreuz des Südens, das stammt gar von weiß Gott woher, der Bahnchef ebenso. Das ist wieder mal ganz typisch für unseren schwäbischen Minderwertigkeitskomplex. Eine

Stadt, in der vor 125 Jahren das Auto erfunden worden ist ..."
„... und später dann die Boschzündung."
„... und noch viel mehr: Stuttgart war buchstäblich der Motor für die ganze Welt! Und so eine Stadt lässt sich von Fischköpfen, Badenern, Hohenzollern und den Nachfahren der Siegfriedsmörder jetzt den Marsch blasen! Ohne sich zu wehren!"
„Stimmt. Wenn ich in diesem Zusammenhang an das Neckarstadion denke – das übrigens mal eines der schönsten Leichtathletikstadien der ganzen Welt war, bevor sie es zu einer reinen Fussballarena verhunzt haben und das Ding jetzt ‚Mercedes-Benz-Arena' nennen. Wie kann man sich das bloß gefallen lassen?!"
„Sag ich ja: meine lieben Landsleute ... sind einfach viel zu brav. Lassen sich von den Kodderschnauzen an der Nase herum führen – und im eigenen Radio wegen ihres Dialekts auslachen. Es ist unfassbar. Und dann der absolute Gipfel: da hat sich doch kürzlich einer erdreistet, dem Frei Otto, der nun mal einer der berühmtesten Architekten der Welt ist, an den Kopf zu werfen, er habe keine Ahnung. Sagt irgend so ein Bürschle – bloß weil der Frei Otto, immerhin der Erfinder des Olympiazeltdachs von München, vor dem S-21-Bau gewarnt hat!"
„Ich sag's ja, Gutachter, Experten und Wissenschaftler ... Der eine sagt das, der andere das genaue Gegenteil. Wem soll man da überhaupt noch trauen?"
„Am besten gar niemandem. Denn wenn das schon in Stuttgart so ist, dann kann man sich lebhaft vorstellen, wie es international zugeht – erst recht in den ganzen verschiedenen Sprachen."
„Stimmt", brummelt Protnik nachdenklich. „Da mache ich mir auch manchmal so meine Gedanken. Erst neulich wieder, da haben sie im Fernsehen Bilder von irgend einem internationalen Gipfeltreffen mit vielen Dolmetschern gezeigt. Dabei ist mir wieder der Gedanke gekommen, was eigentlich wäre, wenn ..."
Protnik legte eine absichtliche Pause ein, während der er seinen Nebensitzer mit einem schelmischen Blick bedachte.
„Wie ... wenn?"

„Wenn man einen oder gleich ein paar von diesen Dolmetschern nur ein kleines bisschen manipulieren könnte. Wenn so jemand beispielsweise eingeschleust würde von einer andersdenkenden politischen Gruppierung ..."
„Alles Taliban oder was?"
„Why not? Also, stell dir das mal bildlich vor: wenn die Merkel an einen solchen Talibandolmetscher geraten würde oder gar der Sarkozy ..."
„Das, was ich von dem höre, geht manchmal sowieso schon in genau diese Richtung. Jetzt wird mir allmählich klar warum."
„Ja – und jetzt spinnen wir's noch ein bisschen weiter: was wäre, wenn der Talibandolmetscher von unserer Angie zum Übersetzer vom Sarkozy beispielsweise sagen würde, Herr Präsident, sie sind ein Arschloch ..."
„Aber hallo! Obwohl: Der Mann hätte noch nicht einmal so unrecht!"
„Oder zum Putin ... Dann wäre Weltkrieg drei nicht mehr weit."
„Nein, nicht beim Putin. Der versteht ja Deutsch, dem würde das auffallen."
„Mann! Dann halt chinesisch-afghanisch. Was glaubst du, was da abgehen würde. Da wäre dann Leben in der Bude!"
Horst lachte schallend. „Im Grunde genommen ist das eigentlich gar keine schlechte Idee – sollte man weiter verfolgen. Dieses Geld, um einen Dolmetscher zu bestechen, das wäre viel billiger als so ein kleines Kriegle ..."
Das Klingeln des Autotelefons unterbrach ihr munteres Gespräch. Horst drückte auf den grünen Empfangsknopf. „Meyer, ja bitte?" Sekundenbruchteile später war die letzte Bräune dieses Sommers aus seiner Miene gewichen. Fassungslos starrte er in Protniks nicht minder entsetzte Augen, während er mit rauer Stimme in den Hörer stammelte. „Aber ... aber das kann doch wohl nicht wahr sein ... Das ... das ist doch nicht möglich ..."

*

29

„Der Bundespräsident hat erst neulich wieder gesagt, dass sich gerade auch die demokratischen Part ...“

„Ach der!“, schnitt Horst seiner Ehefrau rüde das Wort ab und beschrieb dabei eine abwehrende Handbewegung. „Was hat denn der schon groß zu melden?“

„Also bitte: immerhin ist es der Bundespräsident, der oberste Repräsentant unseres Staates“, hielt ihm Claudia pikiert entgegen. „Das solltest grade du als Beamter ja wissen.“

„Ein Ersatzkönig ist das. Ein völlig sinnloses Amt, ohne jede Bedeutung, das uns Steuerzahler auch nur einen Haufen Geld kostet, sonst gar nichts.“

Horst erntete mit dieser Bemerkung lediglich ein spöttisches Lächeln. „Ach von daher weht der Wind. Mein Mann, der alte Schwabe.“

„Ist doch so. Das Geld könnten wir uns sparen – oder meinetwegen für bessere Zustände in den Kinder- und Jugendabteilungen unserer Krankenhäuser verwenden. Da kommen einige Millionen zusammen, die dort wesentlich sinnvoller aufgehoben wären“, spielte der Kommissar einen Trumpf aus, von dem er sicher wusste, dass er bei der Kinderärztin eine dementsprechende Wirkung zeitigen würde.

Tatsächlich runzelte Claudia nachdenklich die Stirn. „Na ja, ch kenne da inzwischen mehr als nur eine Klinik, wo ein paar Investitionen sicher nichts schaden könnten, aber dafür gleich den Bundespräsidenten abzuschaffen ...“

„Jetzt überleg doch mal: wozu brauchen wir den Kerl denn nun wirklich in diesem Staat?“

„Immerhin redet er manchmal den Abgeordneten deutlich ins Gewissen ...“

„Ja, ja: diese sogenannten Ruck-Reden, die seit dem Roman Herzog so gerne zitiert werden. Aber was bringt das denn? Da machen sie dann im Bundestag alle ein betroffenes Gesicht und tun so, als hätten sie verstanden und würden sich bessern – dabei geht’s schon am selben Abend wieder munter weiter.“

„Aber eine gute Figur macht er schon, der Wolf."
„Er heißt Wulff!"
„Sag ich doch", beharrte Claudia trotzig auf ihrem Standpunkt. „Was er sagt und wie er das sagt, das hat schon eine gewisse Eleganz."
„Verglichen mit dem unglückseligen Bundeshorscht schon. Doch, dieses Argument kann man gelten lassen. Aber trotzdem: für die paar mal, wo der Kerl etwas sagen darf, also", Horst zählte an seinen Fingern ab, „am 8. Mai, am 17. Juni, dann der 20. Juli, am Tag der Deutschen Einheit, an Weihnachten und dann vielleicht noch bei der Trauerfeier nach dem einen oder anderen Eisenbahn- oder Flugzeugunglück ..."
„Horst!" ermahnte Claudia ihren Mann zu einer Spur mehr Sensibilität.
„O.k. – ist aber trotzdem so. Und dann sieht man ihn noch bei der Fußball-WM, bei der EM und bei Olympia, wo ich mich auch jedes Mal frage, wieso da unser Bundespräsident – übrigens samt üppiger Begleitung – durch die halbe Welt jetten muss, um den Deutschen die Daumen zu drücken. Das könnte er zu Hause am Fernseher nämlich genauso gut tun und hätte damit sogar noch das Klima geschont. Wie auch immer", energisch klatschte er sich auf die Schenkel, „wenn wir in Deutschland schon unbedingt der Meinung sind, dass wir halt einen solchen Festredner ab und zu gebrauchen, dann würde ich dafür plädieren, wir leasen uns einen. Und zwar je nach Anlass. Am besten einen Schauspieler. So jemand hat es schon rein berufsmäßig drauf und bringt es auch perfekt rüber – anders als unser Horscht damals. Den jeweiligen Akteur kann man dann ruhig sehr gut bezahlen, das wären trotz allem nur ein Bruchteil der Kosten für das, was wir Steuerzahler allein für den Unterhalt von diesem Schloss Bellevue pro Monat blechen müssen."
Die Überraschung war ihm mit seinem etwas unkonventionellen Vorschlag geglückt. „Einen Bundespräsidenten – leasen?"
„Ja sicher. Warum denn nicht? Überleg mal: in so einem Fall könnte man dann sogar je nach Bedarf den richtigen Festredner

aussuchen. Einmal diesen, ein anderes mal eben jenen. Das wäre doch eine spannende Sache. Prince Philip for president!"
„Also Horst. Du kannst manchmal ein richtiger Kindskopf sein."
„Finde ich gar nicht. So völlig daneben ist diese Idee nun auch wieder nicht. Wie gesagt Claudia, wir leben in einer parlamentarischen Demokratie und so ein Präsident ist ehrlich gesagt nichts anderes als ein Relikt aus Königs Zeiten. Die wir zum guten Glück längst abgeschafft haben – auch wenn halb Deutschland ständig neidvoll nach England zu den Royals schaut, wo die in Wahrheit dort ja längst auch nichts mehr zu sagen haben, sondern nur das gute Geld ihrer Steuerzahler verveschpern. Das könnte man sich doch wirklich schenken – im wahrsten Sinn des Wortes."
„So gesehen magst du ja recht haben – erst recht, wenn ich daran denke, wie oft man sich eigentlich in den letzten Jahren wirklich mal eine richtige, glasklare Aussage vom obersten Repräsentanten unseres Staates gewünscht hätte: ob nun bei den Banken, beim Atom-Umfaller, bei diesem unsäglichen Sarrazin, oder den Managergehältern. Das hätte sich eigentlich schon gehört."
„Aber du weißt ja: die tun das schon deshalb nicht, weil sie ja wieder gewählt werden wollen."
„Als wenn einer von denen, selbst wenn sie nicht mehr gewählt werden würden, für seinen Lebensunterhalt in den Steinbruch müsste", schnaubte Claudia. „Das ist doch nur feige!"
„Sag ich ja", nickte Horst. „Aber du kennst ja meine Devise: Niveau ist mehr als nur eine Hautcreme ..."
Untermalt von einem fröhlichen Lachen steuerte sie wunschgemäß den zweiten Teil der philosophischen Grundüberzeugungen im Hause Meyer bei, „... und der Gazastreifen kein Verbandsstoff!"
„Womit du als Ärztin sicherlich recht haben wirst."

*

30

Keine zehn Minuten später starrte Horst in offensichtlichem Erstaunen auf die aktuelle Titelseite der „Stuttgarter Zeitung".
„Na, da schau an. Kaum mach ich's Maul zu ... Claudia, das musst du unbedingt lesen. Komm, schau mal!"
Neugierig kam Claudia ins Wohnzimmer. „Was ist denn?"
„Der Saurer ist pleite!"
„Wie pleite?! Du hast mir doch kürzlich noch gesagt, der sei unkaputtbar. Weil er immer von einer Tasche in die andere wirtschaftet. Was sich doch seit über 50 Jahren bestens bei dem bewährt habe. Das ginge gar nicht, dass der den Bach runter geht."
„Von wegen, jetzt hat er's ganz offenkundig übertrieben. Irgendwann ist halt doch Schluss, Man kann eben nicht nur noch Hasenställe bauen und dann die Leute um teures Geld dort hinein locken."
Claudia, die sich längst in den Artikel vertieft hatte, pfiff leise durch die Zähne. „Da schau her: tatsächlich Insolvenz. Und ein Insolvenzverwalter ist auch schon bestellt worden. Der Saurer ist also am Ende!"
„Das sicher auch wieder nicht. Das dürfte nur ein klitzekleiner Teil seines Firmengeflechts sein, das er jetzt eben in den Kamin schreiben muss. Ich kann mir schon denken, dass er längst Vorsorge getroffen hat. Am Ende werden wieder die armen Handwerker die einzigen wirklich Leidtragenden sein. Die müssen zähneknirschend auf mindestens 70 Prozent ihrer Forderungen verzichten, wenn nicht noch mehr, denn sonst geht's beim Saurer direkt in den Konkurs, und dann können sie 95 Prozent in den Wind schreiben. Da wird wieder so manche ehrliche Firma in die Pleite getrieben – und am Ende wird der famose Herr Ehrensenator wieder da stehen wie eine Eins und mit dem Rest seiner Firmen, die er an der Insolvenz vorbei gemogelt hat, neue Geschäfte machen. Grade so, als sei da nie etwas gewesen. Und sein Privatvermögen hat er ja sowieso nicht antasten müssen. Das hat er mit Hilfe seiner oberschlauen Finanzberater schön aus der Pleite heraus halten können. Und so was ist dann auch

noch Ehrenmedaillenträger von Stuttgart. Wenn er einen Funken Anstand hätte, dann würde er zumindest diese Auszeichnung zurück geben und Asche auf sein Haupt streuen."
„Der? Niemals! Ich wette mit dir, der zieht schon längst wieder an ganz anderen Strippen."
„Ich fürchte, da hast du recht: Der Saurer, so sehr ihm diese Pleite auch ganz sicher missfallen wird, weil sie halt einen klitzekleinen Kratzer im Lack hinterlässt, der hat sein Schäfchen dank seiner willfährigen Helfershelfern in allen Bereichen des öffentlichen und unternehmerischen Lebens sowieso schon längst im Trockenen – Nassau, Bahamas, Virgin Islands, etc. Wetten dass?"
„Auf so eine Wette verzichte ich lieber."
„Dann schau dir zum Ausgleich mal das da an", beugte sich Claudia zum Couchtisch hinunter und griff zu einer älteren Ausgabe der „Stuttgarter Zeitung".
„Was ist das?"
„Das ist der andere Zeitungsartikel, den sie kürzlich über ihn geschrieben haben – ich weiß eigentlich auch nicht, weshalb ich den überhaupt aufgehoben habe. Aber irgendwie hatte ich so ein Gefühl ..."
„Was steht denn drin?"
„Jetzt lies halt!"
Horst griff sich die Zeitungsseite, die ihm Claudia entgegen streckte und begann halblaut zu lesen: „Zum 80. Geburtstag von Herrn Ehrensenator h.c. Karl Saurer: „Charly, der Helfer. Einer, der so viel Glück im Leben hatte, will Gutes zurück geben. Aus Anlass seines 80. Geburtstages hat der verdienstvolle Unternehmer die Karl-Saurer-Stiftung gegründet, die sich zur Aufgabe gemacht hat, ausgesuchte Projekte aus den Bereichen Kunst, Kultur und Wissenschaft in Stuttgart zu fördern und zu begleiten. Seine Heimatstadt weiß, was sie an diesem Mann hat. Sie hat ihm die seltene Auszeichnung der Ehrenmedaille zuerkannt, eine Ehrung, die nur großen Söhnen und Töchtern der Stadt zuteil wird. Karl Saurer, so sagte es der Oberbürgermeister anlässlich der Verleihung, sei

ein mutiger Mann, der seinen sozialen Auftrag sehr ernst nehme. Ganz nach Karl Saurers Lebensmotto: „Wenn du es erträumen kannst – dann kannst du es auch erreichen". Hmm ... Eine grauenvolle Eloge. Da zieht es einem ja die Socken aus!"

„Wie auch immer – und jetzt lies im Gegenzug dazu die Zeitung von heute. Da fragt man sich schon, wie das zusammen passt – und ob sich diese Journalisten, die sich kürzlich noch zu so einer Jubelarie haben hin reißen lassen, vielleicht wenigstens jetzt ihre Gedanken machen – oder ob denen inzwischen alles schnurzegal ist, was in ihrem Blatt steht."

„Papier ist geduldig", bemühte Horst eine zwischenzeitlich ziemlich abgedroschene Standardformulierung, während er sich in den Wirtschaftsteil der aktuellen Zeitungsausgabe zu vertiefen begann. Es dauerte nur wenige Sekunden ...

„Da schau her. Wir liegen richtig mit unserer Vermutung. Hier im Wirtschaftsteil steht's genauer. Es ist tatsächlich nur ein Teil des Saurer-Imperiums, das Insolvenz angemeldet hat."

„Sag ich ja!" knurrte Claudia grimmig.

„Allerdings doch eine seiner größeren Gesellschaften. Die Saurer-Immobiliengruppe."

„Warte mal ein paar Tage: dann wirst du lesen, dass der längst umstrukturiert hat und dieser angeblich große Teilbereich inzwischen innerhalb des Schachtelimperiums nur noch eine ganz kleine Rolle spielt. Aber gut: immerhin ... So ganz ohne schwarzen Fleck auf der weißen Weste dürfte das nicht ausgehen. Das wird den Herrn Ehrensenator gewaltig wurmen."

„Und er geht bereits mit voller Wucht zur Gegenoffensive über. Schuld sei natürlich nicht er, sondern die Banken."

„Na wunderbar!"

„Du sagst es: da hat der arme Saurer, in weiser Voraussicht einen ehemaligen Bankmanager, der vorher für die Saurer-Kredite zuständig war, zum Geschäftsführer seiner Gruppe gemacht. Dummerweise ist ihm dann die Bankenkrise ins Gehege gekommen und da hätte er den als alten Kumpel in der Bank natürlich gut gebrauchen können. Die Nachfolger von dem haben

aber angesichts von beinahe 200 Millionen Euro in Krediten kalte Füße bekommen."
„Du liebe Güte! Summen sind da inzwischen im Spiel: also dafür muss eine alte Oma lange stricken ..."
„Der würdige Nachfolger des Herrn Bürkle. Es ist doch immer und ewig dasselbe."
„Du Horst ..." Allein der Tonfall seiner Ehefrau signalisierte Horst Meyer, dass ihn Claudia gleich mit einem anderen Problem konfrontieren würde. Über irgend etwas schien sie sich ernstere Sorgen zu machen.
„Ja?"
„Wenn wir schon so gemütlich miteinander debattieren, dann kannst du mir jetzt vielleicht auch endlich sagen, was dich kürzlich derart aus der Fassung geworfen hat, als du von deiner Stuttgartfahrt mit dem Michael wieder nach Hause gekommen bist."
Horst schüttelte heftig den Kopf. „Nein Claudia. Bitte nicht. Lassen wir das lieber."
„Nichts da. Sonst noch was. Immer diese Heimlichtuerei. Ich will das jetzt wissen!" Claudia würde keine Ruhe mehr geben. Das war klar heraus zu hören. Aber was sollte er nur sagen? Keinesfalls wollte er seine Familie in diesen vermaledeiten Fall weiter hinein ziehen. Und schon gar nicht beunruhigen. Deshalb galt es nun, ganz vorsichtig zu formulieren. Möglichst im Konjunktiv.
„Na gut, aber bitte: ich kann nichts von dem, was ich dir gleich sagen werde, auch wirklich so festmachen, dass ein glasklarer Fall daraus wird. Höchstwahrscheinlich ist nämlich alles nur ein blöder Zufall."
„Jetzt sag halt erst mal, worum es eigentlich geht."
„Also gut. Da war doch dieser Kollege, von dessen Rechner aus der Michael kürzlich die Daten des Polizisten gecheckt hat, dessen DNA sie am Unglücksort in Stuttgart gefunden haben ..."
„Du meinst den dubiosen Todesfall in der Stuttgart-21-Baugrube."
„Genau. Du hast es damals ja mitbekommen."

„Und was hat das mit dem Michael in Ulm zu tun?"
„Er hat die Daten gecheckt. Vorsichtshalber nicht von seinem Rechner aus, sondern von dem eines Kollegen, als der grade in der Mittagspause war."
„Und dann?"
„Dann ...", Horst schluckte den trockenen Kloß in seiner Kehle hinunter, der ihm beinahe den Hals zuschnürte „... dann ist dieser Kollege keine 24 Stunden später verunglückt." Claudia ahnte sofort, welchen Begriff ihr Ehemann vermieden hatte: „Tödlich verunglückt?"
„Ja, tödlich verunglückt. Mit dem Auto in einer Kurve geradeaus gefahren. Einfach so. Dabei schien der Wagen einwandfrei zu funktionieren. Übrigens kein Dienstfahrzeug, sondern sein Privatwagen, mit dem er offenbar erst kürzlich noch im Kundendienst gewesen ist."
„Also Selbstmord?"
„So wird es dargestellt. Ich finde die Sache aber äußerst seltsam." Horst hob hilflos die Schultern und bedachte seine Ehefrau mit einem sorgenvollen Blick. „Ausgerechnet kurz nachdem der Protnik an dessen Rechner war und diese Daten recherchiert hat, fährt der Kollege in einer Kurve geradeaus ..."
„Hat er irgendwelche Probleme gehabt?"
„Eigentlich nein. So, wie der Michael mir sagt, wollte der Kollege demnächst sogar heiraten. Wieso also dieser Selbstmord? Das ist doch ein mehr als eigenartiger Zufall. Sicher – sie drehen das jetzt so hin, als sei es eine Selbsttötung gewesen, aber irgendwie habe ich einfach ein mehr als flaues Gefühl dabei. Da schleicht sich allmählich etwas an uns heran, mit dem nicht zu spaßen ist."
„Da war doch kürzlich diese Geschichte mit dem Maulwurf im LKA, das habt ihr mir doch erzählt. Da ging's doch auch um EDV-Spionage, und dass man den Mail-Verkehr der Kollegen ausgespäht hat. Meinst du, es hat damit etwas zu tun? Kann es sein, dass da noch mehr U-Boote sitzen, als nur der eine, den sie erwischt haben?"

Wieder zuckte Horst hilflos mit den Achseln. „Das ist absolut wahrscheinlich. Allein: ich kann's nicht beweisen. Ich fürchte sogar, da sind auch noch an anderen Stellen solche Typen platziert. Aber was tun. Grade diese EDV-Abteilungen sind ja für unsereinen derart undurchsichtig – und wenn da womöglich nicht nur im LKA, sondern auch in den normalen Polizeidirektionen ein solches Schattennetzwerk aufgebaut worden ist, na dann: gute Nacht Deutschland ... dann haben sie uns nämlich längst im Fokus."
Nun war es an Claudia, ihren Mann zu beschwichtigen. „Ich glaube, du siehst ein bisschen zu schwarz. Ganz so weit sind sie sicher noch nicht. Sonst wären sie uns ja schon längst direkt auf die Pelle gerückt. Noch stochern sie wohl eher im Nebel herum und hauen auf alles drauf, was ihnen in die Quere kommt. Also, identifiziert dürften sie euch noch nicht haben, aber ihr müsst jetzt in der Tat höllisch aufpassen. Das scheint wirklich kein Zufall zu sein, eine derartige Verkettung unglückseliger Umstände ..."
„... und dann weisen zwei Spuren inzwischen glasklar ja irgendwie nach Ulm und nach Heilbronn. Da kommt doch der Blödeste drauf, um welches Gespann es sich dabei handeln könnte ..."
„Jetzt mal langsam. So weit sind die wie gesagt noch längst nicht. Ihr müsst jetzt eben umso mehr aufpassen. Aber aufklären solltet ihr die Sache schon. Das muss einfach sein! Das seid ihr euch, uns und dieser Gesellschaft einfach schuldig."
„Wenn das mal so einfach wäre, wie es sich so herrlich pathetisch anhört ..."

*

31

Bei ihrem nächsten Zusammentreffen am darauffolgenden Wochenende ließ Michael Protnik alle Anzeichen der Beunruhigung in seinem Mienenspiel erkennen. Und er kam auch sofort zur Sache. „Du Horst, ich glaube, es wird allmählich brenzlig."
„Wieso?"
„Ich hab eine Warnung bekommen – indirekt natürlich: um drei oder vier Ecken herum."
„Ich auch", konterte Horst Meyer und löste damit einige Verblüffung aus.
„Wie auch?"
„Sag ich doch: ich auch."
„Du? Auch vom Kreuz des Südens?"
„Nein – natürlich nicht. Es langt, wenn die in Ulm und in Berlin ihr Unwesen treibt. In Stuttgart und Umgebung treibt sich ja bekanntlich eine andere Plage herum. Die Göre mit dem silbernen Blick: unser Silberfischchen."
Protnik stöhnte gequält auf: „Du meine Güte! Richtig, die gibt's ja auch noch. Da ist allerdings sehr die Frage, welche von beiden die Schlimmere ist ..."
„Ich fürchte, die schenken sich nichts auf der nach unten offenen Gruselskala."
„Auch wieder wahr. Ist die eigentlich nicht auch noch Umweltministerin?"
„Weiß nicht. Die wechseln ja die Posten, wie andere Leute die Unterwäsche. Aber sie war's jedenfalls schon mal. Die können ja alles – oder meinen es wenigstens."
„Einen Vorteil hat die für unsereinen schon."
„Die? Einen Vorteil? Ich wüsste nicht welchen."
„Doch: die kann dich nie richtig fixieren."
„Na ja, die Arme, darüber muss man sich jetzt nicht auch noch lustig machen."
„Aber es passt irgendwie schon. Und Achtung: die wird sich eines Tages als neue Hoffnungsträgerin positionieren und versuchen, den Rambo zu beerben."

„Die? Glaubst du wirklich, dass unser Silberfischchen dem Gischpel gefährlich werden könnte?“

„Achtung! Der traue ich keinen Zentimeter über den Weg. Denk dran, das ist die Erfinderin der neuen Rotznasigkeit in der Landespolitik. So etwas wie die und den Rambo, das hat es selbst in unserem leidgeprüften Landtag noch nie gegeben.“

„Der große böse Wolf und sein Lupinchen.“

„Von wegen Lupinchen. Wart's nur ab, die zieht dem Gischpel schon noch den Stuhl unter dem Hintern weg. Und bevor der richtig weiß, was da passiert, hockt er schon mit dem Arsch in der Schüssel.“

„Falls da nicht noch das Kreuz des Südens plötzlich wieder mitmischt. Also, um zum Beginn zu kommen: die hat dich also warnen lassen?“

„Egal!“ Protnik winkte müde ab. „Die Warnung war natürlich indirekt. Aber wenn das bei dir auch der Fall war, dann weiß ich ja inzwischen, dass sie immer noch mit Schrot schießen und breit streuen, in der Hoffnung irgendwen zu treffen. Sie scheinen folglich zu unserem guten Glück noch immer nur ganz vage zu ahnen und nicht zu wissen. Aber sag mal, du meinst wirklich, dass es die auch noch mal probieren würde, Ministerpräsidentin zu werden?“

„Gut möglich. Der traue ich alles zu.“

„Wie diesen anderen Typen auch. Das ist ja wirklich ein Horrorkabinett – im wahrsten Sinn des Wortes.“

„Was wohl der Bere dazu sagen würde?“

„Der wer?“

„Kennst du den nimmer? Der Bere Fundel, der König vom Lautertal. Das war früher ein legendärer Landtagsabgeordneter aus dem Wahlkreis Münsingen. Müllermeister, fest verwurzelt auf der Alb, ein richtiger Kerle: offen und grad raus.“

„Grade raus? Ein Politiker? Das ist doch ein glatter Widerspruch.“

„Früher nicht. Früher hat es so was tatsächlich mal gegeben. Weil es damals noch um die Sache gegangen ist. Denen saß der Schrecken des Dritten Reichs noch im Genick. Sie wussten, man darf nicht ständig auf die Interessengruppen hören und sich von denen beeinflussen lassen."

„Lange her ..."

„Und Wahlergebnisse hat der Bere eingefahren, da schießen seinen Nachfolgern heute die Tränen in die Augen. Über 60 Prozent waren ganz normal für ihn."

„Wow! Das schaffen sie selbst im finstersten Allgäu nimmer!"

„Ein Prachtskerle. Und was er auf den Tod nicht hat ausstehen können, das war, wenn einer um den heißen Brei rumgeredet hat ..."

„... wie es heute alle machen!"

„Einer hat mal im Landtag gesagt: Meine sehr verehrten Damen und Herren, ich habe das dringende Bedürfnis ... worauf der Bere dazwischen gerufen hat. Dann ganget se am beschta glei naus, bevors in die Hose goht. Des Klo ischt gleich hinten rechts!"

„Herrlich!"

„Sag ich doch. Und trotzdem hat uns der Bere ein schweres Erbe hinterlassen."

„Wie das?"

„Wegen dem Propeller da."

„Was für ein Propeller?"

„Na, der Kerl vom Spätzlesflughafen, der ständig neue Startbahnen bauen will."

„Der? Was hat denn der mit deinem Bere zu tun?"

„Das ist ein Sohn vom Bere. Leider."

„Ach du liabs Herrgöttle von Biberach."

„So kann man das ausdrücken. Der alte Bere täte sagen: oh je, des gibt jetzt aber a warme Höll! Einmal nicht aufgepasst. Na ja ... aber wir schweifen ab. Jetzt sag mir endlich mal genau, wie du eigentlich gewarnt worden bist, dass da möglicherweise etwas gegen dich läuft."

„Das ist natürlich nicht über die direkte Schiene gegangen. Ich glaube, ganz so nah sind sie uns dann doch nicht auf den Pelz gerückt. Das war mehr so ein plötzlich aufgetauchtes Gerücht, dass das Kreuz des Südens, also unsere verehrte Wahlkreis-Ab-

geordnete, sich beim Polizeidirektor beschwert habe, ihr sei zu Ohren gekommen, dass sich Beamte seiner Direktion offenbar ohne dienstlichen Auftrag in anderen Direktionen und auch in ganz anderen Sachgebieten tummeln würden. Das könne sie aber keinesfalls akzeptieren und wolle deshalb ihre diesbezügliche Verwunderung zum Ausdruck bringen, weil es doch immerzu heiße, wir seien chronisch unterbesetzt. Wenn sie andererseits jedoch hören müsse, dass es anscheinend Mitarbeiter gebe, die noch Zeit für direktionsfremde Aktivitäten fänden – und so weiter und so fort. Du weißt schon ...".
„Ich weiß nicht nur, sondern ich habe beinahe wortgleich dasselbe gehört. Nur eben via Silberfischchen."
„Als wenn diese katholischen Betschwestern nichts anderes zu tun hätten. Sollen sie lieber mal eine gescheite Politik machen. Wenn ich diese Bildungsnudel da in Berlin nur von weitem auf der Mattscheibe sehe, dann dreht's mir immer schon den Magen rum. Erst hat sie im Land ihr Unwesen getrieben und das Schulwesen erfolgreich in Grund und Boden verwaltet. Und überall hat sie herum trompetet, dass Bildungspolitik Ländersache sei, wenn jemand gefragt hat, warum es in dieser Republik eigentlich 16 Kultusministerien mit 16 verschiedenen Bildungsplänen geben muss, wenn man einerseits die Mobilität fordert und dann andererseits als Familie nicht mehr von Niedersachsen nach Baden-Württemberg umziehen kann, weil da ganz andere Lehrpläne und Fächer vorhanden sind."
„Die Antwort ist doch klar: Das ist eine gigantische Jobmaschine – reiner Selbstzweck: da finden sich 16 mittelprächtige Politnasen plötzlich auf einem Ministersessel wieder, dazu zirka 32 Staatssekretäre und Tausende von Kultusbeamten, die sonst auf der Straße stehen würden – Hartz IV und so."
„Da hast du leider recht.. Aber wie gesagt, kaum ist die Nudel in Berlin, fordert sie die Bildungshoheit für den Bund. Verlangt also, ohne mit der Wimper zu zucken, plötzlich das genaue Gegenteil dessen, was sie noch als Landesministerin verteidigt hat, nach dem bewährten Motto: was geht mich mein dummes Geschwätz von gestern an. Bildungspolitischer Supergau. Endlose

Worthülsen abfeuern wie ein Maschinengewehr im Dauereinsatz, bis es den Leuten schwindelig wird und sie gar nimmer zuhören, was für ein Blödsinn da eigentlich verzapft wird. Das ist ja auch so eine Masche: Bildung senken, das Volk dumm halten. Na ja, abends kann die ja in die Kirche gehen und beichten."
„Egal wie. Ich denke, wir müssen verdammt aufpassen. Sie ahnen schon, dass es Leute gibt, die ihre Nase offenbar ins richtige Dreckloch gesteckt haben – und sie scheinen zu wissen, dass es Polizeibeamte sind. Also: Vorsicht ist die Mutter der Porzellankiste, denn ich kann mir schon denken, dass unsere Chefs jetzt grade dabei sind, landesweit ihre ganz speziellen Kandidaten aus der Personalliste heraus zu fischen, denen sie so etwas zutrauen würden."
„Gott sei Dank ist bald Wahl: Wahltag ist Zahltag!"
„Wer's glaubt ..."
„Du wirst schon sehen: alles wird gut ..."
„Fragt sich nur, wann."
„Den Dicken haben wir ja auch weg bekommen."
„Und jetzt ist die Angie dran. Deshalb denke ich in Sachen Wahlen eher an den Spruch: nur die aller dümmsten Kälber wählen ihre Metzger selber ..."
„... jetzt sei nicht gleich wieder so pessimistisch!"
„Ist aber doch so: mit den Dummen im Rücken ist immer gut regieren. Deshalb wollen sie auch bildungspolitisch gar keine Reformen. Ich kenne dazu ein wunderbares Zitat von George Bernard Shaw ..."
„... das von den Stuttgarter Theatern am Bahnhofsplatz?"
„Nein, nicht das. Der Shaw hat auch noch andere schlaue Sachen gesagt."
„Logo! Was meinst du also?"
„Der Nachteil der Intelligenz besteht darin, dass man ununterbrochen gezwungen ist, dazu zu lernen."
„Könnte man genauso gut in Sachen Stuttgart 21 aufhängen. Denn die Bahnhofswahnsinnigen sind mit ihren Planungen vor 15 Jahren einfach stehen geblieben. Aber dieses Räsonieren

bringt uns jetzt nicht weiter. Lass uns lieber wieder auf unseren Fall zurück kommen. Vorsicht ist und bleibt die Mutter der Porzellankiste. Von den Parteisoldaten in der Direktion und im Präsidium wirst du jedenfalls keinerlei Rückendeckung kriegen. Eher im Gegenteil: das geht direkt durch in die CDU-Zentrale."
„Und in die FDP ..."
„Na gut, die inzwischen auch noch."
„Wenn nicht gar in die SPD: ich sage nur Stuttgart 21, so tief, wie die sich darin haben verstricken lassen."
„Leider. Aber das Gute an der bösen Sache ist, dass die ganzen Parteisoldaten keine richtige Ahnung von ihren Dienststellen und von den Leuten haben, weil sie den Posten ja nur als Durchgangsstation für eine Karriere im Ministerium benutzen. So gesehen ist unsere Chance groß, dass sie uns nichts nachweisen können – falls wir weiter vorsichtig bleiben. Zumindest polizeitaktisch haben wir denen einiges voraus."
„Wenigstens das. Aber andererseits hat's mich dann doch irritiert, dass sie gemerkt haben, dass da im Epizentrum des Bösen gebohrt worden ist."
„... was wiederum bedeutet, dass wir tatsächlich nahe dran sind."
„Hoffen wir bloß, dass uns kein plötzlicher Wassereinbruch in den Matsch spült."
„Na, wer wird sich denn schon wieder in Pessimismus flüchten? Du bist und bleibst ein alter Unkerich!"
„Hör auf mit den dummen Sprüchen. Sag mir lieber, was wir jetzt tun sollen."
„Liegt doch auf der Hand: weiter fleißig alles zusammentragen, was wir aus den verschiedensten Datenbanken heraus quetschen können."
Protnik machte ein skeptisches Gesicht. „Im Internet recherchieren? So blöd sind die auch wieder nicht, ihre Daten frei ins Netz zu stellen."
Horst sandte einen schicksalsergebenen Blick hoch zur Decke: „Sag ich ja gar nicht. Ich meine die internen Datenspeicher. Polizei-EDV."

„Unsere EDV knacken?! Ja spinnst du? Du hast damit noch nicht einmal richtig begonnen, und schon hockst du in der grünen Minna. Noch schlimmer. Denk doch nur an den verunglückten Kollegen! Ohne mich. Das sag ich dir! Die finden deine Adresse mit einem einzigen Mausklick. Und dann gnade dir Gott!"
„Michael! Für wie blöd hältst du mich denn eigentlich: doch nicht mit meinem eigenen Rechner – und auch mit keinem von einem Kollegen. Ich habe mich sicherheitshalber mit einem neuen Laptop versorgt. Gestern erst gekauft."
„Aber auch da sind doch deine Zugangsdaten drauf!"
Ein überlegenes Lächeln zuckte um die Mundwinkel des Kommissars. „Nein, nicht direkt ..."
„Was heißen soll ..."
„... dass das Teil absolut unregistriert ist."
„Dann kann es aber nicht ehrlich erworben sein."
„Von mir schon, bei meinem Verkäufer bin ich mir da allerdings nicht ganz so sicher", grinste Horst und senkte schuldbewusst den Kopf.
„Ich fasse es nicht", stöhnte Protnik. „Hehlerware!"
„Man könnte es auch ein bisschen feiner ausdrücken!"
„Wenn man dich damit erwischt, dann gute Nacht. Das weißt du hoffentlich."
„Ja, schon. So gesehen war das Ding sowieso noch viel zu teuer. Für so ein Risiko. Aber es musste halt sein: Augen zu und durch!"

*

32

„Drück um Gottes Willen sofort den Trojaner weg!"
„Ja, gleich!"
„Halt!" Im selben Moment, in dem er den Alarmruf von sich gegeben hatte, war Horst Meyer ein zweiter Verdacht gekommen. „Du! Das ist gar kein Virus! Das ist eine Botschaft!"
„Eine Botschaft? Blödsinn! Von wem soll die denn sein?"
„Vom Klocker!"
„Eine Botschaft von einem Toten – ausgerechnet platziert auf einem Polizeiserver? Du spinnst ja!"
„Doch, doch!" Aufgeregt schob Horst seinen Kollegen von der Tastatur und deutete noch einmal auf den Bildschirm. „Das ist das Bin-Laden-Prinzip: begib dich dorthin, wo sie dich am wenigsten vermuten und deshalb auch nicht suchen werden – nämlich direkt ins Zentrum deiner Gegner."
„Ich bin aber doch kein Gegner!"
„Im Gegensatz zum einen oder anderen von unseren Kollegen ..."
„Also ich weiß nicht so recht ..." Protnik unterbrach sich und schien angestrengt nachzudenken. Schließlich hob er den Kopf und blickte seinem Freund ernst in die Augen. „Also: gesetzt den Fall du hättest recht ..."
„...dann müssten wir dieses Symbol da jetzt anklicken. Und zwar rasch. Gut möglich, dass das nur eine Zeitlang auftaucht."
„Du meine Güte! Und wenn nicht?"
„No risk, no fun, wie der Lateiner sagt", konterte Horst trocken.
„Lass mich erst noch mal sehen." Protnik schob den Kollegen nun seinerseits zur Seite und kniff angestrengt die Augen zusammen. „Das Ding scheint mir so aufgebaut zu sein, dass es einen Code zum Öffnen verlangt."
„Oder aber zum Explodieren", lächelte Horst verlegen.
„Ja – sollen wir jetzt weiter machen oder nicht?!"
„Ok. Ich bin schon ruhig."
„Also, ich werde es probieren. Achtung!" Bevor Horst seine Empfehlung aussprechen konnte, hatte der Sputnik mit grimmiger Entschlossenheit bereits rasch auf eine Taste gedrückt.

Schlagartig änderte der Bildschirm dadurch seine Hintergrundfarbe – von blau auf schwarz. Und oben rechts blinkte ein neues Symbol auf.

„Na bitte: siehe da."

„Was ist das?"

„Das ist die Aufforderung für ein neues Passwort."

„Aber welches?"

„Das ist jetzt die große Frage."

„Was könnte das sein?"

„Schwierig. Und ich fürchte, wir haben nicht viele Versuche frei. Ich schätze mal, höchstens die üblichen drei und dann zerstört sich unsere Info endgültig auf Nimmer-Wiedersehen. Schlussakkord im Cyberspace ..."

„Puh! Eine Hürde jagt die nächste. Also – also wer wagt sich an den ersten Versuch?"

„Ich!" Wieder war es Protnik, der schneller handelte, als sein Kollege Einwendungen formulieren konnte.

„Mist! Das war daneben! Jetzt bleiben uns noch maximal zwei Möglichkeiten."

„Ich fürchte, wir kommen nicht weiter. Das dürfte der Endpunkt unserer Ermittlungen sein."

„Von wegen! Seit wann werfen wir so schnell die Flinte ins Korn? Wir geben nicht auf!

Zwei Chancen haben wir je noch."

„Wie gesagt: Die beiden letzten! Pass also bloß auf. Was machst du denn d ..."

Wieder hatte Protnik Roulette gespielt. Wieder schneller, als es die Polizei erlaubt ...

*

33

180 Tage später …
27.März 2011 18.04 Uhr

Bevor Horst Meyer in der Lage war, am Telefon auch nur seinen Namen zu nennen, da tönte es ihm bereits in höchstmöglicher Lautstärke in die Ohren. „Horst! Horst! Hast du schon gehört? Der Rambo vom Nesenbach ist weg! Sie haben ihn abgewählt – zum Teufel gejagt!“

„Michael! Schrei doch nicht wie ein Stier in den Hörer! Das ist ein Telefon, keine Flüstertüte!“

Doch der hörbar euphorisierte Teilnehmer am anderen Ende der Leitung schien den Einwand schlichtweg überhört zu haben – was angesichts der ziemlich einseitig verteilten Dezibel freilich nur wenig verwundern durfte. „Horst! Die haben den abgewählt. Zum Teufel gejagt – im wahrsten Sinn des Wortes! Das ist der Wahnsinn!“

Da half nur eines: zurück zu brüllen. „Michael! Bitte! Schrei nicht so! Und krieg dich endlich wieder ein!“

Ein rudimentärer Satzfetzen schien sich dieses mal erfolgreich gegen die phonetische Übermacht durch die Telefonleitung bis ins ferne Ulm durchgekämpft zu haben. Zumindest die nun folgende Reaktion lies dies erahnen. „Was hast du gesagt, Horst? Du, ich verstehe dich ganz schlecht! Wahrscheinlich telefoniert grade ganz Deutschland und liegt sich in den Armen!“

„Na, jetzt übertreib mal nicht, Sputnik. Der Kerl scheint ja doch noch auf immerhin gut und gerne 38 Prozent zu kommen. Und ganz Deutschland ist es sowieso nicht, schließlich war's ja bloß eine Landtagswahl in BaWü. Und selbst da ist die Kuh noch nicht ganz vom Eis – denk an die FDP: denn wenn die drin sind …“

„Ach was. Das langt dem nicht. Noch nicht einmal mit den Gelben. Das ist doch der Wahnsinn!“

Ein nervtötender Dauerton im Hörer signalisierte dem erstaunten Horst Meyer, dass das Gespräch jäh beendet worden war.

Aus welchen Gründen auch immer. Mochte es am Überschwang der Gefühle des Freundes liegen, am Zusammenbruch der überlasteten Telefonleitungen oder an einem sonstigen Grund. Egal. Hauptsache der Rambo war endlich weg. Hoffentlich ...

27. März 2011, 18.22 Uhr

„Wer ist denn das schon wieder?“ Missmutig stemmte sich Horst Meyer aus dem Fernsehsessel und griff neuerlich zum Telefonhörer. Wieder geschah dasselbe wie vor exakt 18 Minuten.
„Horst! Scheiße! Die holen auf. Hast du die Hochrechnung gesehen? Das geht womöglich doch noch schief. Diese verdammten Überhangmandate!“
„Michael! Jetzt warte halt erst mal ab. Ich denke, diese ganzen Hochrechnungen kannst du erden, denn die haben die Stuttgarter Wahlkreise noch nicht ausgezählt. Und da dürften die Verhältnisse eindeutig sein. Ganz anders, als auf dem flachen Land, wo sie noch glauben, sie kämen in die Hölle, wenn sie die Grünen wählen.“
„Mensch Horst! Hoffentlich hast du recht! Das wäre ja eine schöne Scheiße.“
„Ruhe bewahren, Michael. Glaub mir: der Trend ist eindeutig. Das wird schon schief gehen.“
„Dein Wort in Gottes Gehörgang. Und hoffentlich wissen die Sozen dann noch, was sie vor der Wahl versprochen haben.“
„Das hoffe ich allerdings auch. Das scheint mir viel unklarer zu sein, als diese eindeutige Niederlage der Schwarzen.“
„Du meinst also tatsächlich, der Rambo ist weg?“ klang es bang aus dem Hörer.
„Das sowieso. Das ist so sicher, wie das Amen in der Kirche. Fragt sich nur, ob dann der Gischpel den Königsmörder spielen wird, oder ob der Rambo das selber ... Michael? Hallo Michael?“ Schon wieder der Dauerton. „Aufgelegt!” Um das Nervenkostüm des Ulmer Kollegen schien es momentan nicht besonders gut bestellt zu sein.

27.März 2011 20.51 Uhr

„Oh dieser Protnik!" Allein die Tatsache, dass sich das Telefon wieder bemerkbar machte, lies bei Horst Meyer eine ziemlich konkrete Vermutung über die Person und deren Anliegen am anderen Ende der Leitung aufkeimen. Knurrend griff er zum Hörer. „Ja, Michael, ich hab's grade auch gesehen: es ist amtlich. Der Rambo ist tatsächlich weg!"
„Ist das nicht schön?!" triumphierte es aus dem Lautsprecher.
„Stimmt schon. Koi Mensch hätt's denkt – wie man so schön sagt", lachte Horst ins Telefon.
„Das sagst du einfach so daher! Horst! Das ist sensationell! Das war ein politisches Erdbeben! Die Grünen bei 24 Prozent und selbst die Sozen noch bei 23 – das langt mit zusammen gut und gerne 47 Prozent jetzt lässig zur Regierung!"
„Hoffentlich wissen die alle, was sie dann zu tun haben."
„Ach Horst! Alter Spielverderber. Jetzt ist nicht der Moment des Zweifels. Jetzt ist der Augenblick des Sieges. Jetzt wird gefeiert! Die Politikwende ist da: die schwarze Mischpoke weggefegt. Das ist doch herrlich! Schönen Abend noch!" sprach's und drückte offensichtlich schon wieder auf die „Beenden" Taste des Telefons. Zum insgesamt dritten Mal an diesem Abend.
„Kanaille!" brummte Horst nach einem entgeisterten Blick auf das Display, das ihm ein eindeutiges „Gespräch beendet" signalisierte. „Aber das war für heute das letzte Mal. Ich werde jedenfalls nicht mehr ran gehen. Und wenn's noch so häufig klingelt", wandte er sich an Claudia, die ihm fröhlich grinsend zu prostete.
„Ich auch nicht! Auf diesen historischen Abend sollten wir tatsächlich erst einmal anstoßen – und ihn genießen. So etwas erlebt man schließlich nicht alle Tage. Nach fast 60 Jahren sind die weg! Unfassbar."
„Aber wahr!"
„Hoffentlich bleibt's auch lange so – denn solche Rambos haben in der Politik wirklich nichts zu suchen!"
„Wo du recht hast, da hast du recht!"

Ein dezenter Wohlklang schwebte melodiös durch den Raum, als ihre Weingläser aneinander stießen und sich die beiden Meyers lächelnd zu prosteten. Wie auf ein unsichtbares Zeichen schlossen sie gleichzeitig die Augen und genossen die wunderbare Magie dieses nicht für möglich gehaltenen Augenblicks. Wenigstens für die Dauer eines Wimpernschlags.

28.März 2011 08.23 Uhr

„Also, auch nach einer beinahe schlaflosen Nacht ist das alles immer noch wie ein Märchen für mich", tönte Michael Protniks Stimme zu relativ früher Stunde am nächsten Morgen schon wieder aus dem Telefonhörer. „Gott sei Dank ist es ein wahres Märchen. Der Politikwechsel im Land ist tatsächlich geglückt. Endlich ist diese ganze Mischpoke weg. Wir werden eine andere Regierung bekommen."
„Mit einer einzigen Stimme Mehrheit. Vergiss das nicht", goss Horst, so sehr er sich natürlich ebenfalls über den Wahlausgang freute, am Morgen nach jenem wahrhaft historischen Wahltag vom 27. März 2011, Öl auf die Wogen der Protnikschen Euphorie. „Eine einzige Stimme. Das ist bekanntlich schon mal in einem Landtag heftig daneben gegangen. Hoffentlich wissen die Sozen wirklich, was sie zu tun haben und werden einen Grünen zum Ministerpräsidenten wählen. Das tun die nicht gern – das weiß man. Nicht dass also vor lauter Frust am Ende doch wieder der Rambo aus der Mottenkiste springt! Du hast ja kurz vor der Wahl gemerkt, wie der imstande ist, ratzfatz all seine angeblich ehernen Grundsätze auf die Müllhalde zu kippen. Kaum sind den Japanern ihre Atomkraftwerke um die Ohren geflogen, schon ist unser Kernkraftrambo zusammen mit seinem Uranlieschen zum schärfsten Kritiker der Atomkraft im Land geworden. Also, ich habe schon viele Wendehälse in der Politik erlebt, aber ein solches Charakterschwein dann doch noch nie. Und deshalb fürchte ich, der kommt wieder – samt seiner ganzen Brut. Nur halt mit einem anderen Mäntelchen drum rum."

„Sonst noch was! Dem seine Zeit ist abgelaufen. Endgültig! Der Rambo, sein Uranlieschen und ihr Brüderle: nichts als ein flüchtiger Muckenschiss in der Geschichte wird bleiben. Wenn überhaupt. So schnell wie der Rambo ist noch nie ein Ministerpräsident in Baden-Württemberg davongejagt worden. Der einzige, nie vom Volk gewählte Ministerpräsident dieses Landes ist weg."
„Und das ist einzig und allein den Wählern in den großen Städten zu verdanken – während sie auf dem Land, in Oberschwaben, auf der Alb und in Hohenlohe immer noch stramm kohlrabenschwarz gewählt haben."
„Verstehe das, wer will. Aber egal: Freuen wir uns jetzt erst mal auf die neuen Zeiten, die da kommen werden. Die Mischpoke ist weg. Aus – Schluss – Ende der Restlaufzeit und der ganzen jammervollen Vorstellung!"
„Ich frage mich allerdings immer noch, wie 39 Prozent der Wähler dennoch diese Typen haben wählen können, das ..."
„... das ist das Misthaufenprinzip!"
Irritiert starrte Horst Meyer für einen kurzen Moment auf das Handy, aus dem die seltsame Botschaft an sein Ohr gedrungen war. „Das was?"
„Na, das Misthaufenprinzip. Eine Fliege macht's der anderen nach und steuert denselben Misthaufen an. Motto: tausend Fliegen können nicht irren – und stinkt es auch noch so sehr zum Himmel."
„Ja, da mag was wahres dran sein", lachte Horst. „Aber dennoch: glaube mir, die haben schon gestern Abend mit den Vorbereitungen zur Reparaturwahl begonnen – spätestens 2016 soll das Pendel wieder zurück schwingen. Man wird dieses Ergebnis einfach als einmaligen Ausrutscher betrachten. Und natürlich sollen jetzt die armen Japse plötzlich an allem schuld sein. Schuld sind ja sowieso immer die anderen."
„Anstatt sich zu überlegen, woran es in Wahrheit gelegen haben könnte!"
„Diese Typen? Niemals! Die spielen jetzt die beleidigte Leberwurst ..."

„Also sind die Wähler schuld. Die Wähler, die Japse und das böse Atom."
„Du sagst es. Deshalb wird man es als einmaligen, versehentlichen Fauxpas klein reden. Ein bedauerlicher Blackout – wohlgemerkt ein Aussetzer der Wähler und nicht der handelnden Politclowns. Höchstens vielleicht vom Rambo. Gut möglich, dass der nun völlig weg ist. Aber der Gischpel und seine Speichellecker, die werden ab sofort Himmel und Hölle in Bewegung setzen, dass ihnen das kein zweites Mal passiert. Reset! Press button to start. Neustart! Und deshalb werden sie bis dahin ..."
„Horst! Bitte! Was soll denn das?" tönte es vorwurfsvoll aus dem Hörer. „Sonst nennst du immer mich einen alten Unkerich und jetzt, in der Stunde des größten politischen Erdbebens seit dem Bestehen dieses Landes, stehst du da und bläst schon wieder Trübsal. Also ehrlich, Horst! Kannst du dich denn gar nicht freuen?"
„Doch. Schon. Du hast ja recht. Ich sehe nur bereits ziemlich klar, wo die Dinge hin driften."
„Aber nicht nur in der Politik, sondern auch in den Verwaltungen wird sich doch jetzt etwas verändern."
„Na ja. Vordergründig werden wohl ein paar Schreibtische geräumt und ein paar Türschilder ausgetauscht. Möglichst still und leise. Niemand wagt, den Kopf aus der Deckung zu strecken. Inzwischen werden die ganzen Mitläufer und Speichellecker auf Tauchstation gehen. Und die großen Strippenzieher ebenso. Der schwarze Filz verzieht sich vorüber gehend eine Etage tiefer: in den Untergrund. Guerillataktik. Weg sind die deshalb noch lange nicht. Man sieht sie bloß nicht mehr. Du wirst schon noch an meine Worte denken. Ob bei uns bei der Polizei, in den Unternehmen oder im Spätzlessender, vordergründig haben sie jetzt zwar Kreide gefressen, aber hinter den Kulissen geht es schon munter los. Ich denke, da wird versucht, einige U-Boote bei ihren politischen Gegnern einzuschleusen. Und nicht zu vergessen, die ganzen Wendehälse, die grade eine 180-Grad-Drehung vollführen. Das sind die Allerschlimmsten. Wir werden die tollsten Pur-

zelbäume erleben müssen, und ich fürchte, dass einige dank ihrer ekelhaften Schleimerei karrieremäßig tatsächlich überleben."

„Aber ..." machte Protnik den Versuch eines Einwand, den der in Fahrt geratene Horst Meyer geflissentlich überhörte.

„Also: Einfach wird es für die neue Regierung – wenn sie dann zustande gekommen ist – ganz sicher nicht werden. Ich fürchte sogar, auf Dauer gesehen werden sie es vergeigen. Vor lauter Angst, etwas falsch zu machen, beziehungsweise etwas zu tun, was ihren erstmaligen Wählern nicht gefällt. Das ist es, wovor sie am meisten Schiss haben: nicht mehr geliebt zu werden. Wieder die Schmuddelkinder sein zu müssen. Deswegen werden sie es in den Sand setzen, genauso wie damals in Berlin. Nur ja nicht den Koalitionspartner verärgern – und schon gar nicht das doofe Blatt mit den großen Buchstaben. Vor lauter Rücksichtnahme werden sie alle möglichen Kröten schlucken. So wird's kommen, du wirst es erleben! Denk an meine Worte!"

„Also Horst!"

„Na ja, was wahr ist, muss wahr bleiben. Ich kann dem Frieden einfach nicht trauen ..."

„Aber du hast sie doch auch gewählt und genauso gehofft, dass sie dran kommen werden."

„Ja, schon. Aber wenn ich jetzt diese staatstragenden Gesichter sehe, die sie aufsetzen. Faseln wichtigtuerisch von Regierungsverantwortung, vom Blick auf das große Ganze."

„Ach was! Ich sehe das viel positiver: schau doch mal, wie inzwischen ein richtiger Wettbewerb los bricht, sogar bei den Schwarzen. Die tauschen plötzlich Argumente aus und ringen um Lösungen."

„Wettbewerb! Argumente. Dass ich nicht lache. Denen geht es bei ihrem Gerangel doch nur um die paar schönen Pöstchen, die ihnen noch geblieben sind. Aber weil sie bisher gewohnt waren, in Sachen Versorgungsposten aus dem Vollen zu schöpfen, wird jetzt immer gleich von Kampfkandidatur geredet, nur weil sich zwei Nasen um einen Posten bewerben. Kampfkandidatur! Dabei ist es doch das Wesen der Demokratie, dass man eine Auswahlmöglichkeit hat. Aber das haben die schwarzen Altstalinisten natürlich längst vergessen. Ich würde also nie und nimmer von Kampfkandidaturen reden ..."

„Na ja: im Fall vom Landtagspräsidenten aber schon", hielt Protnik wacker dagegen. „Den dürfen die Schwarzen als stärkste Fraktion ja nach wie vor stellen. Da sind es sogar gleich fünf, die den Job haben wollen. Fast allesamt ehemalige Minister. Ich frage mich nur, was die daran so toll finden. Da hast du doch null Einfluss. Das muss doch frustrierend sein, erst recht, wenn man vorher Minister war."

„Mein lieber Freund Sputnik! Glaubt immer noch an das Gute im Menschen: Du meine Güte Michael, wie naiv bist du eigentlich? Die wollen den Job nur wegen der Kohle! So ein Landtagspräsident kriegt 15.000 Euro, pro Monat wohlgemerkt! Plus Dienstwagen, Fahrer und Altersversorgung."

„15.000 Euro? Fürs nix tun? Aber das ist ja ..."

„Sag ich doch! Nur darum geht's. Nicht um irgendwelche politischen Ideale. Begreif das doch endlich!"

„Na ja ... In diesem Fall könntest du sogar recht haben."

„Und wenn wir schon beim Thema sind: auch in den Medien geht das Spielchen munter weiter. Jetzt haben die beim Saarländischen Rundfunk ..."

„... den könnte man sowieso abschaffen!"

„Richtig! Tun sie aber nicht. Wg. Versorgungsposten und so ... Siehe oben."

„Was haben sie da gemacht?"

„Da haben sie versucht, einen Intendanten wählen zu lassen, der nach dem Tod des bisherigen, übrigens sozialdemokratisch orientierten Journalisten und Intendanten Fritz Raff die konservative Gegenrevolution hätte einleiten können ..."

„Also einen schwarzen, katholischen?"

„Du sagst es! Dazu einen von der Sorte, der schon früher als Volontär beim Südwestfunk durch seine völlige Ahnungslosigkeit aufgefallen ist. Der hat damals in der Nachrichtenredaktion die Nachrichten nicht nach Themen, sondern nach Farben geordnet."

„Woher willst du das denn wissen?"

„Ich weiß das – aus ganz verlässlicher Quelle. Das kannst du mir getrost glauben."
„Ist der auch so ein Doktor?"
„Der ist auch so ein Doktor", grinste Horst anzüglich.
„Du liebes Vaterland, was ist nur aus dir geworden! Ich weiß übrigens jetzt, auf wen du anspielst. Der ist doch aber beim deutsch-französischen Kulturfernsehen so eine Nummer, nicht wahr?"
„Eher so eine Nudel", lästerte Horst.
„Das habe ich auch nie verstanden, wieso man solche in die wichtigsten Positionen hoch befördert."
„Das habe ich dir doch schon hundertmal erklärt. Das ist wieder einmal das alte Prinzip der Königswahl im Mittelalter mit dem schwachen Kandidaten, den du nach Belieben in die gewünschte Richtung boxen kannst. Und wenn er dann noch schwarz ist, so ein bisschen halt, dann ist das eine prima Sache und die Restauration feiert bereits wieder fröhliche Urstände."
„Genau aus diesem Grund ist das alte System irgendwann in sich zusammen gebrochen. Man könnte beinahe verzweifeln, wenn man dich so reden hört ..."
Unbeeindruckt vom bitteren Fazit seines Kollegen fuhr Horst Meyer in seiner unheilschwangeren Analyse fort. „Das ist denen doch egal. Hauptsache, ein schönes Pöstchen winkt. Und mit dieser Taktik dringen sie dann so ganz allmählich auch wieder (natürlich klammheimlich) in die von der Wahl geschlagenen Lücken vor, wenn erst mal alle Wunden geleckt sind."
„Also haben sie bereits diesen Intendantenposten besetzt."
„Nein."
„Wie jetzt nein?"
„Sie habens dann doch nicht geschafft. Im siebten Wahlgang hat sich der andere mit einer Stimme Mehrheit durchgesetzt."
„Im siebten Wahlgang? Du meine Güte: das ist ja wie bei einer Papstwahl!"
„Habemus Papam!"

„Und das beim Saarfunk! Lachhaft. Und wer ist es stattdessen geworden? Wieder ein Journalist, wie der Vorgänger?“

„Nein, natürlich nicht. Ein Jurist!“

„Schon wieder! Allmählich fühle ich mich von Juristen regelrecht umzingelt.“

„Damit könntest du recht haben. Aber immerhin ist der Neue Spezialist für Medienrecht. Scheint wenigstens auf seinem Fachgebiet eine Ahnung zu haben.“

„Na dann ...“ kommentierte Protnik mit wenig Überzeugung in der Stimme. „Aber immerhin haben sie damit den ersten Angriffsversuch der schwarzen Restauration also erfolgreich gekontert.“

„Fürs erste. Aber sie werden keine Ruhe geben. Das hat schon diese Sache überdeutlich gezeigt. Der Marsch durch die Institutionen – jetzt eben mal von der anderen Seite praktiziert.“ Horst atmete tief durch, bevor er in seiner Analyse fortfuhr. „Du wirst schon sehen: demnächst geht es dann richtig los: man wird wieder, wie damals bei Rot-Grün im Bund, Gebetsmühlenhaft all diese kindischen Untergangsszenarien an die Wand malen: angefangen von der Stromknappheit über die Erhöhung des Strompreises bis zum Zusammenbruch der Wirtschaft – und dazu noch ein paar gut getarnte Schläfer in den gegnerischen Reihen platzieren. Solche Geißlertypen: einerseits agiert man bei „Attac“ und lässt sich als angeblicher CDU-Querdenker feiern, bis man dann plötzlich, wenn's keiner mehr vermutet, den Knüppel aus dem Sack holt und den fassungslosen Gutmenschen kräftig eines vor den Latz knallt – so wie bei der Stuttgart-21-Schlichtung geschehen ...“

„Oh bitte: hör mir bloß auf mit diesem Geißler!“

„Es ist beileibe nicht nur der Jesuit. Dazu wird wie gesagt, permanent der Untergang des Ländle beschworen werden – obwohl noch nicht einmal die Bundesrepublik den Bach runter gegangen ist, als Rot-Grün am Ruder war. Da ist im Nachhinein betrachtet, vieles wesentlich besser gelaufen, als hinterher bei unserem Traumpaar Angie und Guido. Aber diese permanente Stänkerei verbunden mit der Aushöhlung von innen hat damals

ja bestens funktioniert und ich fürchte, es wird ihnen auch dieses mal wieder gelingen."
„Du siehst das viel zu schwarz!"
„Findest du? Dann schau doch mal, wo sie überall Kompromisse machen werden."
„Kompromisse sind nun mal das Wesen der Demokratie."
„Schon. Aber manchmal geht's halt nicht."
„Du meinst Stuttgart 21?"
„Auch das. Ich kann nur sagen, Holzauge sei wachsam. Das wird noch eine verdammt harte Kiste geben. Glaubst du denn im Ernst, dass sich die Baulöwen ihr schönes Milliardenprojekt so mir nichts – dir nichts völlig widerstandslos beerdigen lassen? Niemals!"
„Ja, aber die Grünen haben doch gesagt ..."
„Die haben aber jetzt einen Koalitionspartner, der das Gegenteil von dem will, was die Grünen wollen. Die Sozen sind bekanntlich für dieses S21."
„Der Himmel weiß warum ..."
„... ich fürchte, nicht mal der."
„Und wenn S21 von der neuen Regierung dennoch begraben werden sollte?" insistierte Protnik weiter.
„... dann haben die vereinigten Immobilien- und Bauheuschrekken schon längst ein anderes Loch gefunden, wo sie die Steuermilliarden verbuddeln dürfen. Ich wäre jedenfalls äußerst irritiert, wenn die sich so leicht geschlagen geben würden. Und wie gesagt, wenn sie es dennoch tun, dann nur deshalb, weil sie bereits anderswo eine neue Sauerei am laufen haben. Die werden nur Ruhe geben, wenn man ihnen den Rachen mit Euroscheinen voll stopft und dabei mit noch größeren Renditen winkt. Aber egal: jetzt geht es in der Tat erst einmal darum, dieses idiotische Stuttgart 21 zu begraben. Irgend etwas wird ihnen die neue Regierung schon zum Fraß vorwerfen müssen, um aus dieser vertrackten S-21-Kiste raus zukommen. Schon allein wegen den Roten." Seufzend beschrieb er eine flaue Handbewegung.
„Sei's drum: Politik ist halt nun mal ein andauernder Kompromiss."

„... ja, ja: das hat auch irgend so ein Schlaumeier irgendwann mal behauptet und seitdem schwätzen alle diesen Blödsinn nach und stopfen ihre Parteitagsbeschlüsse, für die sie vorher so vehement gekämpft haben, samt ihren ganzen Überzeugungen nach den Koalitionsverhandlungen deshalb tonnenweise in den Papierkorb. Hauptsache man ist an der Regierung. Aber so, mein lieber Freund, so verwischen sich bereits wieder die Grenzen."

„Da muss ich dir recht geben. Zumal die Roten sicherlich noch ganz schön lange sauer sein werden, dass sie nur die zweite Geige spielen."

„Stimmt!" pflichtete Horst seinem Kollegen bei. „Also, wie gesagt: ich habe da schon wieder ein ziemlich flaues Gefühl im Magen."

„Ach komm. Der Sieg ist immerhin eine Tatsache. Und damit die Chance auf eine andere Politik. Jetzt lass uns wenigstens diesen schönen Triumph genießen. Die Zeit der tristen Tage kommt von ganz alleine. Wenn ich nur an die EnBW–Milliarden denke, die uns der Rambo mit seiner Nacht-und-Nebel-Aktion hinterlassen hat und die ganz sicher ein Riesenloch in den Landeshaushalt reißen werden. Aber gut: der ist weg, nach mir die Sintflut!"

„Man sollte den persönlich zur Rechenschaft ziehen und ihn die Sache zahlen lassen."

„Sollte man. Allerdings. Auch wenn's bloß ein Tropfen auf dem heißen Stein wäre. Wie gesagt: damit werden wir noch viel Freude haben ..."

„Und ob: das fehlt dann alles wieder in der Bildungspolitik."

„Übrigens – um noch mal ganz kurz dienstlich zu werden: ich denke, auch in unsere spezielle Sache könnte eine neue Bewegung kommen. Jetzt, nachdem die ganzen Bremser und Parteisoldaten, sich an andere Schreibtische und kleinere Büros gewöhnen müssen, da sollten wir also doch noch mal den Kloc ...

„Michael! Doch nicht am Telefon! Halt um Himmels Willen die Klappe!"

„Entschuldigung. Ist mir einfach so raus gerutscht. Im Überschwang der Gefühle. Aber du hast recht!"
„Oh Michael Protnik! Was hast du nur aus einem Vierteljahrhundert Polizeiarbeit gelernt?"
„Tja ..." die Zerknirschung am anderen Ende war selbst über die Distanz von beinahe 200 Kabelkilometern noch spürbar. „Also komm, ich habe morgen frei: lass uns morgen off records überlegen, ob und wie es eventuell weiter gehen könnte. Bei uns hier oder bei dir in Ulm?"
„Im schönen Ulm natürlich! An der neblig-grauen Donau", jubilierte es verlockend aus dem Lautsprecher.
„Also gut – am Montag nach dem Krieg um eins..."
„... an der üblichen Stelle."

Damit war das Gespräch beendet – es folgte eine kurze Nacht, in der sich Horst Meyer gequälte Gedanken über einen Fall machte, den er schon vor Wochen zähneknirschend als aussichtslose Ermittlung abgehakt hatte. Aber vielleicht sorgte die neue Regierung nicht nur für die dringend nötigen Rochaden auf Polizeipräsidenten-, sondern auch auf Direktionsebene. So dass die Chance einer Aufklärung womöglich doch noch bestand, wenn die ganzen Bremser erst in die Wüste geschickt waren. Falls sich die alten Seilschaften nicht längst auch die Unterstützung der neuen Mächtigen in der Landespolitik gesichert hatten. Was durchaus im Bereich des Möglichen anzusiedeln war. Horst hatte im Lauf der Jahre schon viel zu viel erleben müssen, um nicht auch diesen Aspekt in Betracht zu ziehen. Man musste jedenfalls auf der Hut bleiben. So oder so.
Und brandgefährlich war die Sache ja immer noch. Denn nach wie vor ging es um extrem viel Geld. Da mischten Kreise mit, deren Aktionsradius keinesfalls an den baden-württembergischen Landesgrenzen zu Ende war. Noch nicht einmal an den deutschen ...

*

34

„Und jetzt?"

„Was jetzt?" Die Stimmung in dem sorgsam abgedunkelten Büroraum auf der obersten Etage erreichte trotz der milden Vorfrühlingstemperaturen allmählich Minusgrade.

„Nun, ich meine: was ist jetzt? Wie geht es nun weiter?"

„Inwiefern?"

„Inwiefern!" Der penetrante Fragesteller rang aufgebracht die Hände. „Wie gehen wir jetzt weiter vor, nach der Wahlschlappe, dem Regierungswechsel und den ganzen damit verbundenen Rochaden im Innenministerium, wo bald kein Stein mehr auf dem anderen stehen wird?"

„Was hat denn die Wahlniederlage einer Partei mit unserer Arbeit zu tun?"

„Was die Wahlniederlage mit unserer Arbeit zu tun hat!" Der andere kämpfte sichtlich um seine Fassung. „Aber ich bitte Sie! Wenn demnächst unsere direkten Vorgesetzten ausgetauscht werden, dann hat das doch sehr wohl etwas mit uns und unserer Arbeit zu tun. Konkreter muss ich doch hoffentlich nicht werden."

„Ich verstehe nicht worauf Sie hinaus wollen", schnappte der Behördenleiter barsch zurück. „Wir sind Beamte. Staatsdiener. Keiner Partei, sondern diesem Land, seiner Verfassung und seinen Bürgern verpflichtet. Also bitte – was soll sich wegen dieser Wahl an unserer Arbeit schon geändert haben?"

„Sie haben gut reden!" Mit zitternden Fingern fuhr sich der Mann über seine Stirn, die inzwischen von dicken Schweißperlen übersät war. „Sie haben mir immer nur mündliche Anweisungen gegeben – und ich war Ihr einziger direkter Ansprechpartner, während ich selbst mit einer Vielzahl von Kontakten konfrontiert bin. Und da ist ganz sicher einer dabei, der sich nun als großer Aufklärer profilieren will. Von den beiden Trotteln, diesen Freizeitermittlern, gar nicht erst zu reden."

„Ich weiß nicht, worauf Sie hinaus wollen. Ich weiß nur, dass es keine Ergebnisse von irgendwelchen Freizeitermittlern gibt, die

auf meinem Schreibtisch gelandet wären". Diese Andeutung musste dem nervösen Kerl jetzt aber reichen. Das war schon mehr, als er eigentlich hatte sagen wollen. Man konnte ja nie wissen, ob da vielleicht in irgend einer Ecke des Raumes – aller sorgfältigen Nachforschung zum Trotz – doch noch eine besonders gut platzierte Wanze ihren heimlichen Dienst versah. Und, auch diese Eventualität musste man in Betracht ziehen, vielleicht war das Gespräch selbst eine mehr oder minder raffiniert eingefädelte Falle. Vielleicht war der Kerl gar nicht so nervös, wie er vorgab. Sondern ... „Also. Noch einmal. Ich gebe Ihnen den dringenden Rat, sich weiterhin strikt an Ihre Dienstvorschriften zu halten und sich einzig und allein am Wohl des Landes Baden-Württemberg und seiner Bürger zu orientieren. Das ist es, wofür sie Ihren Dienst tun und wofür Sie bezahlt werden. Nicht für – oder gar von einer – politischen Partei, sondern von diesem Staat und seiner Verwaltung. Und nun möchte ich nicht mehr über dieses sonderbare Thema sprechen müssen. Es ist alles gesagt, was zu sagen war."
„Aber ..." stammelte der andere, während er sichtlich um Fassung rang. „Das ... das können sie doch nicht machen. Sie können mich doch jetzt nicht einfach im Regen stehen lassen. Das ..."
„Es regnet nicht! Ganz im Gegenteil! Es herrscht strahlender Sonnenschein hier draußen!" zischte sein Vorgesetzter scharf und drückte dabei auf den elektrischen Jalousienantrieb, wodurch wenige Sekunden später das strahlende Sonnenlicht dieses herrlich klaren Frühlingstages den Raum erhellte.
Der Nervöse schlug schützend die Hände vor die geröteten Augen. „Bei allem Respekt: ich muss nochmals darauf hinweisen, dass Sie das nicht mit mir ..."
„Es ist alles gesagt worden, was zu sagen war! Auf Wiedersehen!" Er machte drei energische Schritte auf die dick gepolsterte Tür des Raumes und öffnete sie ruckartig. Eine kurze eindeutige Kopfbewegung machte dem lästigen Besucher endgültig klar, dass dieses Gespräch nicht nur beendet war, sondern dass er unverzüglich zu gehen hatte.
Endlich war der Kerl draußen.

Erlöst!
Aufatmend drückte der Polizeidirektor die Tür hinter sich zu, atmete einmal tief durch und schloss für einen erschöpften oment die Augen. Auch das war – wenngleich mit einiger Mühe – geschafft. Die Memme dürfte die Lektion am Ende doch noch verstanden haben und würde hübsch vorsichtig dafür Sorge tragen, dass die Spuren an einem gewissen Punkt ins Leere liefen. Spätestens bei den Dienstrangen mit einem Stern weniger auf der Schulterklappe. Und falls das nicht klappte – weshalb auch immer – nun denn: schade, dann würde er zu seinem tiefen Bedauern und seiner nicht minder großen Bestürzung einen für fähig eingeschätzten Beamten vom Dienst suspendieren und den Bluthunden der Staatsanwaltschaft zum Fraß vorwerfen müssen. Als willkommene Opfergabe, die von den wahren Strippenziehern ablenken würde.
„Wäre schade, wenn es so weit kommen müsste", murmelte er achselzuckend in seinen dunklen Vollbart. „Aber schließlich hat man ja eine Verantwortung für die Allgemeinheit. Da haben persönliche Befindlichkeiten nichts zu suchen. Dienst ist Dienst. So ist das nun einmal."

*

35

Das Treffen der beiden Kommissare in der ehemaligen Freien Reichsstadt an der Donau verlief genauso harmonisch wie es mit dem erwarteten Fazit nach einem langen Abend und einer anschließenden recht kurzen Nacht enden sollte. Den Klocker-Fall hatten sie trotz des Regierungswechsels realistischerweise unter „nicht restlos geklärte Todesfälle" abhaken müssen, dazu waren in den zurückliegenden Wochen einfach schon viel zu viele Spuren nachhaltig verwischt und unkenntlich gemacht worden. Und auch die Sache mit der Steuer-CD schien den beiden inzwischen eher hoffnungslos. Natürlich hatte sich zwischenzeitlich ein weiteres mal das unsägliche Kreuz des Südens in der Direktion zu Wort gemeldet. Diese Kanaille war ja nach wie vor im Amt. „Sogar immer noch Mitglied der Bundesregierung", hatte Michael Protnik mit einem gequälten Augenaufschlag geseufzt. „Die hat dem Boss bereits signalisiert, dass sie nach wie vor ein Auge auf die Sache werfen würde. Angefangen von Stuttgart 21, über den Albaufstieg – das alles im Auftrag der Kanzlerin – bis hin zur CD."

„Woher weißt du das denn? Hast du mitgehört oder wie?"

„Nein, aber unser Polizeidirektor ist plötzlich bei mir am Schreibtisch aufgetaucht, aschfahl im Gesicht, und hat irgendwas von illegalen Ermittlungen gestammelt, über die man sich im Bundeskriminalamt heftig echauffiert habe. Auch die Politik sei hellhörig geworden ..."

„Und weiter?"

„Nichts weiter. Mehr hat er natürlich nicht gesagt. Aber der Hinweis war trotzdem eindeutig."

„Du meinst, man hat ihm zu verstehen gegeben, dass die Gegenrevolution schon eingesetzt habe?"

„Und, dass er gut daran tut, ein wachsames Auge auf mich zu haben, wenn er nach der Reparaturwahl in spätestens fünf Jahren seine schöne Polizeikarriere nicht endgültig erden will."

„Und du glaubst, da steckt das Kreuz des Südens persönlich dahinter?"

„So wahr ich Michael Protnik heiße! Die wird keine Ruhe geben – schließlich hat sie ihre Niederlage von damals immer noch nicht verwunden, als sie Ministerpräsidentin werden wollte, dann aber doch gegen den Schnatterich den kürzeren gezogen hat."

„... der sich jetzt sogar in Brüssel so unglaublich groß aufplustern darf."

„... obwohl er kein Englisch kann."

„Wieso denn: er hat doch bei seiner Antrittsrede vor der internationalen Presse groß auf Englisch getönt, was er so alles kann

und woher er kommt. „Baden-Württemberg is my homeland", hat er stolz in die Mikrofone gekrächzt ..."
„... und die internationale Journaille hat sich staunend gefragt, von welchem Affenzoo der da gerade spricht."
„Dabei war's die schwäbische Variante des altbewährten Denglisch. Heinrich Lübke lässt grüßen: Equal goes it loose."
„Wie bitte?"
„Gleich geht's los, sollte das heißen."
„Ach du große Güte! Das hat der wirklich gesagt?"
„Hat er wirklich gesagt – und war noch ganz stolz drauf!"
„Armes Deutschland ..."
„Tja, da kannst du mal wieder sehen, wie robust dieses Land in Wahrheit doch ist. Selbst solche Politiker haben es nicht geschafft, uns in den Abgrund zu reißen ... Weder der damals immerhin schon leicht senile Lübke – noch der flatterhafte Schnatterich. Hat sich nahtlos in diese beeindruckende Phalanx eingereiht. Und das in seinen jungen Jahren."
„Man fasst es nicht!"
Die ursprüngliche Feierlaune der beiden hatte sich zwischenzeitlich ziemlich verflüchtigt – einzig die Hoffnung auf ein weiteres Hefeweizen ließ die Mienen nicht gänzlich ins düstere abrutschen.
Eine Zeitlang kam das Gespräch sogar völlig zum Erliegen, bis sich Horst einen kräftigen Ruck gab. Ganz so trostlos durfte dieser Tag nicht enden. Wieso auch. „Also? Wie lautet nun unser definitives Fazit?"
„Puh!" Michael Protnik zuckte in einer ratlosen Geste mit den Schultern.
„Neue Regierung. Neue Strukturen. Das wäre doch schon mal was."
„Sehe ich auch so. Nicht alles wird besser werden, aber vielleicht das eine oder andere. Und das auch nicht sofort. Dafür sind die alten Strukturen viel zu klebrig."
„Mühsam ernährt sich das Eichhörnchen ..."
„Eben! Aber besser eine allmähliche Bewegung, als gar keine."
„Richtig."

„Wobei man schon sagen muss, dass die neue Landesregierung in Stuttgart wesentlich konservativer daher kommen wird, als unsere Bundesregierung in Berlin."
„Wieso das denn? Du kannst doch nicht allen Ernstes behaupten wollen, die Schwarz-Gelben in Berlin seien eine fortschrittliche Truppe."
„Doch!"
„Wie doch?"
„Es ist so: noch nie hatte Deutschland eine dermaßen moderne Regierung. Guck dir doch mal dieses Kabinett von der Angie an: da wimmelt es nur so von Schwulen, Lesben, boat people, Geschiedenen, wilden Ehen, Vätern von unehelichen Kindern, Rollstuhlfahrern und Kerlen mit beginnendem Alzheimer. Der Angie haben wir es zu verdanken, dass die alle zum ersten Mal in der bundesdeutschen Geschichte salonfähig geworden sind."
„Altes Lästermaul", grinste Horst.
„Was heißt hier Lästermaul? Es ist die reine Wahrheit – und die wird man ja wohl noch sagen dürfen", grinste Protnik nicht minder anzüglich zurück.
„Gut. Also wenigstens bei diesem Punkt ist unser Gruselkabinett in der politischen Weltspitze angekommen."
„Und bei der Rolle rückwärts! Da haben wir auch Chancen auf den Weltmeistertitel."
„Meinst du jemand konkreten?"
„Natürlich", nickte Protnik. „Ich denke aktuell da vor allem an unseren Bergfex ..."
Horst hatte sofort verstanden und lachte trocken auf. „Ja, der Nordwand-Peter! Das ist allerdings ein ganz besonders elastisches Exemplar von einem Rückwärtsturner. Vorgestern noch sagt der, die Neubaustrecke Plochingen – Ulm könne auch ohne den Stuttgart 21 Bahnhof gebaut werden ..."
„Und heute lässt derselbe Verkehrsminister im Radio verbreiten, das sei natürlich alles Quatsch. Die Neubaustrecke und Stuttgart 21 gehörten unabdingbar zusammen."
„Unabdingbar. Unverzichtbar. Alternativlos. Was für herrliche Wort-Schwurbeleien!"

„Noch dazu völlig sinnfrei."
„Wer solche Koryphäen in der Politik hat, der braucht sich wahrhaft keine anderen Sorgen mehr zu machen."
„Es ist schon erstaunlich." Michael Protnik holte tief Atem. „Und das Schlimme dabei ist, die sind nicht lernfähig. Die machen grade so weiter, als sei nie etwas gewesen."
„Weswegen dir, wie schon gesagt, das Kreuz des Südens in und um Ulm herum noch recht viel Freude bereiten wird."
Der Ulmer Kommissar verzog säuerlich die Mundwinkel. „Hör auf! Mir ist schon schlecht. Und übrigens kann ich die Warnung nur an dich zurück geben: lass bloß diesen nicht minder unsäglichen Kerl in Heilbronn nie aus den Augen."
„Welchen von den vielen unsäglichen Heilbronner Kerlen meinst du denn?"
„Ha, den natürlich, der von Beruf in erster Linie als Schwiegersohn durch die Weltgeschichte trabt."
„Oh du liebes Herrgöttle: der! Ich glaube, jetzt wird mir auch übel!" Wie zur Bestätigung seiner Aussage fasste sich Horst mit der rechten Hand an die Kehle.
„Da war unser Lügenbaron dann doch ein anderes Kaliber, nicht wahr?"
„Der Gegelte! Ich fasse es noch immer nicht, dass dem die halbe Republik hinterher heult, obwohl er bei seiner ‚Summa-cum-laude'-Doktorarbeit doch eindeutig gelogen und betrogen hat!"
„Der arme, junge Familienvater, der jahre- und nächtelang auf seinem Schloss um die richtigen Formulierungen gerungen haben will ..."
„Offenbar scheint es den Leuten heutzutage zu reichen, wenn einer dieser angeblichen Spitzenpolitiker fünf grade Sätze rausbekommt."
„Da siehst du mal, wie düster es in Berlin ausschaut. Hauptsache perfekt formuliert, dann kannst du blenden und bescheißen, was das Zeug hält. Und obwohl ihm sogar nachgewiesen worden ist, dass es sich um einen ganz besonders dreisten und

groß angelegten Beschiss gehandelt hat, heulen alle auf, wenn der smarte Hoffnungsträger abtreten muss ..."
„ICH NICHT!"
„Schon gut!" beschwichtige der erschrockene Protnik seinen über die Maßen lautstark gewordenen Kollegen. „Ich ja auch nicht. Und trotzdem muss man sagen, dass dieser Kerl wenigstens etwas dargestellt hat. Gut, er hatte die Chance auf eine perfekte Ausbildung ..."
„... im Gegensatz zu einem Kind aus einem Hartz-IV-Haushalt."
„Klar... Und dennoch. Wenn ich dich in diesem Zusammenhang schonend darauf hinweisen darf, wer sonst so alles meint, an der Spitze der Politik mitmischen zu müssen. Beispielsweise dein ganz spezieller Freund, der Graumelierte ..."
„Wie bitte? Der?!"
„Ja, der! Hast du das denn nicht mit bekommen? Der scheint sogar Chancen zu haben, künftig als Landeschef der Schwarzen die allererste Geige zu spielen!"
„Armes Deutschland", sandte Horst einen gequälten Seufzer zum, Himmel. „Aber du hast recht. Auf so einen muss man ein besonders waches Auge haben. Diese unscheinbare Null mit seinem einflussreichen Bundesminister-Schwiegerpapa im Rücken. Das sind genau diese Typen, die in ihrer ganzen verblendeten Unterdurchschnittlichkeit meinen, sich alles und jedes erlauben zu können. Und seltsamerweise ist es ja auch so, denn die meisten kuschen tatsächlich vor dieser Kanaille. Der hat also allen Ernstes vor, Landesvorsitzender zu werden?"
„Hat er," bestätigte Protnik trocken. „Obwohl das, nach allem, was ich von dir über den Kerl gehört habe, doch eine maßlose Selbstüberschätzung sein dürfte. Was denkt der sich eigentlich dabei?"
„Wie immer: natürlich nichts. Obwohl ..." nachdenklich kratzte sich Horst im Nacken. „Vielleicht ist das aber bereits die Erklärung für solche Polit-Phänomene. Totaler Realitätsverlust. Es ist die Hybris der Unterdurchschnittlichkeit. Das macht mir allmählich Sorgen."

„Seit wann sorgst ausgerechnet du dich um das Wohlergehen der Schwarzen?“
„Na ja ... Wenn jetzt schon der Blinde unter diesen Einäugigen meint, er habe das Zeug zum Landeschef und man sogar befürchten muss, dass es Leute gibt, die ihn wählen werden, dann wird die Sache allmählich bedenklich. Immerhin hat der als Generalsekretär ja mindestens zwei Wahlen für die Schwarzen versemmelt. Und bei den Opfern des 30.9. im Stuttgarter Schlosspark hat der sich ja genau so wenig entschuldigt, wie der Ex-Innenminister oder gar der Gischpel, der sogar immer wieder davon gefaselt hat, die Leute seien selber schuld gewesen, wenn sie eins auf die Mütze bekommen hätten. Gewaltloser Widerstand sei nämlich auch eine Form der Gewaltanwendung – und so weiter und so fort. Und in genau diese unsägliche Kerbe hat auch der Graumelierte geradezu Gebetsmühlenartig immer wieder gedroschen. So viel also zum Thema Erneuerung ...“
Horst verzog sein Gesicht zu einer leidvollen Grimmasse. „Aber ob ich die Schwarzen nun mag oder nicht – selbst da gibt's im Übrigen ein paar, die ganz in Ordnung sind – immerhin ist es die mit Abstand größte Oppositionspartei, bei der es schon gut täte, wenn man sie respektieren könnte. Wenigstens ein bisschen. Denn eine gute Opposition sollte es in jeder Demokratie geben. Das gehört einfach mit dazu. Aber nicht mit solchen Nulpen an der Spitze. Da kannst du dann besser gleich auf Sendepause stellen.“
„Mich wundert sowieso, wie der so lange als Generalsekretär überlebt hat. Unter völlig verschiedenen Landesvorsitzenden. Und – wie du ja richtig sagst – trotz zweier vergeigter Wahlen“
„Das ist für den keine Kunst gewesen. So ein Typ ohne jedwede Ecke und Kante, der fällt ja nie auf. Das war sein Erfolgsrezept: einfach nicht auffallen und so dann noch ein bisschen absichern. Erstens mit einem einflussreichen Schwiegerpapa und zweitens mit einer Ehefrau, die man höchst erfolgreich im Spätzlessender platziert hat ...“
„Was?! Das auch noch?!“

„Ja, das auch noch“, bestätigte Horst mit grimmiger Miene. „Das Töchterlein des Bundesfinanzministers.“
„Der hat eine Tochter?“
„Nicht nur eine ... Aber die, um die es geht, ist verheiratet mit dem schwarzen Generalsekretär von BaWü.“
„Au weia. Aber dennoch: zumindest für den Vater kann sie ja nichts.“
„Stimmt schon, aber sie hat ihn bei der rasanten Fernsehkarriere gut gebrauchen können. Oder wie sonst ist es zu erklären, dass sie ohne jede journalistische Ausbildung und ohne einzige Minute Fernsehen gemacht zu haben, dennoch Abteilungsleiterin beim Fernsehen geworden ist – und bald darauf sogar Hauptabteilungsleiterin. Wo dieser Sender angeblich doch immer so großen Wert auf eine journalistische Ausbildung legt. Hauptsache schwarz und katholisch, das war Qualifikation genug.“
„Widerlich!“ schimpfte Protnik.
„Was meine These ein weiteres mal bestätigt: nur ja keinen Sachverstand mitbringen und keinerlei klare Positionen. Das kann der Karriere nur schaden. Zu etwas bringen kann man es nur als graue Maus, die hinten rum in aller Heimlichkeit ihre Strippen zieht!“
„Jetzt ist mir manches klar: wie soll so ein Sender eine gute Berichterstattung machen, wenn er dermaßen dreist infiltriert wird? Das geht doch gar nicht mehr! Und dann hat also auch noch dieser Graumelierte die Finger dick mit drin. Ist natürlich über alles bestens informiert, was im Sender so läuft.“
„... oder eben nicht mehr läuft. Bingo! Genau deshalb gilt es, weiter gewaltig auf der Hut zu sein. Wahlerfolg hin oder her. Man muss jetzt ganz genau beobachten, was sich in den nächsten Monaten so tut. Sicherlich: zumindest ein paar von den kleinen Fischen dürften jetzt schutzlos herum zappeln. Ich bin mir auch ganz sicher, dass uns ein paar von denen ins Netz gehen werden. Bei den Großen allerdings, da bleibe ich eher skeptisch. Die kleinen werden sie uns als Ablenkung ganz bewusst zum Fraß vorwerfen. Aber die können nichts sagen – oder aber, sie haben eine derartige Angst vor den Konsequenzen, dass

sie nichts sagen werden. Die Großen dagegen kommen ungeschoren davon. Da sind die Spätzlesconncetions dann doch zu fein gesponnen, als dass etwas anbrennen wird."
„Na ja, ganz so pessimistisch sehe ich die Dinge nicht. Immerhin hat die Bahn einen sofortigen Baustopp für Stuttgart 21 verhängt."
„Dafür wollen sie sich jetzt – siehe den Ramsauer Peter, der das nur zu früh ausgeplaudert hat – mit voller Wucht auf die Neubaustrecke über die Alb konzentrieren. Du wirst schon sehen."
„Gaube ich auch."
„Dass sie sich jetzt auf die Neubaustrecke stürzen, hat meiner Meinung freilich noch einen anderen Grund."
„Und der wäre?"
„So kann man die Protestbewegung gut spalten. Hauptsache, die Stuttgarter sind zufrieden und behalten ihren alten Kopfbahnhof. Ob sie die Proteste der paar Älbler jetzt noch jucken werden, die gegen diese neue Trasse über die Alb sind, das ist nämlich stark zu bezweifeln."
„Na ja ..."
„Doch, schon. Ich will damit nur sagen, dass wir es in Sachen Bahn immer noch mit denselben Betonköpfen wie vorher zu tun haben. Vorläufiger Baustopp hin oder her und auch, wenn sie noch so viel Kreide gefressen haben: In den Köpfen von denen hat sich nicht das geringste bewegt."
„Aber jetzt rede doch nicht gleich wieder alles klein", ereiferte sich Protnik. „Den Baustopp für S21, den kannst du trotzdem nicht wegdiskutieren, mein lieber pessimistischer Horst. Da ist etwas in Gang gekommen. Es tut sich freilich was."
„Und was?"
„Wie: was?"
„Um: Ja glaubst du denn, dass das mehr war, als nur ein Ablenkungsmanöver?"
„Also ich für meinen Teil freue mich jedenfalls, wenn der Stuttgarter Schlossgarten von diesem Bauwahnsinn verschont bleibt", konterte Protnik in einem beinahe trotzigen Tonfall die nervtötende Bedenkenträgerei seines Kollegen.

„Ich ja auch", beschwichtigte Horst. „Ich will damit nur die Frage stellen, ob du wirklich davon ausgehst, dass sich die Heuschrecken ihre schönen Geschäfte einfach aus der Hand reißen lassen?" Der Kommissar aus Heilbronn tippte sich vielsagend gegen die Stirn, um sich dann selbst die Antwort zu geben. „Nein. Niemals. Die werden keine Ruhe geben, glaub es mir. Das können die gar nicht, weil sie bei diesem Stuttgart-21-Projekt längst ihre viel zu großen Finanzierungslöcher mit viel zu vielen hohen, höchst spekulativen Gewinnberechnungen voll gestopft und geschönt haben. Die müssen sich deshalb ganz rasch das nächste Wahnsinnsprojekt sichern. Sonst sind sie verloren. Aus. Pleite. Villa verkauft. Jacht weg. Finito."
„Mag ja alles sein. Aber aus Stuttgart dürften wir sie vertrieben haben. Vom Schlossgarten werden sie die Finger lassen."
„Fürs erste vielleicht. Aber wie gesagt: die Karawane zieht weiter ..."
„... und sucht sich ein neues Loch zum Buddeln", ergänzte Protnik Stirn runzelnd. „Darauf willst du hinaus, nicht wahr?"
„Exakt. Und deshalb kann ich nur noch mal sagen: Holzauge bleib wachsam."
„Die Frage aller Fragen bleibt sowieso ungeklärt im Raum stehen ..."
„Und die wäre?"
„Wer ‚Sie' eigentlich sind."
„Tja ..." seufzte Horst. „Das – wenn ich wüsste ..."
„... dann wärst du mutmaßlich schon längst nicht mehr am Leben."
„Bin ich aber noch." Der Kommissar kräuselte ungehalten die Nase. „Insofern habe ich manchmal das dumpfe Gefühl, dass ‚die' uns sogar regelrecht benutzen, in dem sie uns als eine Art nützlicher Idioten an der Leine führen. Ein bisschen aufklären hier, ein bisschen scheitern da."
„Könnte hinkommen", brummte Protnik. „Und so gesehen sind wir auch dieses mal mit dem Kopf ganz schön gegen die Betonwand geknallt. Sogar wenn wir ihre Kreise zwischendurch merklich gestört haben sollten: Die Hintermänner konnten sich

trotzdem schön im Dunkeln halten. Auf der Strecke geblieben sind die üblichen paar Bauern, aber ich fürchte, noch nicht einmal ein Läufer ..."
„So isch's halt au wieder!", pflichtete Horst dem Kollegen mit einem vernehmlichen Seufzer bei.
„Und dennoch, da bin ich mir ganz sicher", in einer entschlossenen Geste ballte der Sputnik seine Hände zu Fäusten. „Der Widerstand der vielen Leute in Stuttgart hat sich am Ende doch gelohnt. Sie haben mit ihrem jahrelangen Protest bewiesen, dass wir Bürger auch noch was zu sagen haben und uns nicht immer und ewig hinters Licht führen lassen. Unsere Gschäftlesmacher werden künftig doch etwas vorsichtiger agieren müssen. Stuttgart 21 ist tot. Es lebe die Demokratie!"
„Stimmt: Stuttgart 21 dürfte der Schnee von gestern sein. Und die Stuttgarter haben deutschlandweit eine neue Politikdebatte entfacht."
„Ein besseres Mittel gegen die Politikverdrossenheit konnte es gar nicht geben. Der schwarze Filz nach 60 Jahren weg, Stuttgart 21 beerdigt: sage noch einer, es ginge nichts mehr in diesem unserem Land."
„Dass es ausgerechnet die angeblich behäbigen Stuttgarter bewiesen haben, das freut mich ganz besonders. Also ehrlich: noch vor einem Jahr hätte ich das nicht für möglich gehalten."
„Ich auch nicht. So gesehen stimmt der abgedroschene Spruch auch jetzt wieder: die Hoffnung stirbt zuletzt."
„Na dann!"
„Auch wenn ich fürchte, dass wir uns in ähnlich hoffnungslosen Fällen wieder sehen werden."
„Das fürchte ich allerdings auch ..."
„Andererseits gibt es schlimmere Zumutungen, als die Zusammenarbeit mit dir."
„Wo du recht hast, hast du recht ..."
„Es lebe der Juchtenkäfer!"
„Venceremos!"

Zum guten Schluss …

… noch ein ganz spezieller Dank an Urban Priol, der mir – unbekannterweise – mit seinem genialen Satz das Motto für dieses Buch gegeben hat: „Wenn die Sie ärgern – dann ärgern Sie einfach zurück.“

Tun Sie's ruhig, denn ansonsten könnte es sein, dass der Hotte noch ein weiteres mal aktiv werden muss – was in diesen skandalverseuchten Zeiten freilich kein Wunder wäre.
Einerseits leider – andererseits: Sie wissen schon …

Danke auch an den unermüdlichen Bernhard Driehaus, der mich nicht nur ausdrücklich zu diesem Projekt ermuntert hat, sondern mir fürs Schreiben dann gleich mehrmals den Rücken frei gehalten hat – was bei dieser Themenstellung schlichtweg unerlässlich war. Ohne sein Engagement hätte ich dieses Buch nicht veröffentlichen können!

Ebenfalls ein Dankeschön an Hans-Frieder Willmann für seinen Tipp, ich solle doch mal im Archiv unter dem „Bürkle-Skandal“ nachschauen. Und siehe da …

Die im Buch zitierten Passagen über den Bürkle-Skandal aus den „Spiegel“ – Artikeln „Kreditskandal“, Ausgabe 52/1950, S. 12 ff und „Geld und Sühne“, Ausgabe 8/1958, S.31 ff wurden mit freundlicher Genehmigung des Spiegel-Verlags Hamburg abgedruckt.

Nicht fehlen darf an dieser Stelle eine dankbare Erwähnung von Rothenburg ob der Tauber, wo mich diese Buchidee eines frühen Morgens ganz plötzlich überfallen und für ein ganz anders geplantes Wochenende mit vielen, vielen Skizzenzetteln gesorgt hat.

Neue Politik im Südwesten – neuer Verlag aus dem Land und für das Land

Mittendrin und brandaktuell – mit Autoren, die sich nicht verbiegen lassen!

...und mit Horst „Hotte“ Meyer, dem gaaaanz allmählich schwant, dass der „Pumpensumpf“ nicht unbedingt der allerletzte Fall gewesen sein könnte, an dem er schwer zu knabbern hatte. Gut möglich also, dass auch in grün-roten Zeiten neuer Ermittlungsbedarf entstehen wird.

Denn: das Böse ist bekanntlich immer und überall.

Sie dürfen gespannt sein...

...und mit Ihnen das ganze Team des Landhege-Verlags.

Auf bald also!

Landhege-Verlag • 74193 Schwaigern • www.landhege-verlag.de

Fränkisch-hohenlohische Weihnachtsgeschichten

Gottlob Haag geboren am 25. Oktober 1926 im hohenlohischen Wildentierbach und Wilhelm Staudacher geboren am 16. März 1928 in Rothenburg ob der Tauber.

Den beiden langjährigen Weggefährten haben den Dialekt aus der krachledernen Umklammerung eines mitleidig belächelten, derb tümmelnden Bauerntheaters heraus geführt. Und sie haben damit deutlich gemacht: besser und direkter als in der Mundart, mit der man aufgewachsen ist, kann man die Dinge gar nicht bei ihrem wahren Namen nennen. Sowohl der fränkische, als auch der hohenlohische Dialekt bietet Ausdrucksmöglichkeiten, von denen man im Hochdeutschen nur träumen kann.

Dieses Hörbuch präsentiert eine große Auswahl ihrer schönsten Weihnachtsgeschichten und Weihnachtsgedichte. Hier zeigen die beiden Lyriker, dass weder die Mundartdichtung noch das Thema Weihnachten platt und vordergründig daher kommen müssen. Ganz im Gegenteil.

Auch in der Hochsprache bewegen sie sich mit geradezu traumwandlerischer Sicherheit. Das zeigen weitere Gedichte und Geschichten, die in ihrer meisterhaften Eleganz eine zeitlose Aktualität beinhalten.

Teilweise konnten für die Herstellung der vorliegenden CD sogar Originalaufnahmen von Gottlob Haag und Wilhelm Staudacher verwendet werden.

Die weiteren Texte wurden von Bernulf Schlauch (im hohenlohischen Dialekt), Wolfram Staudacher (im fränkischen Dialekt) und Gunter Haug (Hochdeutsch) gesprochen.

ISBN 978-3-943066-02-9

Landhege-Verlag • 74193 Schwaigern • www.landhege-verlag.de

Ein spannender historischer Roman von Gunter Haug

Irene-Maria von Byzanz, die Rose ohne Dorn, wie sie der größte Minnesänger seiner Zeit, Walther von der Vogelweide, enthusiastisch beschrieben hat, war die meistbewunderte Frau des hohen Mittelalters.
Eine byzantinische Kaisertochter, die im Jahr 1208 als deutsche Königin auf dem Hohenstaufen gestorben ist.

Gunter Haug schildert in seinem historischen Tatsachen-Roman ihr geheimnisvolles und tragisches Leben.

Ein zu Herzen gehendes Schicksal im erbitterten Machtkampf zwischen Staufern und Welfen.

Die Königin Irene ist trotz ihres frühen Todes unvergessen geblieben – und bis in unsere Zeit hinein strahlt der Irenenring, der vor über 100 Jahren bei Ausgrabungsarbeiten im Kloster Lorch gefunden worden ist und die Menschen nach wie vor in seinen magischen Bann zieht…

Die Rose ohne Dorn
Irene von Byzanz, die Königin des Hohenstaufen.
Historischer Roman von Gunter Haug.
272 Seiten, fester Einband mit farbigem Schutzumschlag.

ISBN 978-3-943066-00-5

Landhege-Verlag • 74193 Schwaigern • www.landhege-verlag.de